徳間文庫

降格警視 2

安達 瑤

徳間書店

目次

第一話　おまわりさんの副業　5
第二話　木造アパート空き巣+依頼殺人　86
第三話　落選候補者の悲哀　173
第四話　女子高生誘拐《ゆうかい》　262

第一話　おまわりさんの副業

「センセイ……榊《さかき》センセイは駅の裏手にある『シャングリラ』って店、知ってる？　ほら西口の、パチンコ屋の奥の」

治療台に俯《うつぶ》せになっている太った男が訊《き》いた。

ここは東京の下町・墨《すみ》井《い》区にある整骨院。整体師で院長でもある榊鋼《こう》太《た》郎《ろう》は、今日も客と世間話をしている。腰痛の治療を受けている男は及原《おいはら》、近所のクリーニング屋の店長だ。鋼太郎の幼馴染《おさななじ》みでもある。

「『シャングリラ』？　知らないなあ。そもそも西口はあんまり行かないから」

頭髪が薄くて額が広く、眼光が鋭い初老の鋼太郎は、腕に力を込めて及原の腰のツボを押しながら答えた。

「そうか。知らないか。『シャングリラ』は業態的には……いわゆるファッションヘルスというか性感エステというか……そうそう、『回春エステ』っていうんだ！　要するに女の子が抜《ヌ》いてくれる……そういうのはセンセイ、興味ないの？」

「ないねえ。というか、最近はそういう店、いろいろ細分化されていろんな名前がついててよく判らないんだよ。この前、肩が凝って、自分で自分は治せないからマッサージにかかろうと思って錦糸町《きんしちょう》の店に入ったら、マッサージはヘタクソな上にズボン脱がされて、おいおい何するんだって怒鳴ったら『アンタここに何しに来たんだ』って逆に怒られちゃって。結構なトシのオバサンだったけどね」

「そんなこと言って、ホントはヌキに行ったんだろ？」

及原は「判ってるから」とでも言いたげにセンセイを見た。

「いやだから、そっち方面はもう卒業したから」

そう言われた及原は、意地の悪い目つきになった。

「行くカネがねえんじゃないの？　ここんとこ、ヒマそうだし」

「うるせえなあ。減らず口叩いてると痛《いて》ぇ目に遭《あ》わせるぞ！」

鋼太郎は患者の足の甲をワシ摑《づか》みにすると、ツボをぐいと押してやった。

「いてててて！　痛い痛い！　コータロー！　止《や》めろ！」

「おれはもう、フーゾクに行くほどの欲望は消えたんだよ！」

整体師・鋼太郎は、及原の足の甲をなおもグイグイ押しながら言った。

「だから痛いって。お前、あれか？　女房に逃げられてアッチがご無沙汰になって、言うことを聞かなくなったってか？　自分で自分は治せねえのか？」

「整体はその方面は治せないんだよ！」

鋼太郎は、及原の足の甲をもう一押しして悲鳴を上げさせると「ハイ終了！」と言ってパッと手を離したので、及原の足はどさっと治療台に落下した。

「乱暴だなあ……しかしお前、まだまだ枯《か》れるトシじゃねえだろ？」

小学校から鋼太郎と一緒の及原は、ズボンのベルトを締め直しながら訊いた。

「行ってみろよ。『シャングリラ』。なかなかいいオネエチャンがいて、しかもエグいサービスをしてくれる……みたいだぞ。いや、おれは又聞きだからよく知らないんだけどね」

及原はそのまま治療台に座り込んで話を続けた。

整骨院の受付には、若くて美形でスタイルもいい女性が、Tシャツにジーンズというシンプルな格好で座っている。彼女をちらっと見て及原は続けた。

「ま、外見的には、あそこに座ってる小牧《こまき》ちゃんほどじゃないが……しかしコータロー、お前、マジにファッションマッサージって知ってるのか？」

「まあ、世間一般的なことは」

鋼太郎もチラチラと小牧ちゃんを見た。若い女性がいるところで性風俗店の話をするのは今やセクハラだ。しかしクリーニング屋店長はまったく気にしていない。まさにオヤジ属性全開、嬉々《きき》として下ネタを喋《しゃべ》り続ける。

「格好がまたソソるんだ。裸よりエロい刺激的な……あれは下着なのかな、躰《からだ》にピッタリしたブラジャーとパンツでほれ、マッサージしてくれるんだけど、その手と口がだんだん下の方にズレていって……」

「うん……だから、そういう話はいいから」

鋼太郎は小牧ちゃんをしきりに気にした。小牧ちゃんは普段はオヤジに寛容《かんよう》だが、一線を越えると怖いのだ。しかしその怖さを知らない及原はお構いなしに話し続けた。

「ダメ元で上脱いでくれないかなってお願いしたら、なんと言うことを聞いてくれてよ、デカいパイオツがぷるんとまろび出てだな、そうすりゃ下だって脱いでくれるわけだよ。な？」

しかし鋼太郎は小牧ちゃんが聞いていると思うと気が気ではない。今のところは一応、そ知らぬ顔でスマホを眺めているが、いつ「いい加減にしろ、このエロオヤジが！」と怒り出すか……すでに秒読み段階に入った気がする。今どき若い女性に聞こえるところで猥《わい》談《だん》をするのはほとんど違法だ。しかしクリーニング屋店長は依然《いぜん》として、空気を全然読まない。

「でよ、触らせてくれるわけさ。ボヨヨンっとさ。ダダーン！　ボヨヨンボヨヨンって、憶《おぼ》えてるか、お前？」

「いいからお前……声がデカいよ。もっと小さい声で」

鋼太郎がしきりに入口の方をアゴで示すので、及原もようやく判って声を小さくした。

「でよ、そういう鑑賞タイムのあと、お姉ちゃんがお口でサービスしてくれるわけさ。な？　で、普通ならお口で抜いて貰って終了になるんだけど、『シャングリラ』は違うんだ！　なんとお前、本番もさせてくれるんだぞ！」

クリーニング屋店長は興奮のあまりか再び声が大きくなった。鋼太郎はハラハラしながら、こういうの落語にあったたな、と思う。物見遊山《ものみゆさん》で浮かれた江戸っ子三人が宿屋で深夜に及んでも騒ぎ続け、ついに隣室の侍に成敗《せいばい》されそうになる噺《はなし》……あれは何と言ったっけ。

「思い出した！　『宿屋《やどや》の仇討《あだう》ち』だ」

「なんだよ？　仇討ちがどうしたって？　いやそれより『シャングリラ』はだな、女の子が上に乗ってくるんだよ。ホントはいけないんだけど、って恥ずかしそうにしながら」

及原の話は止まらない。

「でもって俺の上にまたがって……こう、なんというか、騎乗位。そう騎乗位で。ダハハハ！　な、凄《すご》いだろ！」

「お前、ホントに声がデカいな！」

「そういうのAVの中だけの話かと思ったら、ホントにあるんだよ！　ホントだぜ！」

及原は鋼太郎の困った顔などお構いなしに夢中になって話し続けた。

「いやいやホント、刺激的よ。なんでも近所の人妻とか女子大生とかがやってるって触れ込みで。素人臭いのがまたイイんだ。ウソかホントか知らないけどさ。まあ、ご近所にあんな奥さんいないけどな」

小牧ちゃんは表情を変えず、すっと立ち上がって受付を離れた。

こっちに来る！　怒られる！　と身構えた鋼太郎だったが、彼女は黙ってドアの向こうにある鋼太郎の自宅に消えた。トイレにでも行ったのだろう。

「だけどよ、この前、そういう店が一斉《いっせい》に摘発されたろ？　売春の場所を提供したって。なのに、『シャングリラ』だけはお咎《とが》めナシだったんだよ。うちは大丈夫ですからご安心くださいとかオーナーが言っちゃって。何故《なぜ》だと思う？」

「さあ？」

鋼太郎は首を傾《かし》げた。一刻も早く話を終えて出て行って欲しい。その一心だ。

「あくまで噂《うわさ》なんだけどな……いや、噂ということにしといてくれってオーナーに言われたんだけど……オーナーは実は警官らしいんだ。オマワリさんがモグリで副業してるわけ。

婦人警官がソープでアルバイトしてたって話はたまにあるけど、フーゾク店のオーナーってのはそうそうないだろ？」

「そうなのか？」

鋼太郎は本当にその方面への関心がほとんどないので、全く詳しくない。

「そうなんだよ！」

クリーニング屋の及原は断言した。

「だから、かなり濃厚なサービスしてもオメコボシにあずかって、摘発されないらしいよ。警察黙認となりゃ最強じゃねえか。オメコだけにオメコボシ」

デへへと相好《そうごう》を崩す及原の顔を見ながら、又聞きとか言いつつ、コイツは行ったに違いない、と鋼太郎は思った。それも一度や二度ではあるまい。

その時、自宅と整骨院を区切るドアが開き、満面に笑みを湛《たた》えた小牧ちゃんがお盆《ぼん》を捧《ささ》げ持って現れた。

「及原さん、たくさん喋ったから喉《のど》が渇《かわ》いたでしょう。お茶をどうぞ……あっ！」

次の瞬間、及原の膝の上でお盆が派手に宙に舞い、湯呑《ゆの》みが落下した。熱湯《ねっとう》のお茶の全量がクリーニング屋店長にぶち撒《ま》けられてしまった。

「うわっち！　あちちち！」

涼《すず》しい顔で「あ〜ら、手が滑《すべ》っちゃった！　ごめんねえ」と言い放つ小牧ちゃん……。

「……って話、この前しただろ」

鋼太郎は行きつけの居酒屋「クスノキ」で調理場にいる大将に大きな声で喋った。

「で、アンタも行ったたって話か？『シャングリラ』に？」

行ってない行ってない、と鋼太郎は手を振って打ち消した。

「もうそんな元気ないって」

隣に座る小牧ちゃんをチラと見た鋼太郎はビールを飲んで続けた。

「それを聞いた警部殿が調べてみるって言ってたけど」

「え？　警部殿が『シャングリラ』を摘発？　そりゃ困るよ。警部殿って、アレだろ？　墨井署生活安全課の、融通《ゆうずう》の利《き》かない、警視から降格させられた」

おいおい、と鋼太郎は大将に注意した。

「他人の不幸を面白おかしく言うんじゃないよ」

「だけどあの降格警視」

「名前は錦戸《にしきど》さん、な」

「そう。その錦戸さん。この前のコンビニ立て籠《こ》もり事件で手柄《てがら》を立てて、再び警視に昇格か、と思いきや、内規違反と不適切なマスコミ対応で減点されて、結局プラマイゼロで現状維持なんだよな」

警察庁にも戻れないらしいぜ、と大将はうれしそうに言う。

「だから、人の不幸を喜ぶんじゃないって！」

「そうは言ってもあの人、我々シモジモの民には当たりがキツいからな。キマリは絶対に守らせる。融通は利かない。しかも、ちょっとでも不正があったら見逃さないだろ？　どんなちっちゃな不正でも」

「いやまあ、おれたちとの絡《から》みでは必ずしもそうとばかりは言えなかったように思うけど……警部殿、つか錦戸サンは原則、ルール厳守ではあるよな」

なぜか錦戸警部を庇《かば》う鋼太郎に、大将は不満そうに言った。

「おれは好きじゃないからね、そういうの。現実無視のルール厳守は気に入らないね。だいたい警察だってこんな下町《したまち》の、それも『シャングリラ』みたいな小さな店を、いちいち摘発しなくてもいいじゃないか。おれたちにしてみりゃ優良店だぜ？　誰が不幸になるって言うんだ？　世の中には巨悪が山ほどひしめいてるんだからさあ、そっちを捕まえりゃいいじゃないか。違法とは言え庶民《しょみん》のちょっとした楽しみを奪うことなんか、ないんじゃないの？」

大将は妙に問題の性風俗店に味方したが、そこで小牧ちゃんの視線が気になったのか、弁解するように言い足した。

「いやその、気《き》っ風《ぷ》のいい娘が多いんだ、あの店は。情が深いというか、ただヌクってところじゃないんだよ。話が楽しくてさ、一度なんかやらないまま話し込んで、タイマーが鳴って延長したことだってあるんだぜ」

「え、そうなの？」

小牧ちゃんより驚いたのが鋼太郎だ。

「ケチなアンタが？」

「そうだよ。男にはな、ヌクより大事な事だってあるんだ」

大将は自分の胸をバンバン叩いた。

「心だよ心。演歌の世界じゃないけど、人間、基本は心でしょ！」

「心って言えばなんでも通ってしまう気はするけど」

「特にな、ミクちゃんって娘がいい子なんだよ。器量はいいし性格もいい。一緒にいて楽しい……とくりゃ、もしかして……これは恋？」

「つまり大将、アンタも『シャングリラ』にどハマりってわけだ」

語るに落ちたと言わんばかりの鋼太郎に、大将は一瞬ヤバいという顔をしたが、笑ってごまかした。

「いいじゃないか。どハマりでも。女房に出て行かれたのはアンタと同じだし」

大将はそう言って鋼太郎を見た。

「違法行為じゃないんだし」

「本番までするのなら明らかに違法でしょ」

ずっと黙っていた小牧ちゃんが口を挟んだ。

「それに、お話を聞いてると、ちょっと美化しすぎてません？　なんだか『シャングリラ』って天国みたい」

「だから、天国なんだよ。男の天国」

夢見るような顔になった大将に鋼太郎は言った。

「昔の遊郭《ゆうかく》や赤線を回顧した文章を読むと、物凄くいい場所みたいに書いてあるんだよな。郷愁《きょうしゅう》もあるし、どうしても思い出は美化されるからな。おれが生まれる前に、赤線はなくなったんだけどさ」

「ですけど、それは女の子たちのプロ意識でお客さんを気持ちよくさせてるわけで、女の子にとっても天国かって言うと、そんなことはないですよね？」

小牧ちゃんの視点は男とは違う。

「たしかになあ。プロ意識と言えば、最近のキャバクラの女の子には、そういう気遣《きづか》いが足りないよなあ……」

意外にも遊び人の片鱗《へんりん》を見せる大将に鋼太郎は感心して言った。

「そうか。大将はまだまだ血気盛んなんだな」

「他人事《ひとごと》みたいに言うなよ。鋼太郎はさ、あんた、自分で枯れたと思い込んでるだけなんじゃないの？」

「いや、おれはもうその方面は終わったんだよ」

「情けねえなあ……元気だせって」

「大将、ウチの先生を煽《あお》らないでもらえます？　だいたいなにマウント取ってるんですか？　ジジイになっても性欲あるほうがエライとか、ヘンでしょそれ」

小牧ちゃんは容赦《ようしゃ》がない。

「そうは言っても、勃起力《ぼっきりょく》は男のバロメーターだからね」

一応フォローした鋼太郎は、男ってひどく単純すぎて馬鹿なんじゃないかとふと思った。いかん。話題を変えよう。

「ところで、バロメーターって言うけど、バロメーターって、なんだ？　バールのようなものって結局はバールだろ？　じゃあバロメーターは？」

「ええと、バロメーターとは気圧計のことです。英語の発音はバロミター」

小牧ちゃんがスマホで検索した気圧計の画像を鋼太郎に突き出した。

「またひとつ賢くなったな」

大将はそう言ってアタリメの皿を置いた。

「これ、サービス」

「だったらもっと精のつくものサービスしてくれよ。スッポンとか」

鋼太郎はそう言って生ビールをごくごくと飲んだ。

「で、お茶をぶっかけられたクリーニング屋の及原はどうなった？」

安全圏に逃げ切ったと思ったのか、大将が訊いた。

「そっちか！」

鋼太郎はガックリした。

「アイツは患部を水で冷やして別状はなかったけど」

熱いお茶をぶっかけた小牧ちゃんは、知らん顔でレモンサワーを飲んでいたが、ふと店を見回した。

「それはそうと、いつものバイトの女子高生三人組、いないね」

「試験があるんで今週はお休み」

あの子達も勉強するんだ〜と小牧ちゃんは妙に感心した。

「だけどさ、警官がやってる風俗店なんて、噂がすぐ広まって、警察本体が黙っちゃいないだろ？　なのにオーナーのオマワリは、そんな重大な秘密をなんで自分から言いふらしたんだろうね？」

鋼太郎が話を戻した。

「そりゃ決まってるだろ」

大将はキッパリと言った。

「本業より儲《もう》かってるのを自慢したかったんだよ」

「そんなもんかねえ？　バレたら元も子もなくなるだろ？」

「儲かってるとさあ、自慢したくなるモンよ。バレるとヤバいだけに、そのヒリヒリしたサスペンスが最高なんじゃないの？　禁じ手を使うスリルって言うか」

大将はその手の経験者のような事を言った。

「それによう、宣伝としてもインパクトがあるから口コミに期待したとか？　警察オメコボシの過激サービス！　って。実際、大したモノだったし」

ふんふんと聞きながら、鋼太郎は新たに頼んだチューハイを一気に飲み干した。

「ところで最近、チューハイ薄くなってねえか？」

「何を根拠に？」

大将は目を剝《む》いた。

「まあ、焼酎《しょうちゅう》は、ちょっと安いのに換《か》えたけどな」

大将は一升瓶《いっしょうびん》を掲《かか》げてみせた。

それが原因だ！　と言っていると、店の戸をガラリと開けて、一人の男が颯爽《さっそう》と入ってきた。

すらりとした長身にぴったりフィットした、いかにも仕立てのよさそうな高級スーツ。濃紺《のうこん》のスーツに映《は》える純白の、糊《のり》の利いたワイシャツ。胸元にはブランドロゴをさりげなくあしらったネクタイ。七三に分けた髪。身だしなみと肌つやの良さ、そして理知的な涼しげな顔立ちは……まさに絵に描いたようなエリートだ。

今まで話題になっていた、警視庁墨井署生活安全課の警部にして元警視・錦戸准《じゅん》がそこに立っていた。

「よっ！　真打ち登場！　降格警視！　噂をすれば影！」

大将が茶化した瞬間、錦戸警部は胸元からリボルバーをさっと抜くと、その銃口《じゅうこう》を大将に向けた。

大将の楠木《くすのき》は真っ青になり、持っていた焼酎の瓶を床に落として割ってしまった。

「大袈裟《おおげさ》な。モデルガンですよ」

「モデルガンでも、あんたが持っていたらアウトだろ！」

鋼太郎が叫んだ。

「立派な銃刀法違反だ」

「いいえ。これはプラスチック製なので完全に合法《ごうほう》です」

錦戸は銃を指で弾《はじ》いてポコンという音を出して見せた。

「とは言え、その焼酎は弁償します。国家賠償法に基づかず、私が自腹で払います」

「当然だよ。鹿児島の『魔王』。七千八百円。つけておくからね」

大将は調理場の床を掃除しながら言った。

「大将、嘘《うそ》はダメだよ。安いのに換えたと自分で言ったろ。さっきの一升瓶は遥かに安いヤツだ。コイツを虚偽申告罪で逮捕してやってください」

「まあ、必要もないのに脅かしてしまったので、言い値で弁償します」

太っ腹なところを見せたが、そもそも錦戸がモデルガンを出さなければ問題は起きなかったのだ。

錦戸はモツ煮込みと中生を注文して鋼太郎の横に座った。

「バイトの女子高生三人組がいませんね」

オシボリを使いながら言った。

「小牧ちゃんと同じ事を訊くね。試験勉強で今週はお休み」

「ほう。彼女たちも勉強するんですね」

錦戸も小牧ちゃんと同じ事を言った。

「で、この前鋼太郎さんから聞いた話ですが」

「警官がオーナーの、ファッションマッサージ店の件ですな？」

そうです、と頷いた錦戸は、まず出てきたジョッキをごくごくと喉を鳴らして傾けて、一息ついた。

「おやおや。警部殿にしては珍しい飲みっぷりですな」

鋼太郎は思わず皮肉を飛ばした。いつもの錦戸なら上品に「酒を嗜《たしな》む」のだが、今日は違う。

「あの件、調べてみると本当でした。しかも明らかに非合法な接客が評判を呼んだ結果、かなり繁盛《はんじょう》していて脱税の疑いも出てきました」

ジョッキをドンと置いた錦戸は摘発すべき事案です、と言い切った。

「そうだよなあ……あれだけ噂になってたんだから、さすがに放置したら、警察の信用もガタ落ちだもんね」

大将もそう言って肩を落とした。

「警部殿。ここの大将もあの店に行ってるんです。違法行為の共犯です。違法行為を助長《ちょう》したカドで逮捕してやってください」

鋼太郎は錦戸に直訴《じきそ》したが「売春防止法は客を罰することは出来ないので」と軽く却下《きゃっか》された。

「この件は警察内部でも知られていました。しかし警察の同僚も見て見ぬフリをしていて、オーナーの警官はワイロ代わりに彼らを無料で入店させていたことも判りました。しかもこの『シャングリラ』は摘発されないのをいいことに、かなりの違法サービスをやっており、その筋《すじ》ではかなり評判だったのです。悪質です。警察として放置は出来ません」

錦戸は鬱憤を抱えた様な口ぶりだ。

「で、警部殿がそういうからには、捜査は進んでるんでしょう?」

鋼太郎が訊くと、錦戸は何故か顔を真っ赤にした。

「内偵《ないてい》は進めてます。店のオーナーのその警官は、警官としての仕事ぶりは真面目《まじめ》で、警察情報をヤクザに流しているなどの形跡はありませんでした。また、その店から無料でサービスを提供される、という形で便宜供与《べんぎきょうよ》を受けていた警官の数が多過ぎて、関係者全員を立件すると墨井署全体が大きな影響を受けるし、対外的な信用も地に墜《お》ちると。なので、処分をするにしても、内々にと」

「内々？　まさか……署長がそう言ってるんですか？」

信じられない、という口調の小牧ちゃん。

「いえ、署長ではなく、総監が……警視総監が」

「警視総監とは警視庁の親玉だ」

「知ってますぅ！」

鋼太郎のお節介《せっかい》に小牧ちゃんは怒った。

「人をバカ娘みたいに思ってるでしょ」

「話を先に進めていいですか？」

冷静さを取り戻した錦戸が了解を求める。

「つまり、警察としては、店はいずれ閉鎖して当人は免職《めんしょく》にするし、女の子も売春容疑で立件するが、その他の警察関係者は訓告訓戒《くんこくくんかい》にとどめる。あくまでも『事を荒立てない』方針でいこうと。要するに、この事実は積極的には公表せず、処分についても、何時《いっ》下すかについては状況を見て、ということで」

なんと。現在まだ店は営業中で、副業警官も解雇されず現職のままということか。

「私は当然、猛然と異を唱《とな》えて反対しました。既に証拠は揃《そろ》っている以上、処分を断行して記者会見すべきだと。しかし本日、警視総監に呼ばれて直々《じきじき》に『時機を待て』と言われて、他言無用を命じられました」

「今、喋っちゃったじゃん！　それも一般人に！」

小牧ちゃんが目を丸くした。

「ええ。私はまったく総監の方針に納得してませんからね」

だから今日の錦戸はいつもと違って荒々しいのか。

阿吽《あうん》の呼吸で大将が出した中生のお代わりを、錦戸はごくごくと一気に飲み干した。

「税務署のほうは、過少申告を認めて、過少申告加算税を支払って修正申告するカタチにすると。おかしいでしょう？　不健全ですよ。不誠実です。こういう身内に甘すぎる処分は、のちのち禍根《かこん》を残すと思いますよ。現に思いっきりバレてるんですから」

「警部殿が自《みず》ら触れ回ってるし」

鋼太郎がチャチャを入れた。

「こんなところで結構デカい声で喋ってるんですよ。壁に耳あり江東《こうとう》区に亀有《かめあり》ですよ」

鋼太郎はそう言って周りを見たが、大将も小牧ちゃんも全然笑わない。

「……亀有は葛飾《かつしか》区ですけどね。江東区にあるのは亀戸《かめいど》」

錦戸が冷静に訂正した。

「じゃあどうするんです？　新聞か週刊誌にチクりますか？」

そう訊く鋼太郎に、錦戸は首を振った。

「それはしません。そういう形で組織を壊したくはないので」

「矛盾《むじゅん》してる」

と小牧ちゃんに言われても聞こえないフリをして、錦戸警部はヤキトリ盛り合わせに豚《トン》汁《じる》という妙な取り合わせを注文した。

「だけど……悪事がすべて明らかになっているのに、店はまだ営業しててオーナーも警察に勤め続けてるって、どう考えてもおかしいでしょう！」

納得いかないなあ、と錦戸は憤懣《ふんまん》やるかたない様子でまたもジョッキを空《あ》けてしまった。

「警部殿、飲みすぎ！」

小牧ちゃんが声をかけた。

「もともと強くないのに」

「男にはねえ、酔い潰《つぶ》れたい夜もあるんですよ！」

錦戸はそう言って、出されたヤキトリの串で口の中を突いて痛いと叫んだ。

「へい、ラッシャイ！」

新たな客が入ってきたので、大将は元気に声をかけたが、その姿を見て顔が強《こわ》ばった。

入ってきたのは男女。男は中年のがっしりした体格の短髪で、カウンター席を見た瞬間、なぜか棒立ちになり、店を出て行きそうな様子を見せたが、一緒に来た若い女に引き止められて、入口の近くのテーブル席に座った。

少し遅れて別の若い男が一人で入ってきた。鋼太郎も時々この店で見かける、予備校生か大学生に見える若い男だ。この年代の男が一人で来店するのは珍しいので、覚えていたのだ。若い男は、二人客とは離れた席に座り、いきなり生姜《しょうが》焼き定食とコーラを注文すると俯《うつむ》向いてスマホを弄《いじ》り始めた。しかし時折、斜め向かいに座っている男女客の、それも女性の方をじっとりと見ている。

その様子が妙に目につくので、鋼太郎も小牧ちゃんも気になった。

男女二人組の、男の方の客は鋼太郎たちに背を向けて座っているが、その背中にはなぜか緊張の気配が漂っている。

女の方が「中生二つにお造りと焼き鳥盛り合わせ、タレでね！」とよく通る声で注文した。

「アイヨ！」

と答えた大将はいつになく黙ったまま、黙々と調理を始めた。

鋼太郎と小牧ちゃんには、大将の普段と違う様子も気になった。

「どうした？　あいつらとなんかあったか？」

鋼太郎は男女二人組の客を顎で示した。

「知ってる相手なのか？」

と言ってから、「もしかして？」と訊いた。

「……シャングリラ？」

大将は、黙って頷いた。

錦戸はと言えば、知らん顔をして店内に貼《は》り出されたお品書きを眺《なが》めている。

「あの人たちを今夜、私は見ていない、ということでお願いします。警察として何も決定してない以上、私が何を言うことも行動することも出来ません」

大将は、そんな錦戸を見たり、シャングリラ関係の二人を見たりして落ち着かない。

「もしかして、あのテーブルのお客さんって……オーナーと、ミクちゃん？」

小牧ちゃんの言葉に大将は黙って頷いた。

鋼太郎たちがいるカウンターから見える側に座っているミクちゃんは、ショートカットが似合う、快活そうなタイプだ。笑顔が魅力的で、喋っている表情も豊かだ。いわゆる美人タイプではないが可愛くて、誰にでも好かれる感じ。それでいてキャピキャピ騒ぐ若い娘ではなく、そこそこ落ち着きがある、年の頃なら二十八、九というところか。着ている服はボディラインがよく判るピタTに、ボトムも同じく脚にピッタリした……。

「パッチかな」

「あれはスキニーデニムというんです。伸びる生地で、ぴったりフィットします」

女性のファッションに疎《うと》い鋼太郎に小牧ちゃんが教えてくれた。

脚にぴったりしているからとても活動的に見えるし、脚線美も拝《おが》めて眼福《がんぷく》だ。

「ミクちゃん、声もいいよね。さっきの注文の声、ちょっとハスキーで、いいなあ」

「そうだろ？　ああいう子がスナックにいたら毎日通っちゃうよな？」

大将が運んだ料理を味わいつつ微笑《ほほえ》む表情は、人を幸福にする感じすらある。

最初は冷静に観察するように観ていた鋼太郎だが、魅力的なその姿に思わず見惚《みと》れるうちに、目が合ってしまった。

ドギマギする鋼太郎に、ミクちゃんはニコッと笑顔を返した。

「余裕がありますね。大人なんだな」

「接客業なんだから愛想も良くなるだろうさ」

「同じ接客業でもセンセイは全然愛想よくないけど」

と小牧ちゃん。

「しかしね、ああ見えてミクちゃん、結構苦労してるみたいなんだよ」

大将は調理の手を休めずに言った。

「親が早く死んだりしてさ、話を聞いてると健気《けなげ》でさ、応援したくなる」

「営業トークじゃありませんか？　水商売の女性の身の上話は、ほとんどがフィクションだと聞いていますよ」

錦戸はそう言って、下手《へた》な大阪弁で「知らんけど」と付け加えた。

「それにしても、貧しく育った女性が生活のために性風俗に従事というストーリーは、好きになれませんね。日本の貧しさを感じてしまうので」

錦戸はそう言って焼き鳥を食べて口の周りをタレだらけにした。

「そう言うけどよ、警部殿。今の日本は貧しいんだ。大学の奨学金を返すために風俗で働いてる女の子だって、決して少なくはないんだよ。警部殿のように恵まれた人ばかりじゃないんだ」

大将は調理の手を休め、そこで錦戸に両手を合わせて拝むように言った。

「ねえ、あの店はあのままそっとしておいて戴《いただ》けませんか？　庶民の小さな楽しみなんですよ」

錦戸は無言だ。返答に困っているのかもしれない。

「こんな下町の小さな店、いちいち摘発しなくてもいいじゃないですか。世の中にはもっと悪いヤツがゴマンといるってのに」

だんだん腹が立ってきた様子の大将に、しかし錦戸は言った。

「私としては、違法行為が目の前にある以上、見逃すわけにはいかないんです」

雰囲気が険悪になりかけたので、鋼太郎は割って入った。

「そういや『マルサの女』って映画でこれと似た感じの遣り取りがあったなあ。小さな店の脱税を見つけた税務署員が『ウチみたいな零細《れいさい》をいじめないで、もっと大きな脱税をしてるところから取りゃあいいじゃないか！』って言われて『取りますよ！　それがどこだか教えてください！』って言い返すの。そんな感じですか？」

鋼太郎が錦戸に訊くと、「ええまあ」と曖昧《あいまい》な返事が返ってきた。大将は収《おさ》まらない。

「日本でアレは違法なのかもしれないけどさ……それを言い出せば、ソープはどうなのよ。パチンコはどうしてバクチにならないんだよ？　杓子定規《しゃくしじょうぎ》に違法だからって、庶民のそれもちょっとした楽しみを奪うことなんか、ないんじゃないの？」

「大将。それを言い出すと、法治《ほうち》国家じゃなくなりますよ？　庶民の楽しみを奪うなって言いますけど、何処かできちんと線を引かないと、グダグダになります。ナニが罪かを、誰かの好みとか気分で決めるようになってしまったら、世の中メチャクチャですよ。それでいいんですか？」

錦戸にハッキリ言われた大将は、「そう言うけどよ、世の中、美味《うま》い汁《しる》吸ってるヤツだって多いじゃないか」と負け惜しみを言った。

「だから、それが誰か言ってください。捜査して捕まえますから」

「私はイヤだな。そういう密告みたいなの」

小牧ちゃんがぼそっと言った。

「そうですよ。だから、法律が必要だし、法律の正しい運用が必要なんです」

錦戸が力説した。

と、その時。

ガタンと音を立てて、鋼太郎たちに背を向けて座っていた男が立ち上がり、こちらに向かってきた。それをミクちゃんが慌てて追いかけている。男は言った。

「錦戸警部。本官、いや私は西久保慶太《にしくぼけいた》と言います。今、お話に出ている、『シャングリラ』のオーナー店長です」

短髪の大柄でがっしりした男。顔は温厚《おんこう》そうで、悪徳警官というより、町の駐在さんという感じだ。

「お話は聞いてました。たしかに私は墨井署の地域課で巡査部長を拝命しておりながら、禁止されている副業を営んでおります」

店内の空気が凍《こお》り付き、一瞬にして緊張が走った。

客たちはグラスを置き箸《はし》を止め、固唾《かたず》を飲んでカウンター席を見つめた。

「判っています。他所《よそ》の国では警官の副業が認められていたりするようですが、日本では禁止されている。それは重々承知です。私は明日、辞表を出そうと思います」

「西久保巡査部長。それで免責《めんせき》されるとでも思っているのか？　辞表を出して済む話ではない。この件は懲戒《ちょうかい》免職間違いなしだし、売春防止法違反で逮捕されるべきだ。過去に同じような事件が幾つもあった」

錦戸は突き放した。

「幾つもあったの？」

鋼太郎が驚いた。

「はい。私が覚えている限りでは、二〇〇二年に警視庁組織犯罪対策五課の刑事が複数の風俗店の開店や改装資金として数百万円を出資していた件、二〇〇八年に福岡県警戸畑《とばた》署巡査部長が派遣型風俗店を実質的に経営して少女に売春をあっせんした上に、暴力団にみかじめ料まで払っていた件、二〇一二年に警視庁万世橋《まんせいばし》署刑事組織犯罪対策課の現職刑事が大田《おおた》区大森北《おおもりきた》の雑居ビルで売春クラブを共同経営していた件。つい最近もあったはずです」

鋼太郎は錦戸の記憶力にほとほと感心した。

「西久保巡査長。逃亡しても無駄ですよ。警察は身内の恥は徹底的に隠すんだから、どこまで逃げても捕まります」

「逃げません。素直に逮捕されます。しかし、悪いのは私だけであって、スタッフの女の子に責任はありませんから」

「そうはいかないでしょう。調べはほとんどついています」

錦戸と「シャングリラ」のオーナー西久保は正面から激突した。

「しかし、こちらにはこちらの事情があるんです」

「それはそうでしょう。すべての犯罪には事情があります」

西久保は弁解するように、その「事情」を話した。「シャングリラ」はもともと別人が経営していたが、警邏《けいら》中に立ち寄って違法行為がないか確認するうちに、そのオーナーが店を手放したいが従業員の生活もあるので無責任なことは出来ないし、熱心な常連客もいるから放り出せないと相談してきて、無下《むげ》には出来なくなって……。

「それでお前が経営を引き継いだというのか？」

錦戸は自分より年上の巡査部長を「お前」と呼んだ。

「はい。あの店は、一種の福祉施設だったんです。たしかに本番行為は違法ですが、切実にお金を必要としている子もいて……それに、そういうことは一切せずに、ただ相手の女の子と話だけして帰る老人も多かったんです」

「その言い分はまったく通りませんね。違法行為と判った上でやっていたのなら、より悪質ではないですか」

錦戸は突き放した。

「申し訳ありません。言い訳と取られたのであれば私の不徳の致すところです。私としては、あくまでも店の立ち位置というか存在意義というか……それを判っていただきたくて」

西久保は食い下がったが、錦戸は眉を寄せて顔を隠すようにジョッキを傾けた。

「あの……私からも言わせてください」

ミクちゃんが西久保の後ろから前に出た。スキニーデニムが下半身に密着して、こういう緊迫した場面には不釣合なほど、色っぽい曲線美を見せている。上半身も胸の膨《ふく》らみが魅惑的で、さすが、店の看板嬢だと納得させる悩殺力がある。

「この辺は下町です。新宿や池袋みたいにビジネスライクなだけの商売はしてません」

「あのね、そういう問題ではないんですよ」

錦戸は相変わらず門前払いの態度を崩さない。

「そうかもしれません。でも、杓子定規に取り締まっても、そこから抜け落ちるものがあるんじゃないですか？」

「あなたの言うことは判ります。でもね、さっき、この人にも同じ事を言われたんですよ」

錦戸は大将を指差した。

「違法って言うならソープはどうだパチンコは、と。杓子定規に違法と決めつけて、庶民のちょっとした楽しみを奪うなって」

錦戸が指さす先を辿《たど》ったミクちゃんは、調理場にいる大将に頭を下げた。

「いつもご贔屓《ひいき》に」

「はあ……このたびは、とんだことで。なんと申し上げていいか」

通夜《つや》の客のようなセリフを口にする大将。

「とにかく、悪い事はしてたんでしょうけど、うちの店をまるで……悪の巣窟《そうくつ》みたいに言われるのは凄く抵抗があります」

ミクちゃんは錦戸に言い切った。

「売春は、悪い事です。違法行為です」

錦戸もピシッと言い返した。

「そうですか……どうせ私も捕まるんでしょうけど……ボッタクッてないです。むしろタダでして上げたことだってあるし。タダなら売春にはならないですよね？」

「グレーですね。だからと言って免責にはなりませんよ。警察は犯行の全体を見ますから」

錦戸も引かない。

「それでも……私らのやってることは、一種の福祉だと思ってます」

西久保も再度言った。

「ボロ儲けしてませんし、ボッタクリもしていません。良心的な価格で、店としての儲けだって微々《びび》たるものです。税務署は部屋の稼働率《かどうりつ》しか見ていないので誤解してますが」

「そうです。女の子たちが奴隷《どれい》みたいに酷使《こくし》されてたってこともありません。お店を休んでみんなで温泉に行ったこともあるし、福利厚生《ふくりこうせい》もきちんとしてます」

ミクちゃんは言い添《そ》えた。

「判りました。西久保巡査部長、あなたの店が、性風俗の店としては極めて良心的な経営をしていたことは認めましょう。しかし、だからと言って『赤信号は止まれ』だと決まっているのに、運転手の判断で勝手に進むのは間違っている。そうでしょう？」

錦戸も言い分を曲げない。それはそうだ。ここで曲げると、警察全体の存在理由が問われてしまう。

「そうですか。錦戸警部、よろしければ、店にご案内しましょうか？　いえ、警部を接待して口封じをしようなんて考えてません。ただ、実態を知っていただきたくて」

「断る」

錦戸は即断した。

「いずれ家宅捜索ということになるでしょう」

居酒屋の中の空気は、最悪になった。他の客は黙って成り行きに耳を傾けているだけだが、雰囲気としては百パーセント、西久保やミクちゃんに味方している。中にはミクちゃんのファンもいるはずだ。

自分にとって完全に不利でアウェーであると察した錦戸は、不機嫌《ふきげん》そうに立ち上がった。

「……追って沙汰《さた》があるはずです。それを待つように」

そう言い残し、カウンターに勘定《かんじょう》を置いた錦戸は、立ちすくむ西久保とミクちゃんを無視して店を出ていった。

店内の空気が弛緩《しかん》した。思わず「あ～」と溜息《ためいき》をつく客もいる。

「しかし警部殿のアレ。過去の事件を立て板に水ですらすら列挙するのは凄《すご》かったね」

鋼太郎と小牧ちゃん、大将の三人は、錦戸の博覧強記《はくらんきょうき》ぶりに呆《あき》れている。

「まったくあのヒトは賢《かしこ》いね。さすが元警視のエリートだ。東大出だったよね？」

大将はタコさんウィンナーとおでんを出しながら、唸《うな》った。

「墨井署に来てからだって、いくつも事件を解決してるし」

「そうだよ。あんな優秀な人物が、どうしてこんな街の警察に降格されてきたんだろう？」

鋼太郎も、かねてからの疑問を口にする。

「そりゃ理由はひとつしかないでしょう。性格の悪いところ」

一言で切って捨てる小牧ちゃん。

「いや、ひとつじゃ足りないか。融通のきかないところ。愛想のないところ。無駄に優秀なところ。ケチなところ」

「いや、小牧ちゃん、ケチってのは言い過ぎだ。警部殿が我々に奢《おご》らないのは奢る理由がないからだし、下手に奢ると便宜供与や贈賄《ぞうわい》の罪に問われるか、或《あ》いは官民接待になるのを恐れてのことなんじゃないかな」

何故か錦戸に成り代わって言い訳をしてしまう鋼太郎。だが小牧ちゃんは容赦ない。

「要するに、すべて引っくるめたら、『ちっちぇえヤツ』ってことになりますかね？」

小牧ちゃんのまとめに、鋼太郎はちょっと可哀想になった。

「まあそういうことだけど……警部殿は服務規程に杓子定規なまでに忠実なんだよな。それをちっちぇえヤツと言われてしまうと立つ瀬がないねえ」

そこで大将が、シャングリラの二人に気を遣った。

「……どうです？　仕切り直して、お二人も一緒に一杯」

「ああ、それがいい。テーブル席に移動しますか？」

この場をどう収拾したものかと考えていた鋼太郎は、ひとまず立ち尽くしている二人を誘った。

「あ、申し遅れましたが、私らは錦戸警部殿とは腐《くさ》れ縁《えん》で」

「存じてますよ、榊さん。整体師で趣味が私人逮捕。この町のことは職務上知ってます」

本業の職務上ですけどね、と言う西久保。鋼太郎はミクちゃんにも、立ち上がって、きちんと挨拶をした。

「お初にお目に掛かります。お噂はかねがね」

「あ、でも私らもここらで退散します。すっかりお店の空気を悪くしてしまって」

西久保は勘定をして、ミクちゃんと二人で店を出ていった。

「なんとか穏便《おんびん》に収まらないものかねえ」

二人を見送って、大将が呟いた。

「まあ、今の世の中、大岡裁《おおおかさば》きみたいなことはないよなあ……」

　そのあと、鋼太郎たちの席はお通夜《つや》のように静かになってしまった。

　一人でコーラを飲みつつ生姜焼き定食を食べていた若い男が、ミクちゃんが出ていった店の扉の方向を、身じろぎもせず、いつまでもじっと見ていた様子が鋼太郎の記憶に残った。


　それから数日経って、「シャングリラ」は突然、閉店した。オーナーの西久保は警察官を懲戒免職の上、売春防止法で逮捕されたらしいということを、鋼太郎は「街の噂」で知った。整骨院に来る客の話や居酒屋「クスノキ」で耳に入るあれこれを総合すると、そういうことになる。

　というのは、あの日以降、錦戸と会っていないからだ。墨井署に行けば会えただろうが、事件には無関係な鋼太郎が首を突っ込むわけにもいかない。

「西久保さんの副業を黙ってる代わりにタダにして貰っていた警官はお咎《とが》めなし。女の子たちのうち何人かは事情聴取されたが、逮捕はされていないらしい。今後どうなるか判らないけど、西久保さんがすべての責任を取ったって事になるんじゃないの？」

「クスノキ」にもその後、錦戸が顔を出さないので、鋼太郎と小牧ちゃんが大将に知り得た事を話した。

「東京砂漠のオアシスは枯れ果てて、消えてしまったんだね」

すでにノスタルジーの心境にある大将が溜息《ためいき》をついていると他ならぬ錦戸がやってきた。

「おやおや、血も涙もない警部殿のお出ましか。飛んで火に入る夏の虫とはこのことだ」

鋼太郎が言うと、錦戸は「なんのことでしょう」と強がってみせた。

錦戸としては、ここで弱気なところを見せるわけにはいかないのだ。何故なら法を司《つかさど》り法の下の平等を実践《じっせん》するべき警察のあるべき姿としては、錦戸の主張こそが正しいからだ。警視総監が暗に指示した、「手心を加えろ」的なやり方のほうが間違いなのだ。

とは言え、この居酒屋「クスノキ」は言わば「シャングリラ応援団の牙城《がじょう》」の感があるだけに、錦戸は意を決して敵地に乗り込んだというところか。

ビールを頼んだ警部殿は、鋼太郎や大将が黙っているのが逆に居心地が悪そうで、自分から口を開いた。

「あなた方、言いたいことがあるんでしょう？　オアシスの破壊者とか蜘蛛《くも》の糸を切った無慈悲《むじひ》なヤツとか？」

「そこまで高尚《こうしょう》な事は言いませんよ」

しかし、錦戸の不満そうな様子が、鋼太郎は気になった。

「西久保は逮捕されて送検されました。地検も起訴《きそ》して裁判になるでしょう。女性従業員に関しては情状酌量《じょうじょうしゃくりょう》で不問《ふもん》にする方向ですが、私は反対しています」

「反対だと？　天使ちゃんというか観音様《かんのんさま》というか菩薩《ぼさつ》を罪に問うつもりかアンタは！」

大将が水餃子に爪楊枝《つまようじ》をハリネズミのようにぶすぶすと刺して錦戸に出した。

「はい。売春していたのは事実ですから……西久保は売春の場所を提供した罪……売春防止法第十一条違反ですが、ミクちゃん、本名・大西美枝子《おおにしみえこ》その他については第八条『対償《たいしょう》の収受《しゅうじゅ》等』の罪が該当《がいとう》します。五年以下の懲役若しくは二十万円以下の罰金」

「裁判なら情状酌量の証人に立つぞ！」

大将は小さなピザにタバスコを真っ赤になるほどかけて錦戸に出した。

「警部殿。これは、店の気持ちであります」

そうですか、と皿を受け取った錦戸は、少し言い訳するように言った。

「ただね、事情聴取を重ねるばかりでなかなか逮捕に至らないんです。これは問題です。明らかな違法行為を見逃すと、誤ったメッセージを、その方面の業者に出すことになってしまいます。今後性風俗店の取り締まりはしない、との暗黙《あんもく》のサインです」

「だったら取り締まりも逮捕もしなくていいんじゃないの？」

「そうおっしゃいますが、ボッタクリそのほかのトラブルが起きてもいいんですか？　この界隈《かいわい》の治安が悪くなって犯罪の巣窟になってもいいんですか？　街の風紀というモノは一気に悪くなりますからね。そうなると、この店だって、妙な客が増えて面倒な事になりますよ」

錦戸は脅《おど》すように言った。

「お～コワいコワい。警部殿に脅迫《きょうはく》されちまったぜ」

大将がわざとらしく怯《おび》えてみせたその時。カウンターに置いた錦戸のスマホが振動し始めた。

「電話が来てるよ、警部殿」

鋼太郎がスマホを指差したが、珍しく錦戸は無視した。

「いいんです。大事な電話ならしつこくかけてくるでしょうから」

スマホは切れることなくえんえんと振動し続けている。

「……どうやら大事な電話のようですね」

しぶしぶスマホを取り上げ、応答した錦戸が「えっ！」と叫んだ。

店内の全員が注視する中で錦戸は黙ったまま頷きつつ架電《かでん》してきた相手の話を聞き、コースターを裏返してメモを取った。

「判りました。戻ります」

そう言って通話を切った。緊急事態が発生してすぐに署に帰るのかと思った錦戸だが、なぜか悠然《ゆうぜん》とジョッキを傾け、ヤキトリを食べている。

そうなると、錦戸の周囲の方が逆に落ち着かない。

「あの、いいんですか、警部殿？　すぐ署に戻るんでしょ？」

鋼太郎がおずおずと訊くと、錦戸は「いいんです」とぶっきらぼうに答えた。

「私がムカついてることをアピールするんです」

いやしかしそれでは……と鋼太郎がソワソワし始めると、彼は事情を語り出した。

「例の『シャングリラ』の女性従業員……大西美枝子と連絡が取れなくなりました。最後の任意での事情聴取のあと、逮捕状を執行《しっこう》しようと呼び出したのに出頭せず、住所にもおらず……現在行方不明であると。拉致《らち》とか誘拐《ゆうかい》なら私も即動きますが、いたずらに逮捕を先送りして、あげく失踪《しっそう》されたとなると」

その情報に、大将も鋼太郎も怒った。

「失踪って……まるでミクちゃんが逮捕を恐れて逃げたみたいじゃないか！」

「そんな筈《はず》は無い。彼女はそういうことをする子じゃない」

「ですが、現状では逃亡したと見なされても仕方ありません」

錦戸はそう言うとようやく立ち上がり、「まあ、探すしかないでしょうね」と言って勘《かん》定《じょう》を置くと警察署に戻っていった。

不満そうに大将が言う。

「警察が『シャングリラ』を庇いたいのは、警察関係者が多数関与していたからで、別に下町のオアシスを守ろうというつもりはないわけだよね」

鋼太郎も釈然《しゃくぜん》としない。

「そうなんだろうけど、それじゃあ、あの店が可哀想な気もする。おれは客じゃなかったけど、大将の言うことを聞いているとシンパシーを感じてしまうよ、下町のオアシスに」

鋼太郎はそう言って熱燗《あつかん》を頼んだ。

「店が終わったら、ちょっとその『シャングリラ』に行ってみないか？」


二十三時を過ぎて、三人は居酒屋「クスノキ」から、歩いて駅と反対側にあるファッション・ヘルス「シャングリラ」に足を向けた。

雑居《ざっきょ》ビルの二階。「シャングリラ」のネオン看板は消えていて、一階の入口脇には「臨時休業」の札が出ているが、大将は気にすることなく階段を上がり、店のドアを押した。休業しているのにドアは開き、中に人がいた。

「あ、いらっしゃい」

カウンターに立って並べた書類から顔を上げたのは中年の男だった。黒いチョッキに黒の蝶ネクタイ。パチンコ屋でマイクを握って「じゃんじゃんばりばり」とか言ってるヒトっぽいが、この店のマネージャーらしい。

「よう。休業の札が出てたけど、どうしたかなと思ってさ」

大将が如何にも常連らしい口ぶりで話しかけると、マネージャーは一礼して言った。

「お気遣いありがとうございます」

「警察沙汰になって、大変だね」

ええまあ、とマネージャーは顔を曇らせた。

「オーナーは、おれがおまわりさんなんだから絶対に大丈夫って言ってたのに……その上、ミクちゃんまでが行方不明って……」

「まさか、誰かに誘拐されたとか殺されたとかって可能性は……」

大将は不安そうに訊き、近くのソファに座り込んだ。

「まさかそれは……いや、ミクちゃんは看板嬢でしたから、どこかの店が強引に引き抜いたってことはあるかもしれませんですね」

マネージャーは情けない顔で答えた。

「それで行方不明となると、穏《おだ》やかならぬ話ですが」

大将が立ち上がった。

「この店について説明しておこうか」

大将は鋼太郎と小牧ちゃんに、店のつくりについて話した。

「こことあそこと、個室が二つある。中には簡単なシャワーと、整体の治療台みたいなベッドがあって、そこでマッサージをして貰う。そうだよね？」

大将はマネージャーに確認した。

「個室が二つ？」

それじゃ経営が成り立たないんじゃないかと鋼太郎は思った。

「はい。狭いから二室が精一杯で、それ以上部屋を増やしても稼働率が下がっちゃうので。性風俗の本場の新宿とかと比べると、さすがに客が多いとは言えないです。この辺だと錦糸町に行っちゃうのかな？　それにキャストも休憩《きゅうけい》しなきゃ大変だし……新宿とかと比べればこの辺では人気店でも、ガッツリ稼ぐには客が少ないんで、ゆるゆるマイペースでやるタイプの娘《こ》が残る感じで」

マネージャーはやたら新宿と比較する。

「ですから、稼ぎたい娘は錦糸町とか新宿、池袋に行って、残った娘は少数派ののんびりタイプ。それがここのお客さんにもハマってたんですけどね。奇跡のマッチングだったんですよ。本番も、稼ぐためってことはあったにせよ、情にほだされて、という面が大きいんです」

マネージャーは極めて残念そうに言った。

「……昔、この近所に赤線があったろ？　あったんだよ。おれも知らないけど、昔の話を聞くと」

大将が問わず語りに話し始めた。

「玉《たま》の井《い》とか鳩《はと》の街《まち》とか、有名な赤線が。昔の赤線はただヤルところじゃなくて、人情があったらしくてね」

「荷風《かふう》なんか小説にしてますしね」

マネージャーは教養の一端を見せた。

「この店も、下町らしく人情があったよね。客と親しくなって、淋しい一人暮らしの客の世話をするキャストがいたりしたんだ。その一人がミクちゃんで、特に世話好きだったな。まだ若いのにさ」

「今どき？」

小牧ちゃんが驚いた。

「昔の話ならそうかもしれないと思うけど……まあ、今でも田舎《いなか》の、それもお年寄りなら、そういう親切な人もいるかもしれませんね」

小牧ちゃんは、世話好きの老人がやってる、田舎の飲食店を紹介するテレビ番組を観たのだろう。

「そりゃあ実態を知らない人の偏見だよ。今だっていろいろさ。事務的にコトを進める娘もいれば、客にお節介を焼く娘もいる。客だってそうだ。コトを済まして金を放り投げる男もいれば、相手の嬢に親身になる男もいる。それは今も昔も同じだと思うよ。人間がやる事だもの」

大将はしみじみと言った。

「じゃあそのミクちゃんとも？」

鋼太郎の問いに、大将は頷いた。

ミクちゃんはね、とマネージャーは呟くように言った。

「彼女は亀戸天神の方に住んでます。ワンルームの小ぎれいなマンションです。平日昼間は他のバイトもしていたはずですよ」

「じゃあ、そっちのバイト関係が怪しいのでは？」

小牧ちゃんは顎《あご》に手をやって名探偵のように首を傾げた。

「彼女、原付《げんつき》持ってましたから、宅配便や料理の配達もやってました」

マネージャーが答えると、小牧ちゃんが反応した。

「注文を受けて配達した場所に変態がいて、誘拐されたとか」

「可能性は、ある」

私人逮捕が趣味で、日頃「事件がおれに寄ってくる」と豪語する鋼太郎が、クロウトのような口ぶりで言った。

「警察は心証的に、ミクちゃんが、逮捕されたくなくて逃げたと思ってるんじゃないか？　誘拐の捜査的な事はしてないかもしれないな」

「だったらミクちゃんを指名手配すればいいじゃないか」

「たしか、逮捕状が出てないと指名手配は出来ないはずだ」

鋼太郎はなおもクロウトぶって答えた。

「ミクちゃんのファンは多かったので、可愛さ余って独占したい、と思ったお客さんがいるんじゃないかと」

マネージャーは心配そうに言った。

「その場合は拉致監禁ってことになりますよね」

なおも指を顎に当てて考える様子の小牧ちゃんに、大将が大声で言った。

「警察に何もする気がないのなら、おれたちがきっちり探せばいいんじゃないか？　この地元なら、おれたちの方が細《こま》かな土地勘があるぞ！」

「捜査の邪魔だって警部殿に怒られそうだけど……」

鋼太郎がそう言うと、大将と小牧ちゃんは不満そうに顔を見合わせた。

「だってほら、錦戸さんは警察のルールを守るから」

「ルールを守る？　そうかなあ？」

小牧ちゃんが首を捻《ひね》った。

「だとしたら、私たちが何回か事件に巻き込まれて右往左往《うおうさおう》した、アレは一体なんなの？　錦戸さんの捜査に協力しましたよね、私たち？」

「だからあのセンセイは、我々を上手に利用してるんだよ。昔の同心が町のチンピラを目明かし、あるいは岡っ引きとして便利に使ったのと同じ。同心は目明かしに駄賃《だちん》を払っていた。センセイはウチで飲むだけ」

時代劇が好きな大将が教養の一端を披露《ひろう》した。

「するってぇと、おれたちはいわゆる『親分さん』か。じゃあおれが銭形の親分で、大将はさしずめ人形佐七《にんぎょうさしち》親分」

鋼太郎も減らず口を叩いたが、すぐに真剣な表情になった。

「いや……おれたちは、成り行きで事件に首を突っ込んでただけだ。あくまでも任意だ。だから、同心たる警部殿と主従関係はねえんだ」

鋼太郎はそう言って、さらに真剣な口調で言った。

「同心と目明かしじゃないし、主従関係でもない以上、我々も警部殿の指図《さしず》は受けない。興味がなければスルーするし、面白そうなら首を突っ込む。今おれは、ミクちゃんの人となりを知って、他人とは思えなくなった。だから探す。そういうことでいいんじゃないか？」

そうと決まれば、と鋼太郎はマネージャーに訊いた。

「仮にミクちゃんが拉致監禁されたとして、コイツが臭《くさ》そうだという常連さん、心当たりありますかね？」

「あると言ったら、どうするんですか？」

「その常連さんの家にミクちゃんは居るんじゃないかと」

「あ、個人情報は教えられませんよ！」

マネージャーは一応拒《こば》んだが、「どうせこの店はもうオシマイか」と呟《つぶや》いた。

「いいでしょう。この店には『常連さんカード』があって、登録には住所氏名を書いて貰うので、そのリストをお見せしますけど……常連さんの名前も住所も、嘘だと思いますよ。フーゾク通いを奥さんとか恋人にバレたくないでしょ？」

「ちなみに大将は？」

「全部本当のことを書いた。ほれ！」

大将はカウンターにだされたリストを指で追って、自分の名前と住所を見つけた。

「大将の場合は例外じゃないかなあ？」

リストに見入った小牧ちゃんは文字を目で追った。

「住所はなんかリアルっぽいですよ。真っ赤な嘘はないみたいです。よく、新宿区渋谷町八百番地とか嘘丸出しの住所を書いたりするけど、そこまでのは無いし」

小牧ちゃんは前のめりになって、言った
「このリストの住所を尋ねてみます？　今から？」


リストを元に三人が常連客を一軒一軒当たるうち、時刻は午前零時を回った。

この辺は老人人口が多いので、窓の明かりは消えている。もう寝ているのだろう。

躊躇《ちゅうちょ》しながら玄関チャイムを押しても返答がなかったり、しばらく時間がかかってインターフォン越しに応対があっても、何か言う前に「間に合ってます」「結構です」と言われて門前払いされてしまう。

「申し訳ありません。緊急のことでちょっと伺《うかが》いたいことが……」

と来意を告げても、そのまま切られたりする。ひどい家だと警戒されすぎて「警察呼びますよ」とまで言われてしまった。

収穫、ゼロ。誰もまともに応対してくれない。

「そりゃそうだよなあ。おれだってこんな時間に知らないヤツがいきなり来て『伺いたいことがある』とか言われたら、絶対相手にしないもんな」

鋼太郎は早々と白旗《しろはた》を揚《あ》げた。

「まあでも、この近くにもう一軒あるから、そこを最後にして帰って寝ましょうか」

小牧ちゃんがリストを指差した。

「中江《なかえ》俊太郎《しゅんたろう》……じいさんかな？」

リストに書かれた住所に行ってみると、そこは一戸建ての、そこそこ年季《ねんき》が入った家だった。既に午前一時になっていたが、窓にはまだ明かりが付いている。

「中江」と書かれた表札の横にある玄関チャイムを押した途端にドアが開いた。飛び出してきたのは中年の女性だ。この家の主婦らしい。

「俊太郎？　あら……」

俊太郎なる人物の帰りを待っていたらしい。しかし彼らがお目当ての人物ではないと判ると、彼女の疲れた顔には失望の色が浮かんだ。

「どうも、夜分に恐れ入ります。というか、奥さん、どうかされたんですか？」

「あの、息子が、帰ってこなくて。時々プチ家出をするんですけど、だからって放っておけないし……受験生で難しい年頃だし、いろいろと」

奥さんはたぶん高校生くらいの息子の帰りを待っていたのだ。

「あの、こちらに中江俊太郎さんという方はいらっしゃいますでしょうか？」

「俊太郎は息子です。息子がどうかしましたか？」

食い気味の反応。

「あの……息子が何か？」

「なんと……中江俊太郎さんは息子さんなんですか！」

鋼太郎は素直に驚いた。高校生がファッションマッサージに行く時代なのか？

「ですから息子がどうかしたんですか？　どうして息子の名前を知ってるんですか？」

鋼太郎は穏便《おんびん》に説明しようとしたが、「おたくの息子さんが性風俗店の常連で」とは言いにくい。どう伝えようか言葉を選んでいると、代わりに小牧ちゃんが答えた。

「俊太郎さん、この時間まで帰ってこられてないんですよね？　事件に巻き込まれた可能性があります。息子さんは、『シャングリラ』というお店に出入りしていたようなのですが、ご存じですか？」

「それはどういう店ですか？」

問い返された小牧ちゃんは、ちらっと大将を見たが、冷静な声で返事した。

「マッサージのお店です」

ああ、それで、と奥さんはホッとした顔になった。

「俊太郎は三浪しておりまして……今年こそ志望校に合格するって根《こん》を詰《つ》めて勉強してるんですが、それで肩が凝るんでしょうね。時々ストレスも溜《た》まって、出かけていろいろ発散してるようですが」

「先ほど、プチ家出するとおっしゃいましたが」

ああ、そのことですか、と奥さんは無理に笑顔を作った。

「ですから勉強で根を詰めすぎて、時々、息抜きに出かけるんです」

そういうわりには、さっきは心配そうに玄関から飛び出してきたのでは……。

怪訝《けげん》な視線を感じたのか、奥さんは反撃に出た。

「あなた方、警察？　町内会の防犯自警団？　いったいなんですの？」

「あ、いえ、我々は……その、知り合いと連絡が取れなくなって、つまり行方不明になりまして、その知り合いについて、おたくの俊太郎さんが何かを御存知ではないかと信ずるに足る理由が……」

鋼太郎がぼそぼそと言うと、奥さんは顔を引き攣《つ》らせて後ずさり、家の中に逃げ込もうとした。

「ウチには関係ないですから！」

「いえ、関係あるとは申しておりませんので、ちょっとお話を……」

「帰ってください。しつこくするなら警察呼びますよ！」

金切り声で言われてしまうと、とりつく島がない。いや、逆に「これはクサい」と思わせてしまう言動だ。ぴしゃり、と目の前でドアを閉められた。

三人は顔を見合わせた。

「帰ろう。時間も時間だし、我々は警察じゃないんだし」

大将がそう判断し、三人は口々にドアに向かって「お邪魔しました。おやすみなさい」と声をかけて、その家から離れた。

「あれ？　駅はどっちだっけ？」

すでに深夜で、看板やビルの明かりも消えてしまった。位置関係が判らない。

この辺りは駅からそう離れていないはずなのだが、小さくて古い家が密集している。

「この辺は空襲にも遭わず、火は近くまで迫ったけど結局燃えなかったんだ。まさに紙一重ってヤツだ。だから昭和よりもっと前の、大正時代の古民家とかも残ってる」

大将はガイドのようにこの界隈について解説しながら歩いた。

「古民家といや聞こえはいいが、要するに潰《つぶ》しの利かない空き家だ。住むにしても壊すにしても権利が錯綜《さくそう》して、もはや誰が持ち主か判らなくなっている。ちっぽけなボロ家に、権利者が百人とかいたりするんだぜ？　結局、ワケの判らないことになったまま、家は朽《く》ち果《は》てて」

たしかに、屋根は傾き、全体が雑草に覆われて、今にも倒壊しそうになっている廃屋《はいおく》が、この小さな道沿いにも建っているのが見えた。廃屋を指差して大将が言う。

「ほら、ここまでになっちまうともう手遅れだ。取り壊して更地《さらち》にするのにもカネがかかるし、この辺のこの程度の土地の権利じゃ、取り壊し費用を考えると赤字になる。無人のまま、朽ち果てていくに任せるしかない。ほら、このアパートだってそうだ」

また指差した二階建ての建物は、いわゆる「木賃《もくちん》アパート」というやつか。木造二階建てで鉄階段がついている。しかし一階部分の窓ガラスは割られドアも壊れて、中が丸見えだ。近くの木の枝が伸びて、窓の中まで刺さっているのも見える。

しかし二階を見上げると、こんなボロボロの廃屋なのに、窓に明かりがあった。

「おい……誰か居るぞ」

「だってこんな廃屋だぞ？」

「ホームレスが住み着いたりしてるんじゃないか？」

大将と鋼太郎はああでもないこうでもないと言い合っていたが、「見に行く方が早い」という結論に達した。だが小牧ちゃんの顔に怯えが走った。

「危険ですよ……誰がいるか判らないじゃないですか」

「妖怪《ようかい》がいるとか？　怨霊《おんりょう》がいるとか？　そういう霊的《れいてき》なものなら、明かりなんか要らないんじゃないの？」

怯える小牧ちゃんは珍しいので、鋼太郎はついからかいたくなる。

「お化《ば》けなんか怖くありません！　人間だから怖いんですよ！」

「援護《えんご》を頼むか？　警部殿に電話すれば……」

と、大将。

「しかしそれは、二階にいるのがナンなのか、最低でも確認しないとダメじゃないの？　工事の人が忘れていった点《つ》けっぱなしの懐中電灯とか……いや、悪ガキがつるんでヤクでもキメてるのかも」

鋼太郎はそう言って、「悪ガキなら警察を呼ぶ理由にはなるな」と独り言ちた。

「でも、勝手に入ると、家宅侵入になるんじゃないんですか？」

小牧ちゃんはあくまで抵抗したが、「だから様子を見るだけだよ」と大将に蹴散らされてしまった。

「足音で気づかれるかもしれないから、忍び足でな」

大将を先頭に、三人は抜き足差し足で鉄階段を上り、崩れかけたアパートの中に入った。

明かりが点いているのは道路に面した部屋だった。ということは、階段を上ってすぐ右側の部屋だろう。

その部屋のドアは壊れていて、きちんと閉まっていない。

「おれ、目が悪いからアンタ覗《のぞ》いて」

大将は鋼太郎に譲《ゆず》ったが、鋼太郎も視力に自信がない。暗いところだとよく見えない。

「ここは一番若い小牧ちゃんにお願いしよう」

小牧ちゃんが無理やりドア前に押し出されてしまった。

仕方なく、壊れたドアの隙間《すきま》から室内を覗き込むと……。

荒れ果てた室内には壁などの残骸《ざんがい》が散乱しているが、床には人影らしいものが見えた。

一人は横たわり、もう一人は窓に寄りかかってスマホを見ている。スマホを見ているその顔は若い男のようで、どこかで見覚えがある……。

横たわった人影は、その曲線から女性のように思われた。腰から足にかけて描くラインが、女性特有の豊かな曲線を描いているからだ。

この二人は、小さな声で話をしている。語調が荒かったり不穏《ふおん》だったりする様子は無いので、その女性と若い男は一応、落ち着いて言葉を交わしているように見えた。

「どうだ？　見えたか？」

鋼太郎の口を塞《ふさ》いだ小牧ちゃんはそろそろと後ずさりし、大将の手も引っ張って、階段をゆっくりと下りた。廃墟アパートから少し離れてから、ようやく口を開いた。

「床に横たわっている人影……たぶん女性と、窓に寄りかかってる若い男がいました」

「どうして女と若い男だと判る？」

鋼太郎が訊いた。

「横たわっているラインが女性特有の感じで。男の方は、スマホを見ていたから。画面で顔が照らされて、若い男だと判りました。どこかで見たことがあるような……」

思い出せない、と小牧ちゃんは言った。

「二人は何か話してました。声が小さいので何を話しているのかまでは判らなかったけど、言い争っているようではなかった……かな」

「なごやかに話をしてた？」

鋼太郎に訊かれた小牧ちゃんは迷いながら答えた。

「まあ、そう言っても間違いではないかと」

「とにかく、あんな廃墟《はいきょ》に勝手に入り込んでるんだから、警察に電話してもいいよな」

鋼太郎は、錦戸直通の携帯に電話を入れた。

「警部殿。今どちらです？」

『墨井署です。そちらこそこんな時間に何をしてるんです？』

「実は、墨井署管内にある廃墟アパートに男女一組の不審人物がいまして……そして、これは関係あるかどうかわからないのですが、『シャングリラ』の常連客に三浪の受験生がいて、その受験生が今夜、まだ帰宅していないそうです。それで、廃墟アパートにいる男女の男の方がもしかして、その三浪受験生なのではないかと」

だったら女性の方は失踪した「シャングリラ」の従業員なのではないか、と鋼太郎は言った。我ながらちょっと無理筋のような気もするので、駄目押しに言ってみた。

「それでですね、警部殿、現在、廃墟アパートにいる女性の方は横たわっているので、もしかすると手足を縛《しば》られて拉致監禁されているのかも」

二人が穏やかに話をしていたことは言わなかった。

『判りました。刑事課一係とウチで急行します！』

錦戸はキビキビした声で対応した。

あとは、警察が到着するまでに、部屋の中の二人が出てきてどこかに行ってしまわないか、だ。その場合は三人で何かと話しかけたりして足止めすることにした。

「しかし相手はなにか武器を持ってるかもしれないぞ。ナイフとか、それこそバールのようなものとか」

廃墟の一階を見ると、タオルかけとか、ガスのホースとか、使えそうなものがいくつかあった。

それを拾い集めていると……電話してから十五分ほどで警察車両が一台、音もなくやってきた。

中から降りたったのは、錦戸だった。あとは生活安全課から一人、誘拐事件の疑いもあるからか、刑事課一係からも一人が付いてきている。

「二人は出てきていません」

鋼太郎が報告した。

「ふむ。帰ってきていないプチ家出の中江俊太郎と、そのガールフレンドかもしれない女性、ですか。その中江くんというのは三浪の受験生なんですよね？」

錦戸は小牧ちゃんに確認した。

「はい、お母さんらしい人が三浪だと言ってました」

「三浪の受験生はだいたい心を拗《こじ》らせてるから、ガールフレンドを作って廃屋に閉じ籠《こも》るようなことはしないものです。というか、そもそもそんな余裕がない」

錦戸はなぜか浪人生に感情移入するようなことを言った。

「ん？　警部殿は現役で東大文一に合格したんじゃなかったんですか？」

「誰がそんなことを言いました？　ま、とにかく……ミクちゃんこと大西美枝子が逃亡したと読んだのは間違いだったかもしれません」

錦戸は一係の刑事と二言三言話をして、刑事たちを配置につかせ、ドアの隙間から胃カメラのようなものを挿入して部屋の中を調べよと命じた。

「でも、本当に、無関係な若いヤツ……家出人とかが一夜を明かしてるのかもしれませんよ。そうだった場合、怒らないでくださいよ」

小心な鋼太郎が錦戸に頼んだ。

「怒りませんけど、鋼太郎さんの信用は落としますね」

「ホラまたそういうことを言う……」

「錦戸課長。準備が出来ました。高感度カメラなので、ハッキリ見えます」

刑事の一人がタブレットを持ってきた。それにはドアの隙間に差し込んだカメラからの映像が表示されている。

「良好だ。寝ている女性のような人影を映してくれ」

錦戸が無線に指示を出すと、画面は横になっている人影を中央に捉えて、ズームアップした。

「あ、これ、ミクちゃんだ」

タブレットを見た大将が確認した。

「間違いないですね？」

一係の刑事が鋭い目で大将を見た。

「間違いありません。ミクちゃんです」

画面の中のミクちゃんは、ブルゾンにジーンズ姿で手足を縛られ、口に猿轡《さるぐつわ》のようなものをされているように見えた。小牧ちゃんが先刻、二人の話し声を聞いた時には、猿轡はされていなかったのだろう。

「これは猿轡じゃないです。ボールギャグといって、ゴルフボール大のものを口の中に入れられて紐《ひも》で固定されています。縄とかタオルとかで顔を縛るより確実で……ＳＭプレイでもよく使われますね」

錦戸は立て板に水の口調で説明した。

「あんた、ＳＭにも造詣《ぞうけい》が深かったのか」

「それよりも……彼女の着衣には乱れはないようですね。意識もしっかりしているようだ」

画面の中の彼女は、目をしっかり開けているし、その瞳は虚《うつ》ろではない。顔に殴《なぐ》られた痕《あと》もないようだ。

「カメラ、男の方に寄ってみて」

錦戸は再び無線に指示を出した。画面はスマホを見ている男の顔にズームした。

高校生と言ってもいい若い男だ。真面目で内気そうな感じではある。細身で、青白い顔に無精髭《ぶしょうひげ》がパラパラと浮いている。気持ちが落ち着かないのを懸命《けんめい》に、スマホを見て紛《まぎ》らわしている感じだ。

「だったらこの男が、『シャングリラ』の常連だったという中江俊太郎で間違いないんじゃないか?」

その横では他の刑事が警察無線で中江俊太郎の身元確認をしている。

タブレットを凝視していた小牧ちゃんが「あ!」と叫びそうになったので口を押さえた。

「……思い出した! この彼、『クスノキ』に来てましたよ! ほら、小さいテーブルでコーラ飲みながらずっと定食食べてた」

それを聞いた大将も、「あーあーあー」と思い出した。

「たしかに。このヒトはたまに来て、酒を飲まないで安い定食を食べて帰るんだよ。家で食わなかったのかね?」

「家だとあのお母さんがギャアギャアうるさいから、メシは外で済ましてたとか？」

鋼太郎の推理に、大将は「かもな」と応じた。

「そう言えば、この前、店のオーナーとミクちゃんが来たとき、ミクちゃんをジト目で見てたよね」

小牧ちゃんはタブレット画面に映っている中江俊太郎を見て記憶を手繰《たぐ》っていたが、画面の中に気になるものを見つけた。

「ねえこれ、ヤバくない？　ガスを発生させるアレじゃない？」

どれどれと覗き込んだ鋼太郎にも、ゴミだらけの床にいくつかのボトルと、大きなバケツが置いてあるのが判った。

「もしかして……ミクちゃんを道連れにして自殺しようとか？」

「硫化水素《りゅうかすいそ》ガスを発生させて？　それにしては部屋が広いし廃屋で隙間だらけですよ。密室じゃないと……あっ、これは」

否定しかけた錦戸だが、床にはガムテープがまとまった量あることに気がついてしまった。これで目張りをしようというのか？

「まずいかもしれません。本気で拡大自殺を決行しようとするかも」

そこへ部下の刑事が集まってきた。

「錦戸課長。今回はどうします?」

刑事たちが錦戸の方針を聞きにきたのだ。

「この前のコンビニ立て籠もり事件の時は説得するのに時間がかかってしまいましたが、今回は凶器《きょうき》なども持っていないようだし、被疑者は受験生でしょう? 短時間に終わらせるために強行突入してもいいのでは?」

「そうですね。三浪だと未成年ではないですが……マスコミに知られて取材がわっと来てしまうと面倒です」

タブレット画面に映っている様子では、こちらの動きは悟《さと》られていない。

「中江俊太郎はどうするつもりなんでしょうね? こんなところにミクちゃんを連れ込んで……なんだか無理心中するつもりだけど、まだその決心がつかず、スマホを見るフリをして自殺する勇気を搔《か》き集めているような……そんな感じに見えてしまうんですが」

鋼太郎が錦戸に言った。

「それは私も同じように感じています」

「じゃあ……?」

そうですね、と錦戸は頷いた。

「モタモタしてると気づかれて、被疑者に妙な気を起こさせてしまうかもしれない。一気にやりましょう。閃光弾《せんこうだん》や催涙弾《さいるいだん》の用意はありますか？」

一係の刑事がそれに頷《うなず》いて手に持っている手榴弾《しゅりゅうだん》のようなものを見せた。

「では、決行しましょう。私の指示で開始します」

はい、と返事をした一係と生活安全課の刑事は音を立てないように鉄階段を上がった。

その時、バタバタという足音とともに、「シュンちゃん！」という叫び声が響いた。

俊太郎の母親が駆けつけたのだ。取るものも取りあえずという感じで、さっき玄関先に出て来たときと同じ格好に、サンダル履《ば》きだ。

「シュンちゃん、そこに居るのはわかってるのよ。あなた、一体なにやってるの！」

「お母さん！　静かに！」

思わず鋼太郎が前に出て、中江俊太郎の母親の口を塞ごうとしたが、遅かった。

廃屋の二階の窓が開いて、俊太郎が顔を出した。

「るせーババア！」

「シュンちゃん！　あなた、女のヒトといるんだって？　あなた、その女に騙《だま》されてるのよ！」

母親は俊太郎に叫んだ。

「誰がここを教えたんだ？」

錦戸は鋼太郎たちを睨《にら》み付けたが、鋼太郎たちとて、ついさっきまで、籠城《ろうじょう》事件が起きていることは知らなかったのだ。母親が叫ぶ。

「教えてもらわなくてもそれくらい判る。シュンちゃん？　お母さんはね、シュンちゃんのことなら何でも知ってるのよ。お願い目をさまして。そんなアバズレに誑《たぶら》かされないで！」

「ミクちゃんはアバズレじゃねえ！」

と、大将が怒鳴った。

「何言ってるの！　シュンちゃんは大事な受験を控えてる大事な身なのよ！　騙されてるのに決まってるじゃない！」

母親は言い返した。

この騒ぎで、周囲の家の窓に明かりがつき始めた。

二階から顔を出した俊太郎は、開き直ったようだ。

「ったく……マジで今から死んでやる！　もう、何もかもめんどくせえんだ！　どうせ今年も合格しないよ！　おれは期待通りのヤツじゃないんだよ！　全然ダメなんだよ！　どこにも受からないよ！」

「だってあなた、この前の模擬試験、凄かったじゃない？　全国十八位って。東大だって入れるじゃない？」

　母親も必死だ。

「あの結果は捏造《ねつぞう》だよ！　順位を通知する紙を前の模擬試験順位表から加工して作って、それに嘘の順位をプリントアウトしたんだ！　そうでもしなきゃ、アンタがギャアギャアうるさいから！」

　息子にそう言われてしまった母親は絶句した。

「……なにもそこまでやらなくても……」

「アンタは、勉強しろしか言わないだろ！　いい加減受かってくれないと恥ずかしいとか。だけど、ミクちゃんは違うんだ。おれの悩みとか全部聞いてくれて……なんというか、一緒に悩んでくれたんだ！　おれが勉強するしかないって事は判ってるよ！　だけど、勉強してもダメなんだよ！　なにひとつ、思い通りにならないんだよ！」

　教育虐待《ぎゃくたい》をする母親とマザコン息子のやりとりを聞いていた小牧ちゃんが大将に囁《ささや》いた。

「これって……要するにミクちゃんが、あのダメ息子のお悩みを聞いて、カウンセリングをしてたってことですか？」

　鋼太郎がぼそっと言った。

「そういうことだな……正規のカウンセラーだって、こうすればいいって解決策なんか言えないけど、悩みを聞いてやって一緒になって泣き笑いするだけでも効《き》くんだよな」

どれだけ頑張っても結果が出なくて、それで心が折れたのなら、その気持ちは判る、と鋼太郎は思った。

「その憂《う》さ晴《ば》らしに、受験生なのに『シャングリラ』に通って抜いて貰ってたってか?」

大将が呆れたような声を出した。

「ミクちゃんも大変だ……」

「今からこの部屋の隙間を塞ぐ!」

窓から半身を乗り出した俊太郎が叫び、ガムテープを見せた。

「彼女にも手伝って貰って……一緒に死ぬ!」

「ミクちゃんは解放しろ! 死ぬんならお前だけ死ね! 他人を巻き込むな!」

ミクちゃん親衛隊の大将が吠《ほ》えた。

「この、最低最悪のダメ人間が!」

「ちょっと、なんですか! うちの大事なシュンちゃんにその言い方、許しませんよ!」

俊太郎の母親が大将に噛《か》みつき、俊太郎がなおも絶叫する。

「あーうるさいうるさい、ババアもおっさんもルセーんだよ! 出来ることなら、もっと大勢を巻き込んで死んでやりたかったけど、それは無理だから……せめてファンが多いミクちゃんと、今からおれは一緒に死ぬ！」

その時、部屋の中から言葉にならない叫びが聞こえた。ミクちゃんが「助けて！」と言っているのだ。

「バカ野郎！　ミクちゃんを解放しろ！」

大将は叫んで階段を駆け上ろうとしたが、刑事たちに止められた。

それを見た俊太郎は、「じゃあな！」と言い残して窓を閉めた。

「今からガムテープで目張りをし始めるのでしょう。人質がいるから手出しをしないと踏んでいるのです」

錦戸は冷静に分析した。

「そのウラをかく。いいか、開始だ！」

錦戸が叫んだ。

と、一呼吸おいて、二階からぽん、という音がした。同時に、窓の中が、ぱあああっと、眩《まぶ》しいほどに明るくなった。

タブレット画面を見ると、おそらく閃光手榴弾だろう、部屋の中に投げ込まれた何かが眩《まばゆ》い光を発して炸裂《さくれつ》し、同時にもくもくと白い煙を噴き出しているのが判った。

閃光弾と一緒に催涙弾も投入したらしい。

中江俊太郎は激しく咳《せ》き込んでいる。ガスマスクをした刑事たちが部屋の中に飛び込んでいった。

しかし、窮鼠《きゅうそ》猫を噛む状態の俊太郎は刑事に体当たりして突き飛ばし、刑事たちの手をかいくぐって部屋から逃げ出した。

鉄階段にかんかんかんかんという激しい足音がして、中江俊太郎が駆け下りてきた。

「まさか……ありえない不手際《ふてぎわ》です」

事態の推移《すいい》を見ていた錦戸が鉄階段に向かって走った。

「一係！　しっかりしてくださいっ！」

叫んだ錦戸の目の前に、被疑者・中江俊太郎が現れた。

「邪魔するな！　そこを退《ど》けっ！」

立ち塞がる錦戸に俊太郎は叫んだ。一見ひ弱そうな俊太郎だが、人間、必死になると、何をしでかすか判らない。

「警部殿、危ないっ！」

思わず鋼太郎も叫んだ。

俊太郎が錦戸に突進してゆく。

しかし。

自分に向かって突進してきた俊太郎の腕を摑んだ錦戸は鮮やかに体《たい》を入れ替え、そのまま豪快な一本背負いを決めた。

道路上に激しく叩きつけられた俊太郎は、きゅうという声を発してそのまま動かなくなった。

しかし……よく見ると、仰向けに倒れ込んだまま、泣いていた。

「シュンちゃん！」

母親が駆け寄って抱き起こそうとしたが、刑事に止められて引き離された。

はっと我に返った小牧ちゃんは鉄階段を駆け上がろうとしたが、ちょうどその時、刑事に両脇を抱えられて、救出されたミクちゃんが外に出てきた。

「大丈夫!?」

小牧ちゃんはミクちゃんの顔を覗き込んだ。

「はい。大丈夫です……ありがとうございます」

健気《けなげ》に言ったミクちゃんは、激しく咳き込んだ……。

「被疑者は、中江俊太郎二十一歳。本籍、東京都墨井区本墨井四丁目十番十号、現住所同

じ。被疑者は一昨日の夜十時頃、かねてより横恋慕《よこれんぼ》していたマッサージ店『シャングリラ』の元従業員ミクちゃんこと大西美枝子が、料理配達のアルバイトもしていることを利用して、墨井区本墨井五丁目十二番の、以前は日高荘と呼ばれていたアパートの廃墟に料理を配達させ、そのまま身柄を拘束し、本人の供述では無理心中をしようとしたと。しかしその勇気が出ないままいたずらに時間が経過し、榊整骨院院長・榊鋼太郎と同従業員小牧果那《かな》、居酒屋クスノキ店長の楠木太一《たいち》が発見。警察に通報され、拉致監禁の現行犯で逮捕。大西美枝子は無事保護されたが、監禁や催涙弾などの影響を考慮《こうりょ》して入院中」

事件が起きた二日後の夕方、墨井署会議室で、鋼太郎たち三人は事件の経緯を錦戸から説明された。

「以上が、検察に送った書類の一部です。被疑者の中江俊太郎は身柄も地検に送りましたので、ウチとしては一件落着です。被疑者が受験生ということで刑事処分について検討しましたが、成人扱いとします。しかし中江俊太郎は、受験勉強による過度のストレスから心神耗弱《しんしんこうじゃく》状態を来《きた》しており、責任能力は無かったと主張していて、彼の両親も精神鑑定を要求しています。警察医による簡易鑑定《かんいかんてい》では、全くの正常という結果が出ましたが、本人と母親は納得しておりません」

心神耗弱なら最悪、不起訴になる。それは人権を守ることであるが、納得出来ないという世論も強い。罪は罪、病気は病気として分けて考えるべきだという主張だ。

「詐病《さびょう》だろ、どうせ？　ヤツは無理心中と称してミクちゃんを殺そうとしたんだよ？」

大将は口を尖《とが》らせた。

「それによう、誰だって人を殺す時は異常な心理状態だよね？　それを心神耗弱とか言ったら、殺人犯の殆《ほとん》ど全員がそうなるんじゃないの？」

「大将の言うとおりだ。冷静沈着に殺したとしても、人を冷静に殺せる事自体、冷酷であり異常だって見方もできる」

と、鋼太郎も言った。

「まあ、ミクちゃんは無事に救出されたんだし、俊太郎ってヒトも傷ついてないんだし
……心は傷ついていてそうだけど」

小牧ちゃんが、取りなすように言った。

「どう？　これからウチでお疲れ会でもやらない？」

墨井署からの帰り道、大将が提案した。

「いいね」

鋼太郎は二つ返事で賛同した。

「警部殿はどうする?」

「まだ早いし、我々だけで先にやってればいいんじゃない?」

ということで、鋼太郎たち三人は、「クスノキ」に移動した。

みんなで乾杯して飲んでいると、ミクちゃんが「このたびはどうも」と顔を出した。

「もう大丈夫なの?」

真っ先に大将が訊いた。

「催涙弾で目が痛いだけだったので……いろいろ検査してもらって別に問題なかったので、退院しました」

「まあまあ座って座って。大変だったね」

鋼太郎が席をずらしてミクちゃんを座らせ、大将が中生を運んで来た。

「本当にありがとうございました。皆さんがあの時、あの部屋の懐中電灯の明かりに気づいてくれなかったら、あたし、殺されていたかもしれません。助けていただきました」

ミクちゃんは神妙に頭を下げた。

「では、改めて」

と大将が音頭をとったが「まあ百パーセント目出度《めでた》い、と言い切れないんだけどね……」と鋼太郎が言った。

「そもそも警察官による不祥事《ふしょうじ》が発端《ほったん》だしね……」

と言ったとき、「クスノキ」の扉がガラリと開いた。

「あんたたち、なにを乾杯なんかしてるのよっ！」

叫びながら中江俊太郎の母親が怒鳴りこんできたのだ。

「あんたみたいなアバズレのせいでうちのシュンちゃんが！」

母親は鬼のような形相《ぎょうそう》でミクちゃんを指差した。

ミクちゃんは困ったような泣き笑いの表情で、何も言えない。

「誰だよ、あんなのにこの集まりのことを知らせたのは」

大将がうしろめたそうに俯向《うつむ》いた。

「大将、あんたか？」

「いやね、息子になり代わってどうしてもひとこと謝りたいって、あの奥さんに頼み込まれて……」

「どこが謝ってんのよ？」

小牧ちゃんが呆れているその横で、母親はますますヒートアップした。

「あんた、よくもうちの大事な跡取り息子をたぶらかしてくれたね？　息子の未来をメチャクチャにして！」

「いやいや奥さん、それは違うでしょう」

と鋼太郎が諭《さと》そうとしたが、母親はまったく聞く耳を持たない。矛先《ほこさき》を鋼太郎に変えて言い募《つの》った。

「余計なお世話だよ！　だいたいね、あんたみたいな負け組ジジイは、うちのシュンちゃんの足元にも寄れないんだよ！　シュンちゃんには、あんたの百倍明るい未来があったんだからね！」

そう言われてしまうと何も言い返せない鋼太郎は、黙ってしまった。

それを小牧ちゃんが見咎《みとが》めた。

「どうしたセンセ！　こんな理不尽《りふじん》なことを言われて、なぜ黙っちゃうのよ！」

「いや、だってさ。おれの未来が大したことないのは言う通りだし、もう枯れたし、この先いいことも無さそうだし……あとは死ぬだけかなあと、つい思っちまってね」

「センセ、鬱《うつ》気味じゃないですか？　カウンセリングか心療内科《しんりょうないか》にかかったほうがいいですよ」

小牧ちゃんが心配したが、そんなことはどうでもいい俊太郎の母親は、ミクちゃんを罵《のの》り続けている。

「あんた、うちのシュンちゃんに監禁されている間も、シュンちゃんにあなたの気持ちは判るとかヤケにならないでとかあなたには未来があるからとか、気を持たせるようなことをさんざん言ってたそうじゃないか？　弁護士の先生から聞いたよ。なのにシュンちゃんが警察に逮捕されてから一度も面会に行ってないって、どういうことなのあんた？　このあばずれが！」

ミクちゃんは母親に「ごめんなさい」とひたすら謝っている。それを小牧ちゃんが遮《さえぎ》った。

「お母さん、それは誤解ですよ。ミクちゃん、いえ大西美枝子さんはさっき退院したばかりなんです。その上、大西さんはアナタの息子に拉致監禁されたのに、アナタのバカ息子をなんとか落ち着かせようとして、つまり説得して個人的なつながりを構築しようとして必死だったんじゃないですか！　人質にされた、もしくは誘拐された場合、犯人に殺されないためには、それが基本のきじゃないですか！」

そう言った小牧ちゃんは「知らんけど」と付け加えたが、母親は余計にキレた。

「あーうるさいうるさいうるさいっ！　あんたも女のくせに血も涙もない、警察みたいなことばかり言うんじゃないよ！　とにかくね、うちのシュンちゃんは何も悪くないの。社会と、シュンちゃんを合格させない大学と、追い詰めて罪を着せた警察と」

母親は両手でミクちゃんに指をつきつけた。まるで「ゲッツ！」のポーズだが母親は興奮していて気づかない。

「そこのあばずれの淫乱《いんらん》の風俗女が一番悪いんだよッ!! あんた、うちのシュンちゃんがプロポーズしたのに断ったそうじゃないか? 今からでもウチの嫁になると言って拘置所《こうちしょ》に面会に行くってんなら、あんたのこと、許してやってもいいよ。だからあんた、シュンちゃんの嫁になりなさい!」

「ごめんなさいお母さん。それはちょっと……」

ミクちゃんは言葉を選んだ。

「何? 断るって言うの? え? フーゾク嬢の分際で何言ってるの? ちゃんとした家の嫁になれるチャンスなのに? あんた、自分の身の程《ほど》が判ってるの?」

「判ってます。でも、あたしにだって、選ぶ権利はあるので……」

ミクちゃんの言葉に、母親は完全にキレて爆発した。

「この淫売《いんばい》が! あんたは誰にでも股を開く淫乱女のくせに、なにエラそうなこと言ってるんだ! あんたに選ぶ権利なんかないんだよ! このクソ女!」

と、鋼太郎や大将、小牧ちゃんも顔色が変わるような聞くに堪《た》えない罵詈讒謗《ばりざんぼう》を浴《あ》びせていると、ミクちゃんがすっくと立ち上がった。人が変わったような低音でぶちかます。

「ババアうっせーんだよ!」

ミクちゃんが、遂《つい》にキレた。

「黙って聞いてりゃなに？　あんたが産んで育てた、キモいダメ息子があたしのお客だったことは事実。お客さんだからきちんと接客したのも事実。キモバカ息子に拉致られて、殺されたくなかったから、優しく接したのも事実。説得してやめさせようとしたのも事実。けどそれは、あんたのキモバカ息子がちょっとでも好きだとか、そういうことでは一ミリもないんだからね！」

テーブルのグラスがその音圧で振動するほど大きな声で、キッパリとミクちゃんは言い切った。

「アタシはアバズレかもしれないけれど、プロなんだ。プロとして当然の接客をしただけだよ。それを勘違いして際限なく付け込んできたのがあんたのキモバカ息子。頭悪い性格悪いコミュ力ない社会性ゼロの、まれにみる低スペックのくせして、どうしてアタシと付き合うどころか、結婚なんてトンチキなことを考えられるわけ？　あんたもキモバカ息子も頭おかしいよ。しかもあんなキモバカ息子と結婚したら、もれなくアンタまでついてくるんだろ？　最低最悪にも程があるでしょうがッ」

これでさすがに尻尾《しっぽ》を巻いて逃げ去るかと思った俊太郎の母親だが豈図《あにはか》らんや、キエーッという怪鳥のような奇声を上げると、ミクちゃんに飛びかかった。

「アバズレッ！　殺してやる！」

母親はミクちゃんの頬に往復ビンタを浴びせ、怯《ひる》んだ彼女を押し倒して馬乗りになり、その首に手を掛けて絞めにかかった。

「アウト！　首を絞めるのはアウト！　殺人未遂の現行犯！」

鋼太郎がそう叫びながら割って入り、狂乱状態の母親をミクちゃんから力ずくで引っぺがした。

「私人逮捕する！」

鋼太郎が母親を抑え込み、大将が食材梱包《こんぽう》用のナイロン紐を小牧ちゃんに渡し、二人がかりで母親の手足をぐるぐる巻きにした。

大将の通報で、近所の交番から警官が飛んできて、ほぼ同時に錦戸も駆けつけた。

「十七時五十分……だったかな、殺人未遂の現行犯で、私人逮捕しました！」

鋼太郎の報告に、錦戸は「ご苦労様でした」と警察官らしく敬礼で返すと、ようやくおとなしくなった母親をパトカーに押し込んで去って行った。

「嵐来たり去るとはこのことだな」

鋼太郎はやっと腰を下ろし、小牧ちゃんもミクちゃんも席に戻った。

「一難去ってまた一難だったたね……」

そう言いながら鋼太郎がミクちゃんを見ると、彼女の可愛い顔には痣《あざ》が出来て、殴られた痕が変色しつつある。

「大将！　氷を頂戴！」

慌てる鋼太郎に、だがミクちゃんは晴れ晴れとして言い放った。

「あー、ずっと言いたかったことをハッキリ言えて、スッキリしました！」

「これからどうするんですか？」

小牧ちゃんがミクちゃんの今後を心配した。

「ちょっとこの町には居辛《いづら》いから……他の町で仕事探します。私、プロの意地はあるけど、そうは言っても、ちょっと他の仕事しようかと。疲れちゃったかな」

ミクちゃんは笑ってジョッキを傾けて、オツマミのもつ煮込みを口に入れた。

カウンターの中では大将が、「そうか……おれも『プロとして』対応してもらっていた一人にすぎなかったのか」などと、ブツブツと言いながらオツマミを作り、悲喜こもごものうちにクスノキの夜は更けていった。

第二話　木造アパート空き巣＋依頼殺人

日曜日。

朝からの晴天で空は抜けるように青く、爽やかな初夏の風が吹き抜けている。

隅田川《すみだがわ》に沿って、両岸には公園が点々と続いている。公園は時々途切れるが、それを縫《ぬ》う道は全部つながっていて、ジョギングする人で賑《にぎ》わっている。

賑わってはいても、ジョギングの聖地・皇居の外周路と比べれば、のどかなものだ。俊足のランナーに邪魔者扱いされたり、ぶつかられたりすることもなく、自分のペースでゆっくり走れる。

色とりどりのランニングウェアの老若男女が、それぞれの速度で走っているのは見ているだけでも楽しい。

鋼太郎は、ある時から見ているだけではなく自分も走ることにした。最初は億劫《おっくう》だったが、走って汗をかくと、これが中々気分が良い。帰り道に銭湯《せんとう》に寄り、ひとっ風呂浴びてから飲むビールも最高だ。日曜は朝から銭湯が開いているのが素晴らしい。

小牧ちゃんを誘っているのだが「休みの日までセンセと一緒にいるのは嫌です」と断られてしまった。たしかに日曜ならデートで忙しいのだろう。

というわけで一人で走っているのだが、特に薄着の女性が走っている眺めは、健康的な色香《いろか》を撒《ま》き散らしていて、まさに眼福《がんぷく》だ。そういう邪念《じゃねん》が起こるところを見ると……オレもまだ枯《か》れきってるわけじゃないのか。

鋼太郎はそう思いつつ、つい、ニヤニヤした。前を走る若い女性の、腰から腿《もも》にかけての曲線が、なかなか魅惑的だったからだ。

すれ違う若い女性の、Tシャツ越しに揺れる胸を見るだけでもなんだか単純に嬉《うれ》しい。

男って本当にバカだ。

そんなことを思っていると……背後から突然声をかけられた。

「汝《なんじ》、姦淫《かんいん》するなかれ！　ですよ、榊鋼太郎さん」

こういう時に一番聞きたくない声だ。

「出典《しゅってん》・モーゼの十戒《じゅっかい》。『右の目があなたをつまずかせるなら、えぐり出して捨ててしまいなさい』とも言います。これはマタイによる福音書《ふくいんしょ》五章より」

鋼太郎が振り返ると、やはりというか案《あん》の定《じょう》というか、果たしてというか、錦戸警部が立っていた。しかも、ジョガーパンツにタイツとジョギング・シューズ、ウィンドブレーカーにヘッドバンドという、格好だけはやたらに決まっている。

「どうしたんですか、警部殿？　ホノルル・マラソンにでも出るんですか？」

「私は形から入る主義なので」

そう言った錦戸はそこで真剣な顔になって鋼太郎をまじまじと凝視《ぎょうし》した。

「いいですか、榊さん。『汝、姦淫するなかれ』という戒《いまし》めは、性的に不純な行いはもちろん、不純な考えを口にすること、否《いな》、性的に不純な考えを抱《いだ》くことさえ禁じています。あなたは今、前の女性のおヒップを見て不純な考えを持ちましたね？」

「おヒップと言うのは、丁寧《ていねい》なようで下品ですな」

あんたはトニー谷《たに》かと言おうとしたが、通じないだろうから止めた。

「警部殿はそう言うが、思うくらい自由でしょう。街を歩いていて、あ、美人だな、スタイルいいな、オッパイの形がいいな、脚がきれいだなとか、思っただけでもセクハラになるんですか？」

「榊さんの場合、そういう思考がダダ漏《も》れです。ワタシは今、卑猥《ひわい》なことを考えてますというサインを全身から発している。それはモーゼの戒めに抵触《ていしょく》するでしょう」

「だっておれはクリスチャンじゃないし」

「イヤイヤこの戒めはいち宗教を超えてすべての人間の生き方の指針であると思いますよ」

鋼太郎は、もっと反論してやろうと思ったが、息が切れて立ち止まった。しかし錦戸は軽やかにそのまま走っていく。しかし少し走って引き返してきた。

「もう終了ですか？」

「喋りながら走ると息が乱れるんでね」

鋼太郎は近くのベンチに座り込んで、息を整えた。

「しかし何ですな。隅田川も近年は水がきれいになって、畔《ほとり》を走るのは気持ちがいいと思いませんか？」

「榊さんの場合は水や自然よりも……」

「もう結構！　この話は止めましょう」

錦戸がなぜかいつもより粘着的《ねんちゃくてき》に絡《から》んでくる。

「なにか、お気に召《め》さないことでもあるんですか、警部殿」

そう問われた錦戸は、投げやりな感じで自分もベンチに座った。鋼太郎は訊いてみた。

「ああ判った。きっとあれでしょう？　警部殿は順調に手柄《てがら》を立て続けているのに、いっこうにサッチョウに戻れませんね。その件ですか？」

警官の風俗店経営と、そこで働いていた風俗嬢の拉致監禁《らちかんきん》事件を（鋼太郎たちの協力を得て、ではあるが）見事に解決した錦戸なのに、やはり警察庁に戻ることはできていない。表情も冴《さ》えない。それもありますが、と錦戸は言った。

「あの事件、ほとんど報道されてないでしょう？　中江俊太郎《なかえしゅんたろう》がミクちゃんこと大西美枝《おおにしみえ》子《こ》さんを監禁して無理心中を図《はか》ろうとした件も、伏せられています」

そう言えば、新聞の東京二十三区東部版の片隅に、「廃墟《はいきょ》アパートに入り込んだノイローゼ受験生の身柄《みがら》を保護」みたいな記事が小さく載っただけだ。

「要するに警察は、西久保《にしくぼ》巡査部長がファッションマッサージ店を経営していた事件を公表したくないから、中江俊太郎の件も小さくしてしまうしかなかったんです」

「それが警部殿には大きな不満である、と」

「もちろんです」

しばらく黙って隅田川を眺めていた錦戸は、「実は……」と告白めいた口調で話し出した。

「私は、あの件と似たような事件で上に睨《にら》まれて、その結果、墨井《すみい》署に来ることになったんです。所轄《しょかつ》署と本庁の間では絶えず人事が動いて入れ替わっているので、特に都落《みやこお》ちというわけではありませんが」

「降格しなければ墨井署の若き署長だったわけですもんね」

「別に署長になりたいわけではないのです」

錦戸が本庁の上層部の逆鱗《げきりん》に触れてしまったのは、警察庁上層部が主導した不祥事《ふしょうじ》の揉《も》み消しに、錦戸が強く反対したからだ、と本人が話した。

「それは例えば、首相のお気に入りジャーナリストの逮捕を刑事部長が差し止めた、みたいな話かな？」

「ええまあ。そんなような話です。あんまり詳しい事は言えないんですけどね」

「そりゃあんた、虎の尾を踏んじまったねえ。職権で法を曲げた刑事部長は今や警察庁のトップだものねえ。組織の意向に逆らったら勝ち目は無いよ、いくら警部殿でも……ねえちょっと、詳しく聞かせてくださいよ。私のような者が相手でもぶっちゃければスッキリしますよ！」

目をランランと輝かせ、身を乗り出す鋼太郎。だが。

「それは……すみません。守秘義務《しゅひぎむ》というヤツがありまして」

「ああ、それなら話さないで結構です」

鋼太郎の方で引かなければ、錦戸は守秘義務とか言いながら全部喋《しゃべ》ってしまいそうだ。

この男には「ルールは自分が作る」と思っているところがある。

「いずれ裁判沙汰になり、表に出るでしょう。その時ならお話しできるのですが……」

話す気満々だったのに寸止めされた錦戸は残念そうだ。

二人はほどなく、どちらからともなく誘い合って、錦戸が知っているというカフェに場所を移した。

隅田川が一望できるウッドデッキには陽光が降り注ぎ、周囲は森のような緑に包まれている。木立《こだち》を抜けて吹いてくる風も心地よく、都心なのに喧噪《けんそう》も聞こえない。

「このへんに、こんなオシャレなカフェがあるとは知らなかったねえ」

鋼太郎は素直に驚いた。

「警部殿がこんなオシャレな店を知っているとは……そいつもびっくりだが」

「そうでしょう？　こうしてみると隅田川がセーヌ川に見えるじゃありませんか。パリに行ったことはありませんが」

「なんならテームズ川とかハドソン川でもいいですよ」

「チグリス・ユーフラテス川となるとかなり違いますね」

「もしくはナイル川とか黄河《こうが》とか」

「隅田川でいいじゃないですか」

　そこに運ばれてきたクロワッサンに生ハムとチーズを挟んだサンドウィッチを二人は頰張った。

「美味い。これがパリ情緒《じょうちょ》をそそりますな」

「テームズ川ならフィッシュ＆チップス、ハドソン川ならハンバーガーでしょうか」

「チグリス・ユーフラテス川なら……」

　二人とも中東のことには詳しくないので、話はここで止まった。

「ときに、警部殿。さっきの話……」

「榊さん。パリジャンは、こういう時にはワインを飲むんでしょうか？」

　蒸《む》し返そうとした鋼太郎を遮《さえぎ》るように錦戸が訊《き》いた。

「向こうの人は昼間っからお酒を飲みますよね？」

「いや、パリジャンに限らないだろ。日本人にだって、昼間から飲んだくれてる駄目なオッサンは大勢いるよ」

「それはまたちょっとニュアンスが違いますね。場所で言うなら再開発前の立石《たていし》あたり、アテはアタリメとかモツ煮込みで」

　錦戸は、さっきの話を今は続けたくないようでカフェのスタッフを呼び、白ワインをふたつオーダーした。自分の傷を改めて晒《さら》したくないように鋼太郎は感じた。

「蒸し返すようだけど、さっきの話。錦戸さんは、そういう上司の不正というか、不公平というか、身内に甘すぎる体質に楯突《たてつ》いたんだよね？」

「言葉の選択が悪いです。『楯突く』には、反抗する、ないしは逆らうという、組織人としてマイナスなイメージがあります。私の場合、正当な批判・指弾《しだん》です」

錦戸はそう言って冷えた白ワインをくいっと飲んだ。

「警察だけではなく、身内に甘くいろいろ隠したがるのは役所の体質です。それが嫌なら辞めてしまえばいいようなものですが、役所でしか出来ない仕事、民間では不可能な事もたくさんあるので、私はそういう組織の中で粘ってるんです。私は私なりに頑張っているんです」

「おきばりやす、ってとこか」

鋼太郎としてはそう言うしかない。

まだ飲み物は残っているが、話が続かない。恋人同士なら沈黙も楽しいだろうが、オッサン二人の沈黙は気まずい。

錦戸は唯我独尊《ゆいがどくそん》系だから別に何とも思っていないだろうが、鋼太郎は違う。整骨院は接客業でもあるから、どうしても相手の事を気遣《きづか》ってしまう。

鋼太郎は、無理に話題を探し出して振った。

「そういやね、錦戸さんはネットを見ますか？」

「見ますよ。それはもちろん」

「裏アカウントでひどいことを書いてたりして？」

「そう言う面倒な事はしません。もっぱら読むだけで書き込んだりはしません。そもそも私が書き込む場合、一市民として、でいいのか、あるいは警察の一員であるという自覚の元に書くべきか悩みます」

「警視庁とか墨井署とか、所属を明示しなければ、一市民としてネットに存在することになるのでは？　どこどこの立ち食いそばが美味《おい》しかったとか、そういう当たり障《さわ》りないことを書いてる分には何の問題もないでしょう。政治的発言だって、個人として書くのならまあいいのでは？　あんまり過激で偏《かたよ》ったことを書くのはアレだと思いますが」

「そうですね」

と、そこでまた話が終わってしまった。

錦戸の「そろそろ行きますか」の声を期待したが、それはない。もしかして、錦戸は挫《ざ》折《せつ》感を味わっていて、それを癒《いや》すために、誰かと一緒にいたいのかもしれない。

鋼太郎の勝手な思い込みかもしれないが、そう外《はず》しているとも思えない。錦戸の顔には傷心《しょうしん》の色が浮かんでいた。鋼太郎はなんとか別の話題で盛り上げたいと思った。

「警部殿は全然関心が無いでしょうが……旦那《だんな》の愚痴《ぐち》を赤裸々にTwitterに書き込んでいる奥さんがいましてね。それがまた面白いんですよ。これでもかと、それこそ微《び》に入り細《さい》に入りってやつで。まあ人の不幸っていうのは誰しも楽しいんでしょう。まとめサイトまで出来ていたりして」

ほら、これです、と鋼太郎がその書き込みを表示させて見せようとしたが、錦戸はずっと隅田川の川面《かわも》を見つめているので、取りつく島がない。

しかし、鋼太郎もめげない。

「『夫を絨毯爆撃《じゅうたんばくげき》』ってアカウントの人なんですけど。奥さんも仕事を持っていて、子供が二人いますが、夫は家事も育児もまったくしないし、子供の学校行事に参加する気もありません。夕食を外で済ませてくるという連絡も一切しないし、休みの日は一日居ないか、昼まで寝ているかのどちらか。かと思えば突然外出しようと言い出して予定をメチャクチャにするし、奥さんが風邪引いて寝込んだら奥さんを気遣う前に『オレの飯は？』と自分の夕食のことだけを心配して、コンビニで買ってくるというから家族みんなの分かと思ったら自分の分だけだったり……例えばほら、これ、ひどいでしょう？」

と、鋼太郎は『くそ旦那が車に乗って買い物に出かけた先でキレた。私と子ども二人を大荷物と一緒に置き去り。今すぐ降りろ、お前らもだ、とかありえなくない？』とスマホの画面を読み上げて、その書き込みを見せようとしたが、錦戸は一瞥《いちべつ》もしない。

「それが本当であれば、なかなかひどい夫のようですね」

錦戸の声は冷ややかだ。

「ひどすぎて、とても事実とは思えません。昔、ある芸人がＯＬになりきって、ＯＬ日記を執筆、それが話題になってテレビドラマや映画になったことがありましたね」

「錦戸さんはこれを創作だと言うんですか？」

「本当の事だという証明は出来ないですよね？」

「まあねえ……場所が東京、それもここと同じ下町だということは判るんですが、夫の職業も、奥さんの仕事もボカされているので特定は出来ません」

せっかく話題を提供したのに素っ気ない対応をされた鋼太郎は、予想していたことは言えちょっとガックリした。錦戸には「相手を慮《おもんぱか》る心」がほとんどないと、判ってはいるのだが。

「その奥さんの書き込みに人気があるというのは覗《のぞ》き趣味ですか？　他人の不幸を覗き見して『ウチはまだマシだわ』とホッとして、この人はダメだねえとせせら笑うような？」

「さあ、そこまで読み手が意地悪とは思えませんが。離婚しちゃいなよとか、よく我慢してるねとか、コメントはたくさんついてるんですよ」

いやいやと錦戸は首を振った。

「そんな、誰でもすぐに言えるようなことに、どんな意味や価値があるんですか？　普通の人が一般論をもてあそんで、ありがちな正論を唱《とな》え合っても、全然面白いとは思えませんが」

錦戸は急にインテリ風を吹かせる。

「女性はね、愚痴るばかりで解決する意思がないので、相談するだけ無駄なんです。一緒に『そうだよね』と言って共感して欲しいだけ。アドバイスは求めていないんです」

「あれ？　警部殿はそういう、女性を見下す論者のヒト？」

鋼太郎は小牧ちゃんに鍛えられて、オジサンながら意識変革の途上にある。

「まあ、警部殿が言うような傾向もあるのかもしれませんが……一般論と言うより、これはもう『ダメ夫あるある』なんです。その反応も『ウチなんかもっとひどい』みたいな不幸自慢になったりして。だから、みんな我が事のように思うというか、他人の不幸が楽しいっていうより、不幸を共有する心理というべきかも。いやまあ、おれみたいに単純に、書かれた愚痴を読んで面白がってる人もいると思いますが……読んでみません？」

鋼太郎はもう一度誘いをかけたが、錦戸は「いや結構です」とニベもない。だが鋼太郎はめげずに同じ話題を続けた。

「でもねえ、最近、ちょっと心配なんですよ。その奥さんの怒りが徐々にエスカレートして、危険水域に入ってきたかなって。ブッコロスとか、言葉遣いもキツくなってきて」

「周りが煽《あお》ってるからじゃないですか？　面白がって煽りまくるのはどうかと思いますよ。煽られ過ぎるとその奥さんも、振り上げた拳《こぶし》を下ろせなくなります。それは危険です。国同士だと戦争になったりします」

「いやもう、おっしゃる通りです」

正論しか述べない錦戸の説教を聞かされる気分になってきた鋼太郎は、さすがにうんざりして、腰を浮かせた。

「ときに警部殿、この近くに防犯上、少々気になる地域があるんです。ついでなので、視《し》察《さつ》されませんか？」

鋼太郎は錦戸を誘った。

「どうせなら、もう少し走りたいですし」

墨井区は面積は狭いが地区によって多様な顔を持つ。町工場が密集する地域や、その工員・家族が集まって住んでいた地域、農村だった地域、駅前の、昔から商店街だった地域……。

その中でも、急速に住民が高齢化したり所得が低下したりで荒れているところがある。

「この辺、最近とくに治安《ちあん》が悪くなったと言われてるんです」

鋼太郎の案内でジョギングする錦戸にもそれは判った。

割れたガラスを補修するガムテが古くなって剝《は》がれかけている民家。既に無住なのか屋根にも周囲にも草が生い茂り、壁もひしゃげて、今にも崩れそうに傾いている民家。周囲にゴミが山と積まれたゴミ屋敷。埃《ほこり》を被《かぶ》った食器や雑貨を放置しているような商店。不動産屋の看板を掲げてはいるが、締め切ったガラス戸の中一面に、物件のチラシや書類が大量に散乱している店。

その中に一軒だけ、真新しい建物のホームセンターがある。

「あれはね、潰《つぶ》れたスーパーを改装したんですけどね、釣《つ》り餌《え》と仏壇を一緒に売っているような店で、ろくなもんじゃない。あの店、ご近所とも揉めてるみたいで、ゴミが投げ込まれたりしてます……生活安全課には通報行ってません？」

「さあ。私のところには来てませんが……」

「通報すらしてない可能性はありますけどね……ワタシはまあ、地域住民としていろいろ見ておこうと思って、ジョギングするときは河畔《かはん》のコースだけではなく、これまで足を踏み入れたこともなかった辺りを、意識して走るようにしてるんですけどね」

単なる好奇心ではない。区内の防犯に少しでも貢献《こうけん》したい、という気持ちがあるからだ。

「特にこの辺では、ここんとこ猫が殺されたりもしてるようです……猫殺しは凶悪犯罪の始まりだという説がありますよね？」

残酷な殺人に至る犯人は、まず野良猫を捕まえて殺すところから始めるのだという記事を鋼太郎は読んだことがあった。

「たしかに、過去の事例を見ると、そういうケースはありますね」

錦戸も頷《うなず》いた。

そんなことを話しながらジョギングしていると、とある木造のアパートの前に、パトカーや警察関係者が集まっているのが見えた。

かなりの年代モノの古びたアパートには「第二みかげ荘」というプレートがついている。外に鉄階段があって、外壁が色褪《あ》せたトタン板で覆《おお》われた二階建てだ。

慌《あわ》ただしく出入りする警官の姿を見れば、事件が発生したとしか思えない。

「何があったんでしょうね？」

鋼太郎が訊く前に、錦戸は制服警官にツカツカと歩み寄り「何が起きたんですか？」と訊《き》いた。

「空き巣です」

「空き巣!?」

錦戸は驚いた様子で聞き返したが、鋼太郎は「やっぱり」と呟《つぶや》いた。

「ん？　今、やっぱりと言いました？」

錦戸が聞きとがめた。

「このアパート、前から気になってましてね。チェックしてたんです」

この「第二みかげ荘」は年季の入ったオンボロで、およそ金目《かねめ》の物があるとか、金を持っている人物が住んでいるようには見えない物件だ。

「空き巣が入ると知ってたんですか？　こんなボロアパートに」

「いえいえ、ワタシにそんな予知能力は無いです。でもね、ここを通りがかるたびに、なんだか、このアパートの様子を窺《うかが》ってるような不審者がウロついているのを何度も見かけましてね。スティーブ・ジョブズみたいな黒ずくめの格好だったので逆に目についたのかもしれませんが」

「でも、そういうファッションのヒトは昨今、さほど珍しくもないですよ？」

首を傾《かし》げる錦戸。

「まあねえ。ワタシもそう考えて……ワタシの思い込みに過ぎないのかも、と思ったので、黙ってました。警部殿だって、ワタシのような素人がいちいち、『あそこが怪しい』とか通報してきたら鬱陶《うっとう》しいでしょ？」

「そりゃまあ榊さんの趣味は私人《しじん》逮捕だから、そういう人の通報は確かに鬱陶しいですね」

　近所の人が続々集まってきて野次馬の輪が出来た。

　やがて警官に挟まれて、灰色のスウェット上下を着た老人がアパートから連れ出された。

「犯人だ！」

「犯人が捕まったぞ！」

　野次馬から口々に声が上がったが、老人は怒鳴り返した。

「バカ野郎！　おれは被害者だ！　空き巣に入られたほうだ！　勝手なことを言うなこのトンチキめらが！」

　老人は両手を掲《かか》げて野次馬に見せた。

「ほら。手錠《てじょう》なんか打たれてねえぞ！」

　老人の声は元気でハリがある。禿頭《はげあたま》で血色はよく、少し太って足取りは確かだ。視線もしっかりと定まっている。

　オンボロアパートに住んでいる老人、というと先入観を持ってしまう。病弱で寝込みがちで、骨皮筋右衛門《ほねかわすじえもん》の、痩《や》せ細って今日明日にも死にそうな、衰弱《すいじゃく》した老人。

そんな老人がやっとの思いで命を長らえている部屋に空き巣に入るとは、本当に言語道《ごんごどう》断《だん》の、下《げ》の下《げ》の犯罪だ、と鋼太郎も思っていた。実際に被害者をこうして見るまでは。

「榊さんは、何を考えているのか実に簡単に判るヒトですね」

錦戸が鋼太郎の顔をしげしげと見ている。

「当ててみましょうか？　あんな元気そうな爺《じい》さんじゃ、いまいち同情がわかないと思ってるでしょ？　こんなボロアパートにはもっとヨボヨボの、死にかけの老人が似合う、とも」

「誰がそんな！」

鋼太郎は大声を上げそうになったのを慌てて堪《こら》えた。

「とんでもない。被害にあったご老人が、お元気そうでなによりだ、と思いましたよ」

そうなんですか？　と錦戸は疑わしそうな目で鋼太郎を見た。

その間にも被害者の老人は、大きな声で野次馬とやり合い続けている。

「こんなボロアパートに盗《ぬす》むものがあるのかって？　余計なお世話だこの野郎！」

「なんだよ。人がせっかく心配してやってるのに。金があるならもっとまともなところに引っ越しやがれ！　このしみったれが」

「しみったれで結構。おれは無駄な金は使わねえんだ！」

「爺さん、狂言《きょうげん》じゃねえのか？　ホントはなんにも盗《と》られてなんかいないんだろう？」

「どうしておれがそんな嘘《うそ》をつく必要があるんだ！」

被害者の老人は、ヤジを飛ばした野次馬に殴りかかろうとして、警官に止められている。

「まあまあ、落ち着いて……」

「だっておまわりさん。あの野郎はおれを嘘つき呼ばわりしたんだよ！」

被害者の老人は、ますます意気軒昂《いきけんこう》だ。

＊

「昨日の、『第二みかげ荘』に入った空き巣の被害者は、生活保護で暮らしている八十二歳のお年寄りでした。お年寄りが病院に行っている間に空き巣が入って、金目《かねめ》の物を洗いざらい盗んでいったそうです」

翌日の月曜の夜、居酒屋「クスノキ」のカウンターで、錦戸は知り得た事柄を鋼太郎に話していた。

「生活保護の老人だったんですか？」

鋼太郎は首を傾げた。

「極めて元気そうで血色もよかったですけどね……生活保護を受けているのなら、生きているのがやっと、みたいな先入観が間違っているんだろうけど」

とはいえ、人間の暮らしの実情は他人には判らない。

「どっちみち、たいしたものは盗られてないんでしょ?」

「それが……金目の物が結構あったそうなんですよ」

「生活保護を受けていたのに?」

「記念硬貨に記念切手、金の延べ棒までありました。当人は仕舞い込んでいて完全に忘れていた、盗られてやっと思い出したとか言ってますが、たぶん虚偽《きょぎ》です。生活保護が不正受給だったのではとか、そういう問題は出て来るかもしれませんが……私は、だからといって被害者の老人を責める気にはなりませんね。生活保護で貰える金額は、家賃を払えば、カツカツと言ってもいいのですから」

しかし……と鋼太郎は首を捻《ひね》った。

「どうしてあの古い木造アパートに住む老人が、金目のものを持っていると判ったんですかねえ?」

鋼太郎は、あのアパートを窺う黒ずくめの不審者が気になっている。

「それはさあ、要するに『人は見かけによらぬもの』ってことだよ」

居酒屋「クスノキ」の大将は、茄子《なす》の煮浸《にびた》しを出しながら言った。

「おれなんかこの前、北千住《きたせんじゅ》のルミネのエレベーターでヤンキーのガキ二人と乗り合わせてよう、目つきは悪いわ金髪だわ正直ヤダナーと思ったんだ。そこに、途中から乗ってきたおばさんが『あらタケくん！　学校受かったんだって？　よかったじゃない！』って声をかけてね。てっきり『うるせーババア！』とか言い返すのかと思ったら、ぴんと背筋《せすじ》を伸ばして『はい、ありがとうございます』だって。キチンと敬語を使えるんだぜ。仕草も顔つきもいきなり真面目になって、驚いたね。人は見かけとか、いっときの態度で判断しちゃいけないって、つくづく思ったね。リーゼントに剃《そ》り込みのヤンキーが、お婆《ばあ》さんの手を引いて横断歩道を渡ってたのを見たこともあるし」

「大変良いお話ですね」

そう言って錦戸はちくわの磯辺揚《いそべあ》げを頰張った。

「まあたしかに、人情を感じるいい話ではありますが、それと空き巣事件は、また別ではないですか？」

そう言ってレモンサワーで磯辺揚げを流し込み、言葉を続けた。

「あの辺りは、こう言っては何ですが、所得が必ずしも高くはない方たちが多くお住まいです」

「ハッキリ言ったらどうだ？　ビンボー人ばかりだと」

横でチューハイを飲んでいる鋼太郎が絡む。

「そうとも言いますが、貧乏人が肩寄せ合って住んでいるからといって、下町特有の人情溢れる情緒豊かな地域というわけでもありません。そんなところに建つ古い木造アパートに、一体、何を目当てに侵入するというのでしょう？」

それを聞いた大将は、イヤイヤと首を横に振った。

「だから、『人は見かけによらぬもの』と言うんだよ。木造ボロアパートの住人だからって、カネがない貧乏人と決まったもんでもないだろ？　現に被害にあった老人は金目のものを持ってたんだし。どっさり貯《た》め込んだ年寄りが、布団の下に札束を敷き詰めていたって話、よくあるよ。ホームレスみたいな風体《ふうてい》の、一見貧乏老人が銀行に数百万の預金があった、なんて話も珍しくない」

「そういう話、どうして知ってるんですか？　ここのお客さんから聞いたんですか？」

錦戸の質問に鋼太郎が答えた。

「だってそういう話はみんなしてるよ。あそこの爺さんはどケチで、孫にはお年玉もやらなくて貯め込んでるんだ、とかさ」

「でもそれはあくまで噂《うわさ》ですよね？　榊さんが実際に、貧乏そうなおじいさんの預金通帳を見せて貰ったわけではないんですよね？」

　錦戸は冷静に突っ込んでくる。

「いや、警部殿が噂にすぎないと思っていても、そして東京は人情が薄くなった、他人のことなんか全然気に掛けていないとも言われるけれど、実際にはそういうわけでもない。生活保護を受けているのに、あのうちでは一家で旅行に行ったとか、エアコンをつけてるとかペットを飼ってるとか、なんでもかんでもいちいち目くじらを立ててすぐ役所に通報が行くそうですよ」

　鋼太郎は自分の患者から聞いた話をついでに披露《ひろう》した。

「その患者さんは難病の給付金を貰ってるんだけど、どうしても外せない用事があって、電車に乗って横浜まで行ったそうなんだ。すると速攻で役所に通報があったって。あいつは難病でお金を貰ってるくせに電車で遠出をしてるって。イヤな話だろ？　誰かがズルしてないか、始終監視してる連中が大勢いるんだよ。そのくせ、ヤクザが堂々と生活保護を騙《だま》し取っていても、誰もなんにも言わない。それはヤクザが怖いから。実に陰湿《いんしつ》だねえ」

「そうですね。今回の『第二みかげ荘』空き巣事件の被害者が例外中の例外なんですよ。実際問題、生活保護などの社会保障を不正に受給するケースは本当にごく僅《わず》かです。統計的には無視していいくらいの。金額ベースで〇・四％程度です。まあ、日本は監視社会だけに、ズルは絶対許さない、という人が多いんでしょうけど」

錦戸はまたしても冷静に反論した。

「……つまり、警部殿は、そういう話、つまり、貧乏人に見える爺さんが実は金持ちだったという話は例外中の例外、つまり都市伝説だと言いたいわけ？」

鋼太郎が割って入った。

「そのとおりです。被害者の老人はお金を持っていましたが、それはたまたまです。例外です。貧乏な老人のほぼすべては貧乏なのです」

「身もふたもないハナシだねえ」

大将はそう言って、冷や奴《ひやっこ》を出した。

「だけどよ、警部殿。最初の疑問に戻るけど、どうして空き巣はボロアパートのその老人が、金を持ってるって判ったんだ？」

大将が興味津々《きょうみしんしん》で訊いた。

「片っ端から玄関を開けてみて、たまたま戸が開いた部屋に、たまたま入ってみたところ、その部屋の爺さんが、たまたま金を持っていたってこと？」

「そういう事かもしれません。実に例外的な人物に、例外的にばったり出会《でくわ》したのかもしれません。その確率は天文学的に低いと思いますが、絶無《ぜつむ》とは言えません」

錦戸はあくまでも「偶然説」を取った。

しかし、そうなると、鋼太郎が一言言いたくなる。

「でもね、仮に全くの偶然だったのかもしれないけれど、そもそも、金目のモノがなさそうな、あんなボロアパートに空き巣に入る気になりますかね？　どうせ捕まるリスクを冒《おか》すなら、確実に稼《かせ》げるマンションとか一戸建に空き巣に入るべきじゃないんですか？」

「だからそれは、『人は見かけに』……」

大将がそう言うので、鋼太郎はアメリカ人のように肩を竦《すく》めてみせた。

「堂々巡りだ」

「いや……さっき話に出たみたいな通報というか、情報提供があったのかもしれません。あのアパートのナントカさんは貧乏に見えても実は金を貯め込んでる、あそこのお爺さん、実は金を持ってるんだ、とか。ネットに誰かがそんな噂を書き込んでいたのかもしれませんよ。さっき榊さんが言った難病の人の話みたいに、結構みんな見てるし、近所の情報を知ってるんです。怖いくらいに。そう考えればすべての整合性がとれます」

「やだねえ。日本は監視社会なんだねえ！」

ウンザリしたように大将が言った。しかし錦戸は自分の考えをまとめるのに没頭している。

「いや、そういう情報がどこかに集約されている可能性もあります。空き巣や泥棒が、情報交換をする秘密の掲示板とか……」

「それ、是非調べてよ！」

鋼太郎と大将は声を揃えて錦戸を突き上げたが、錦戸は平然としている。

「それは空き巣の犯人を捕まえてから追及すべきことですが、ちょっと思い当たる節もあるので、調べてみましょう」

錦戸はうんうんと一人頷いて焼き鳥を頰張った。

*

ボロアパートを狙う空き巣の謎ばかりに話題が集中して、鋼太郎いち推しのアカウント、「夫を絨毯爆撃」による書き込みの件は忘れ去られた感じになってしまった。

それが残念であるし、心配でもあるし、少し意地にもなっているので、鋼太郎は暇さえあればパソコンを開いてこのアカウントの書き込みを漏れなくチェックするようになった。

「まあ、実際ヒマですもんね。最近」

受付の小牧ちゃんはちょっと前から飼い始めたサバトラの猫を膝にのせて撫《な》でながら、

大きなあくびをした。この猫は少し前から餌をやっていたが、中に入って来たがるので、めでたく整骨院の飼い猫となり、小牧ちゃんが抱っこするなどして可愛がっている。

鋼太郎は受付の奥の、カルテや参考書などを置いてある事務室でパソコンを凝視した。

どこの誰とも判らない、実在するのかどうかすら定かではない人物による、「夫憎し」な書き込みは、ますますエスカレートしている。夫に対する日々の愚痴から飛躍して、もう我慢できない、やっていけないとまで書くようになってきた。

『今離婚したら、夫は絶対親権を欲しがらず、子供はワタシに押しつけてくるはず。養育費の約束をしても、絶対払わずにトンズラするに決まってる。それを考えて勝手に腹を立ててるワタシ』

『シンママになって生活苦に喘《あえ》ぐワタシと、新しい女を見つけてのうのうと暮らしているあのクズ。それを想像すると、目の前の刃物が怖いぞ』

『ぶっ殺してやりたいけど、絶対捕まる。こんなクソ男を殺して、刑務所に入って人生を無駄にするのはワリに合わない。子供にも迷惑かかるし』

『プチ家出をしてみたけど、結局数時間で家に戻ってしまうワタシ。別段心配もしてなさそうなクズに腹が立つ。少しはオロオロしろよ！　ピザなんか取りやがって！』

そういう書き込みには彼女を気遣って「あまり思い詰めない方がいいですよ」とか「気

分を変えて近所を散歩してきましょう！」という穏当《おんとう》なレスポンスもつくが、無責任に煽る書き込みも多い。

『なんだその極悪亭主は？　腕の立つ弁護士を雇って離婚して、身ぐるみ剝いでやればいい』

『何もかも放り出して蒸発して、どこか知らない街で人生をやり直すのはどう？』

などと言うのはまだマシなほうで、究極の無責任書き込みは、『そんなクズなら殺《や》っちゃえば？』というもの。

『完全犯罪は無理、と言うけれど、本当の完全犯罪なら露見《ろけん》せず、世間的にも認知されないのだからニュースにすらならない。それに、周到《しゅうとう》な準備をして慎重に実行すれば、完全犯罪は実現できるんじゃないの？　この世に不可能はない』

『害悪な存在に悶々《もんもん》として、人生の貴重な時間をいたずらに失っているのなら、そんな害悪は排除して当然』

『「社会的に」抹殺《まっさつ》する？　甘いね。文字通り、「この世から」消すしかない』

『別れても、そういう奴は絶対に追ってくる』

『生きてる値打ちがないクズなど、この世から排除されて当然』

と、焚《た》き付けてるとしか思えない無責任なヤツが大勢いる。そんな書き込みに「イイ

まった。
鋼太郎は独り言を呟いたつもりだったが、結構声が大きくて、小牧ちゃんに聞こえてし
「完全犯罪のお誘い、かよ」
ネ」がたくさんついたりしている。

「完全犯罪がなんですって？」

猫を膝から下ろした小牧ちゃんが寄って来て、パソコン画面を覗き込んだ。

「あーなるほど。『夫を絨毯爆撃』さんですね」

「知ってるのか？」

「だって最近、バズってますもん、このヒト」

チラと見ただけで小牧ちゃんは状況を把握したようだ。

「これは裏でダイレクトメッセージがガンガン飛んでますね。俺に任せろ的なヤツが」

「なんだそれは？　どういう意味だ？」

「だから俺がやってやる的なことですよ」

「やってやる、とは？」

「つまり……そんなにダンナが目障《めざわ》りで邪魔なんだったら始末してやるぜ的な」

「始末ってのは、つまりそれは殺しってことか？」

鋼太郎は驚いて、小牧ちゃんを見た。どこでそんなハードボイルドで闇社会的なことを知ったのだ？

「ええと、始末というのは必ずしも『殺し』だけではないと思いますけど。ある日突然ダンナが失踪《しっそう》するとか、音信不通《おんしんふつう》になるとか……いなくなるだけなら一時的で、あんまり意味はないから、やっぱり殺しですかね？」

「そんなことしたら犯罪じゃないか！」

「でも、ご当人が実行せずに他の誰かがやっちゃうとしたら？」

「それは、そそのかしとかの罪になるんじゃないの？　殺人教唆《さつじんきょうさ》ってヤツ」

いやいやいや、と鋼太郎は首を振った。

「そんなヤバいことを誰かが、このネット書き込みを読んだヤツが、この奥さんに持ちかけてるって言うのか？」

「あり得ると思いますよ」

小牧ちゃんはさらりと言った。

「あっさり殺して死体をカンペキに処理してしまえば、案外バレないかも」

鋼太郎は、そんなことをアッケラカンと言う小牧ちゃんが怖くなった。

「だけど……いくらダメ亭主と言ったって、仕事はしてると書いてる。会社員みたいだ。

それがある日突然欠勤したら、職場の人が怪しむだろ。近所の人だって、あそこのダンナさん急にいなくなったわねとか噂するぞ」

「そこはそれ、急に失踪したとか家出したんですよとか」

そうだ、と小牧ちゃんは明るい声を出した。

「人生がイヤになった、みたいな遺書を残して失踪。誰もが自殺だと思う。これ、いいじゃないですか！」

「それって、殺し屋を雇《やと》って始末させるってことか？」

「雇うのかどうか判りませんけど……『依頼殺人』ってことになるんでしょうね。有料かどうか知りませんが、殺す快楽のためならお金は要らないっていう変態もいるでしょうし」

「小牧ちゃん、君はどうしてそんなことを……」

こういう血なまぐさい話を明るく話す小牧ちゃんが、怖い。

「最近、ネット配信テレビの契約をしたんです。そうしたらミステリーチャンネルとか、海外のドラマとかが見放題で」

「それで？」

はい、と小牧ちゃんは屈託《くったく》なく頷《うなず》いた。

「あたし、影響を受けやすいんで」

少し呆《あき》れた鋼太郎がパソコン画面に目を移すと、絨毯爆撃妻による、さらに気になる書き込みが飛び込んできた。

『最近、ウチのボロアパートに空き巣が入ったんだよね。しみったれた貧乏ジジイが実は金持ちだったことがバレたわけ。ああワタシもお金が欲しい！　布団の下に敷き詰めるほどお金があったら、こんなクズ夫放り出して、子供と三人、気楽に暮らせるのに』

もしや？　この「夫を絨毯爆撃」妻も、あの空き巣が入ったアパートに住んでいる？

あのぼろアパート……たしか「第二みかげ荘」とか言った、あの建物の住人なのか？

ネットの向こうの、単なるアカウントでしかなかった「夫を絨毯爆撃」妻が、突然、馴《な》染《じ》みのある地域の、実在の人物として立ち現れたのだ。鋼太郎はどぎまぎした。

絨毯爆撃妻と、その夫に対する殺意がますます気になってきた鋼太郎は、その日の夜、居酒屋「クスノキ」に錦戸を呼び出した。

「何なんですか、榊さん？　用事なら日中にお願いしますよ。みなさんの防犯相談は、署で伺っております。但し営業時間内に」

「まあまあそう言わずに。どうです、ほら、駆けつけ一杯」

やってきた錦戸は鋼太郎が差し出す生ビールを一口飲んで、それでも文句を言った。

「プライベートな時間にまで仕事を持ち込まれるのはたまらんですよ。私はいつ休めばいいんですか！」

働き方改革的な錦戸の主張に、鋼太郎はよく言うよ、と思った。こっちだってこれまでさんざん、この場所でアンタの話を聞いて、捜査に協力してきたじゃないか。

「『夫を絨毯爆撃』？　ネット民が煽って、そんなクソ亭主なんか殺してしまえ！　と騒いでる件でしょう？」

「なんだ、知ってるんですか」

錦戸はまるで興味がないのかと思っていたので、意外だった。

「ネット上で不穏《ふおん》な動きがあるというのであれば、我々生活安全課が扱う事柄ですから。まあ、この件については予備的に、ということですが」

それなら話が早い、と鋼太郎はこれまでの展開をかいつまんで話し、無責任な野次馬が夫と仲の悪い奥さんをいたずらに煽っている経緯を、ほかの面々にも説明した。

「小牧ちゃんが言うには、具体的な犯罪の立案、ならびに実行の準備まで進んでいるのではないかと」

鋼太郎の横に座った小牧ちゃんは、「そう思います」と真顔で言って、タブレットを取り出すと、ＳＮＳのその箇所を表示させて錦戸に突き出した。

「夫を絨毯爆撃」の書き込みに、山ほどコメントがついている。

「で、やたら積極的に『やってしまいましょう』とか書き込んでるのが、アカウント名『世直し判事』ってヤツです」

「ロイ・ビーンの生まれ変わりか?」

鋼太郎がボケたが、誰も知らないらしい。小牧ちゃんが続けた。

「その『世直し判事』を名乗るアカウントは、こういうくそ夫は断固排除しろ、とか、ひと思いにやってしまう方がいいとか、おれならできるとか、やたら積極的というか、自分を売り込んでたんですよ。天才のおれなら完全犯罪が出来る、みたいなことをさんざん書き込んでましたが、ある時からピタッと止まりました。これは、それ以上公開の場で書くのはヤバいと判断したからでは? きっと裏に潜《もぐ》ったんですよ」

小牧ちゃんはそう言い切って、レモンサワーを一気飲みした。

「そう言いますがね、この世に殺し屋なんていませんよ。大昔の日活映画が作り出したフィクションです。現実にいるのはやくざのヒットマンですが、ああいう連中は親分に命じられて殺しには行くけど、殺しのプロではない。だから犯行は杜撰《ずさん》きわまりない。まあ連中はすぐ自首して犯行を自供しますから、足が付こうが別にどうでもいいんです。逆に証拠を残して早く犯罪を立証して欲しいのです。組に忠誠を認めてもらい、刑務所に入ってハクをつける事にこそ、意味があるんですから」

「ヒットマンはそうでしょうけど、世の中に殺人のタネは尽《つ》きまじですよ」

「だから私は、素人《しろうと》が完全犯罪なんてそうそう出来るわけがないということを申し上げているのです。殺人事件は起きますが、ほとんどの被疑者は捕まって、裁判で刑が確定しています」

錦戸は有無を言わせぬ調子で言いきって、「本筋」に戻した。

「だいたいですね、人殺しが簡単にできると思ってる素人が多いんです。刑事ドラマの弊《へい》害《がい》です。階段から突き落とされたら簡単に死ぬ。机の角や床に頭をぶつけても簡単に死ぬ。殺しが記号みたいになっている。由々《ゆゆ》しきことだと思いませんか？」

錦戸が怒るのを、鋼太郎はまあまあと押し止めた。

「こんな世の中なんだから仕方ありませんよ。今に始まったことじゃない。昔、ゲームセンターのフライトシミュレーターにハマったあげく、旅客機の操縦が自分にも出来ると思い込んだバカがいましたよね？　機長を刺し殺して旅客機をハイジャックした、あの事件」

「全日空61便ハイジャック事件ですね」

「だからあんな感じで、なにかのゲームで完全犯罪が出来るという自信を持ったバカが、実際にやってみようとしてるんじゃないかと」

「うん……」

錦戸はここで言葉を切って、考え込んだ。

ハナからバカにして笑い話にしてしまうのではないかと思っていた錦戸が、ここにきて案外真剣な対応をしてきたのが、鋼太郎には意外だった。

「ゲーム、ですか。それはたしかに、犯罪が起きる可能性があります。だとすれば未然に防がねばなりません。名探偵は事件が起きた後、犯人を当てるのが仕事ですが、我々警官としては、犯罪を未然に防ぐ事も重要な使命です」

「名探偵　皆を集めて　さてと言い……じゃ困るってことだね」

大将が言った。

「そうですね。ひととおり　殺されてから　謎を解き、というのもありますね」

錦戸は自分から言った。

「だから、そうならないように、未然に犯罪を防がねばならないのです」

「仮にくそ旦那が殺されたら……」

なんだか既《すで》に犯行が行われて、くそダンナが殺されるのが前提のように小牧ちゃんと錦戸が話すので、鋼太郎も黙っていられなくなり、口を挟んだ。

「犯行の動機があるのはアカウント『夫を絨毯爆撃』って人だけだけど、このアカウントの人物に、犯行時刻のアリバイがあったとしたら？」

「誰かに依頼して殺させた、ということになるでしょうね」

「依頼の場合、やりとりの足跡がＬＩＮＥとかにしっかり残るから、完全犯罪は無理ですよねえ」

「しかし警部殿。足跡を残さない手段があれば可能かもしれませんよ。何でも今は、裏インターネットってものがあるんでしょう？　殺しの動機がない人物が、依頼を受けて実行すれば……」

「榊さん、問題は完全犯罪が可能かどうかではなく、犯罪を未然に防ぐことです」

「いやあ、それは『夫を絨毯爆撃』の奥さんだって、完全犯罪に挑戦したいとは思ってないでしょう。捕まることを覚悟した上での犯行ならまだしも、子どもが居るんですよ？　くそ旦那死ね！　でいくら話が盛りあがっても、いざ実行ということになれば、尻込みするのでは？」

　鋼太郎としては、話のネタとして盛りあがってるだけで実行はない、と思っている。

「ところで、警察って、こういうネットを震撼《しんかん》させるような書き込みに、注意を与えるってな事は出来ないのですか？」

「表現の自由という問題がありますが、犯罪が起こる可能性が濃厚な場合、ご注意申し上げることは出来ると思います。任意で参考人事情聴取くらいはできるでしょう。ツイッターやフェイスブックといった有名どころでは、人の死を願うとか、死ねと言うような書き込みは禁止、との規約があります」

「だったら、このアカウントの『夫を絨毯爆撃』って人を呼び出して、お灸《きゅう》を据えたらどうですか？　いい加減にしなさいって」

鋼太郎は提案した。

「警察なら、書き込んだ人物を特定出来るんでしょ？」

小牧ちゃんも確かめるように錦戸に訊いた。

「警察なら令状を取れば、ＩＰアドレスからプロバイダー経由で、書き込んだユーザーを特定出来るんですよね？」

「出来ますが……調べた結果、その人物がウチの所轄外に住んでいるとしたら、墨井署は単独では動けないんです。地元署と合同捜査って事になって、それなりの手間がかかります。手続きとか……下手すれば警視庁《ほんちょう》も絡んでくるかもしれません。それだけの労力と時間をかけるべき案件なのかどうか……警察も役所ですから、慎重なのです。経費の問題もあります」

警察としては簡単に動けないのだ、と錦戸は重々しく、言った。

「あのね、『夫を絨毯爆撃』ってヒトがどこに住んでるのか、判るかもしれないんですよ」

鋼太郎は小牧ちゃんのタブレットを引ったくると、マップを表示させた。

「この『第二みかげ荘』ってアパートです。例の、実は金を持っていた爺さんが住んでいるアパートです。『夫を絨毯爆撃』さん自身が書き込んでました。近所の、貧乏だと思ってた爺さんが空き巣に入られて、貯め込んでいたことがバレたって」

鋼太郎以外の全員が、顔を見合わせた。

＊

「しかし、どうしておれがこんなことまで」

夜更《よふ》けの住宅街。路上駐車した車の中で、鋼太郎は愚痴《ぐち》った。

「こんな事になるんだったら、黙ってればよかった」

「そう言わないでください。犯罪を防ぐのは市民の務《つと》めです」

運転席で、錦戸が宥《なだ》めるように言った。

「そうですか？　犯罪を防ぐのは市民じゃなくて警察の仕事でしょ？」

「そうやって何もかも誰かに任せるのは自治の精神に反します。家の前の道路が汚れていれば自分で掃除すればいいんです。いちいち役所に通報すべきではない」

「それとこれとはまた違うと思いますけどね」

所詮《しょせん》ネットの、真偽《しんぎ》すら不明の書き込みと言うことで無視すべきか、それとも犯罪の可能性が濃厚だとして動くべきか。錦戸も鋼太郎も最初は考えが揺れた。小牧ちゃんだけは一貫して「あのダメ夫はいずれ殺される」と主張した。

その結果、言い出しっぺの鋼太郎が、錦戸と組んで動く事になってしまったのだ。

錦戸は、鋼太郎が割り出した「第二みかげ荘」という情報から住民基本台帳などを調べて、アカウント『夫を絨毯爆撃』ではないかと思われる女性の個人情報を手に入れた。

「本名、谷塚美紗恵《たにづかみさえ》、三十四歳。二児の母。住所は、墨井区上根岸《かみねいわ》三丁目四の八『第二みかげ荘』八号室。近くの会計事務所で事務をしています」

「共働きって事ですな」

「そして、彼女が幾つもメールアドレスを持っていることも判りました」

「さすが警察。仕事が早い！」

それについて電話で知らせてきた錦戸を、鋼太郎は称賛《しょうさん》した。

「たぶん、メールやダイレクトメッセージ、ショートメッセージを駆使《くし》して、いろんな人たちとやり取りしてるんでしょう。やり取りの相手の中で、小牧ちゃんも注目していた『世直し判事』ってアカウントについても調べました」

「『夫を絨毯爆撃』と『世直し判事』との間のやり取りも入手したんですか？」

「いやいや、さすがにそれをやると盗聴《とうちょう》と同じになります。実際に事件が起き、発覚して捜査に必要となった場合、裁判所に令状を出して貰《もら》って、メールなどのデータをサーバーからコピーするという手順になりますが、現時点では無理です」

　錦戸は残念そうに言った。

「しかしまあ、二人のやり取りの内容については小牧さんが指摘したように、具体的な犯罪計画が立案され準備されて、いずれ実行すべく打ち合わせが為《な》されているはずだ、と私も推測しています。昔なら、電話線にちょっと細工すれば簡単に盗聴できたんですけどね」

　錦戸は、まるで盗聴の名人だったような口ぶりだが、彼が警官になった頃には既に携帯電話が普及して、「簡単に盗聴」は出来なくなっていたはずだ。

「それはそうと、問題があります。この事件を捜査するに当たって、ウチの刑事課捜査一係がひどく冷淡《れいたん》なのです。話が進行していると言っても、すべて冗談だという可能性が濃厚だと言うんです。どうせ土壇場《どたんば》で都合が悪くなったりして誰も実行なんかしない、本気なのはこの谷塚という女だけだろう、こっちも忙しいんだと」

「じゃあ、どうして警部殿は私に電話してきたんですか？」

「この件は捜査一係が動かない以上、墨井署としても何もしない、出来ない、ということになってしまいました。従いまして、私と榊さんの二人で解決したいと思います」

……という、いささか無理筋《むりすじ》な経緯《けいい》の果てに、この捜査は錦戸の個人的な趣味、という扱いで進むことになったのだ。

「民間人の私が、どうして」

「まだ言ってるんですか」

運転席の錦戸は往生際《おうじょうぎわ》が悪いとまで言った。

「私も、出来る限りのことは調べました。谷塚美紗恵の夫、谷塚晴明《はるあき》は三十九歳、東京都台東《たいとう》区東上野にあるスポーツ用品販売店勤務。東京都大田区蒲田《かまた》出身。東北学芸大学野球部で七番ショートでレギュラーだったがプロに進めず、東京の実家に戻って就職。五年前に結婚して現住所。これだけの情報からも、いろんな事が判りますね」

「と言うと？」

こういう場合、錦戸に質問して答えさせると、機嫌がいい。錦戸は自分の調査の結果を評価して欲しい性格なのだ。

「実家暮らしから大学野球部の賄《まかな》い付きの寮《りょう》暮らし。寮母さんが洗濯もしてくれます。で、卒業してまた実家に戻った。つまり、谷塚晴明には一人暮らしの経験が無い。炊事洗濯掃除、もちろん子育ても。家のことなんか一切やったことがないまま、結婚してしまったんです。こういう男の場合、家事経験が皆無《かいむ》なので、家のことは何も出来ないから、何もしません。手伝ってと言われても想像力が働かないので、何をどうやっていいのか判らない。結果、指示待ち人間になってしまう。しかもその指示の理解がきちんと出来ないし、どうして自分がこんな事をしなきゃいけないのかという反撥《はんぱつ》もある。指示を出す美紗恵の側も具体的に細かく、まるでボケ老人にお使いを頼むように事細《ことこま》かに教えないといけないので、やがて面倒になって、もういいわということになる。それをいいことに夫は相変わらず何もしない。それに文句を言えば、お前がもういいと言ったじゃないか、と夫婦の間で諍《いさか》いが起きる。小さな子供が二人もいれば、その諍いはますます深刻になる。その上、休みの日に夫が昼まで寝ていたり、草野球に出かけたり友人と釣りに行ったりと、家族のことをまるで顧《かえり》みなかったら、その亀裂《きれつ》はますます深刻《しんこく》になって、やがて妻は夫を殺したいと思うようになる……」

「警部殿は、結婚に失敗した経験があるのですか？」

「ありません。ずっと独身です。周囲のそういう話や、そういう事件を扱ううちに、結婚が怖くなって現在に至ります」

　錦戸の性格が性格なだけに、彼を理解する女性もなかなか出現しないだろうことは容易《ようい》に想像がついた。

「しかしね、夫を殺してしまったら、いくら奥さんも仕事をしているとはいえ、収入が減るわけだから生活が困るのではないですか？」

「生命保険というものがありますよ」

「最近の生命保険は自殺に見せかけて殺しても、自殺には保険が下りないと聞きましたが。谷塚夫妻には遺産の当ても貯金もなさそうだし……いや、殺人事件で殺されたら保険はおりるのか……」

　鋼太郎はアパートのショボい外観を観て首を傾げた。

「生命保険に入っていても、たいした額じゃないだろうなあ……それに、殺しを実行するヤツに謝礼というか手間賃というか『殺し代』？　的なモノを渡す必要があるだろうし」

「しかしですね、殺そうと思いたった人間の場合、そういう計算よりも、感情が大きく作用しますからね。だから引き籠《こ》もりの息子が、頼みの綱のはずである母親を殺してしまったりするんです。普通に考えれば、母親を殺してしまったら自分は生きていけないはずなのに。それでも感情が暴走して殺してしまう……」

鋼太郎は、自分の結婚生活はどうだったのか思わず顧みてしまった。成功なのか、失敗なのか。いや、顧みるまでもない。離婚したのだから、結果は出ている。彼の結婚生活は失敗したのだ。ただ、鋼太郎には鋼太郎の言い分があるし、それを別れた妻も否定はしなかったので泥沼の離婚劇にはならず、今は距離を置きながらも「友人」として連絡を取ったり用があれば会ったりはしている。

「……あの男ですかね？　谷塚晴明は」

錦戸が指し示した駅の方向から、少し足元がフラついている男が歩いてきた。がっしりした上背のある体格に、いかつめの顔立ち。いかにも元野球の選手という感じの男。

「あれですか。なるほど。いかにも昔風の考えに凝《こ》り固まった男のように見えますな。男子厨房《ちゅうぼう》に入らず。家のことは女に任せた。男は敷居を跨《また》げば七人の敵あり、とか」

「人を見かけで判断してはいけませんよ。それは先日の、一見貧困老人空き巣事件で……」

そう言いかけた錦戸は、谷塚晴明が二階建ての木造アパートの鉄階段を上り始めたので口を閉じた。

「あの、警部殿。男が自宅に入ってしまったら、この張り込みの意味はあるんですか？」

「あります」

錦戸は自信満々の様子でアパートを指差した。

「今の季節、エアコンをつけるほどでもありませんが窓を閉めると暑い。夜になると外からの涼風が入ってくるので、窓は全開状態です。判りますか？」

錦戸はそう言って、乗っている車のウィンドウを全開にした。すると、アパートからは赤ちゃんの泣き声や、子供を叱《しか》りつける母親の怒声《どせい》が聞こえてきた。

鋼太郎は、錦戸の意図《いと》を悟《さと》った。

「盗み聞きするんですか？」

ええそうです、と錦戸は真顔《まがお》で頷いた。

「盗聴するわけではありません。外に部屋の音が漏れ出しているのを、私たちはたまたま耳にするわけです」

錦戸は、もっと聞き取りやすいようにとアパートの更に近くに車を移動させた。それも谷塚夫妻の住む八号室の窓下だ。中から夫婦の声が聞こえてくる。穏やかな会話ではない。

「帰ったぞ……なんだこの散らかり具合は。おれはもう寝るんだから！」

「タクヤをお風呂に入れてよ」

「お前が入れろバカ。こんな時間まで何やってたんだ」

「アンタがやらないこと全部よ！　自分だけ酔っ払って帰ってきて！」

「バカ。こっちは仕事だ。取引先の接待だよ！　ミツワ電機の野球部に一括《いっかつ》して備品を納入するんで……もういい。どうせお前に言っても判らねえだろ」

「判るわよ。ヒトをバカ扱いしないでよ！」

「お前の考えてることなんてタカが知れてる。この部屋とパートの往復《おうふく》だけだろ。お前は外の世界を知らねえんだよ！」

「じゃあちょっとは旅行にでも連れてけよ！」

「うるせー。テメエも稼いでるんだからテメエの金で行け！」

「あんたのカードローンの支払いであらかた消えちゃうよ！　それに生活費で。あんたの稼《かせ》ぎが悪いからね！　もっと稼いでからそういう口を利《き》けっての！」

「なんだと！」

　こういう場合、口では男は女に勝てない。

　子供がビャーッと泣き始めるほどのトゲトゲしいやり取りのあと、谷塚晴明は足音も荒く鉄階段を駆け下りて、またどこかに行ってしまった。

「駅の方向ですから、飲み直しにでも行ったんでしょう」

　錦戸はアパートの開いた窓を見つめて、言った。

「しかしまあ、文句を言おうと待ち構えている女房がいるところに帰るってのも、気が重いだろうなあ。自分の部屋があるならまだしも、このアパートならせいぜいが2DKだろ？　メシ食うところと寝るところだけ。辛いなあ」

夫に同情する鋼太郎にうんうんと頷きながら、錦戸はノートパソコンを見ている。

「ほら……くそ旦那が出ていったら、早速書き込んでますよ」

SNSには「夫を絨毯爆撃」のアカウントが、矢継ぎ早に投稿を重ねている。

『夫婦の協同作業で出来た子供なのに、クソ亭主は子育て一切せず。お風呂にさえ入れてくれないってどういうことよ？　オレが食わせてやってる的態度なんだけど、お前何様？私もきっちり働いてますんで！』

『言いたいこと言ってくそ亭主はまた飲みに行ったぞ！　どっかで足滑らせて頭打って氏ね！』

『あ～マヂでデスノート欲しいわ！』

『在日米軍に頼んで、駅前の飲み屋、空爆して貰おうかな』

まさに絨毯爆撃、妻の怒りは募る一方のようだ。

「相変わらず、『世直し判事』は沈黙してますな」

鋼太郎は画面を見てから錦戸を見た。

「警部殿は、この『世直し判事』についても当然、調べたんでしょう？」

「調べましたが……手強《てごわ》いです。尻尾が摑《つか》めません」

錦戸は苦い顔になった。

「個人情報が全然取れません。たぶん、いろんな技を駆使しているか、その都度《つど》、飛ばしのケータイか、レンタルのスマホを使ってアクセスしているのでしょう。名前も住所も、まったく不明です。判っているのは『世直し判事』というアカウント名だけ」

「もしかして『世直し判事』ってのは『焼津《やいづ》の半次』のモジリですかね？　だとしたら結構なジジイじゃないかな？」

「誰ですか？　その『焼津の半次』って」

世代ギャップのある錦戸が訊《き》いた。

「昔、『月影兵庫《つきかげひょうご》』っていうテレビ時代劇がありましてね……まあ要するに、そういう古い時代劇を知ってるって事は、そいつは爺《じい》さんじゃないかと思っただけのことです」

話が面倒になる前に、鋼太郎は撤退《てったい》した。

しかし、ここでじっと晴明の帰りを待つだけというのも芸がない。

駅前の駐車場に車を入れて、二人は駅前の飲み屋をまわってみることにした。

こっちは相手の顔も名前も知っているが、向こうは知らない。それをいいことに、一軒一軒入ってみて、いなければ次の店、としらみつぶしに探していくと……。

焼き鳥・もつ焼きの店でチューハイを飲んでいる晴明を発見した。

「ったくさあ、最近の女って、文句ばっかりで腹立つね！」

晴明は隣の客に愚痴をこぼしている。

隣の男は頭にタオルを巻いて、作業員が外で着るような紺のアノラックに無精髭《ぶしょうひげ》。実に冴《さ》えない。その男は晴明の愚痴を聞く専門のようだ。

歪《ゆが》んだL字型のカウンターに、座れるのは十人ほどの狭い店だ。店内には鋼太郎たちと晴明と作業員風の男、それにもう一人の客がいた。その客は店の端の席に独り座っている。見たところ学生か、社会人なりたての若い男。真面目そうな顔立ちに、少し長めの髪に黒いセーターに黒いジャケット、黒のズボン。黙ってツマミのもつ焼きを食べ、ウーロンハイをチビチビやっているが、酒に弱いのか、減り方は少ない。

鋼太郎と錦戸は、あんまり他の客をじろじろ見て「観察してます」的な雰囲気を振りまくわけにも行かないので、うつむき加減になってぼそぼそ喋《しゃべ》った。

「あの独り客、店を見渡せる一番奥に座ってますよね」

鋼太郎は小声で囁《ささや》いた。

「なんか、プロっぽくないですか？」

「そうでしょうか」

錦戸は素っ気なく返事をして、注文した鶏皮《とりかわ》を食べた。

「美味い」

鋼太郎も注文した手羽先にかぶりついた。

「美味い」

二人は美味い美味いと言いあいながら、上目遣いに店の様子を観察した。

晴明はずーっと自分の妻の愚痴を零《こぼ》し続けている。その愚痴が次第にヒートアップしてきた。

「あいつ、ネットに俺の悪口をこれでもかって書いてるんだよね。おれはさあ、ほら、文章下手だし、会社の書類だって、雛形《ひながた》使ってなんとか作ってるからアレなんだけど、女房は口も立つし文章もダダダって書くんだよ。おれは胸くそ悪いから読まないけど」

「そういうのって、偽名で投稿するんだろ？　奥さんだって判るのか？」

聞き役の男が質問した。

「だって、書いてること読めば、これはおれのことだってすぐ判るじゃん。そこまでおれだって馬鹿じゃないし。しかも、バズってるんだよ、女房の書き込みが」

「じゃあ奥さんの言い分も判るってこと？」

「いいや。それとこれは別。男と女はな、役割ってモノが違うんだよ。子育てとか家のことは全部、女の仕事なの」

「でも奥さんも働いてるんだろ？」

「働いてるって言ってもそれだけじゃ食えないからね。遊びみたいなもんだよパートなんて。こっちは上司の顔色窺《うかが》ってサラリーマンやってるってのに」

それに対して、聞き役の男は返事をしなかった。

が、店の隅の男は耳を澄ませ、黙ってじっと晴明を観察している、ように見えた。

鋼太郎は記憶の深い沼の底から、ぷくぷく気泡《きほう》のように、何かが湧《わ》いてきたような気がした。

「あの……あの男、どこかで見たような気がしてきたんですが」

「そう思いたいからそう思えてきたんじゃないんですか？」

「そうかもしれませんけど……スティーブ・ジョブズによく似てるなあと」

鋼太郎はそう言った自分の言葉に、いやそうじゃない、と引っかかりを感じたが、どうしてもそれ以上のモノが浮かんでこない。

錦戸は、晴明が店を出るまで一緒にいようと決めたようだ。暇つぶしのようにスマホを取り出すと、例のSNSをチェックした。

「書いてる書いてる……まあ、鬱憤《うっぷん》がたまるのは奥さんの方ですよね。亭主はこうして飲んだくれてるんですから」

一応張り込みなのであまり飲めない。しかしそれだと店に悪いので、鋼太郎と錦戸はひたすら食べた。焼き鳥やもつ焼き以外にも、野菜サラダやトリカラ、フライドポテト、春巻きに冷や奴、おにぎり。

しかし晴明はひたすら飲むばかりで何も食べない。酔いが回ってろれつも怪しくなってきた、と思ったらカウンターに突っ伏してしまった。

「旦那も辛いのかね？」

「そりゃそうでしょう。家に帰りたくないけど帰るしかないんだから」

「だったら奥さんをこれ以上怒らせないよう、家事も育児もやればいいのに」

「それをやると、『負けを認めた』ことになるからイヤなんでしょう」

「じゃあ、死んで貰うしかないかもね」

鋼太郎もつい、アブナいことを口走ってしまった。

そこで錦戸がいきなり立ち上がった。またなにかの地雷を踏んで怒らせてしまったか？

と鋼太郎は身構えたが、錦戸は「トイレ」と言って自分の席を離れ、わざわざ例の、黒ずくめの男が座っているカウンターの奥まで行って、「あれ？」とわざとらしい声を上げた。そこにはトイレがないことにようやく気づいた、という下手な演技だ。狭い奥まった空間で無理やり体を方向転換させる、という体で、錦戸は例の男にぶつかった。

錦戸に派手にぶつかられた男は、手にしていたスマホを床に落とした。それを錦戸は「あ、すみません！　申し訳ない！」と言いながら拾い上げ、ちらっと覗き込んだあとで、男に差し出した。

錦戸にスマホを渡された男は一瞬、すごく不快な表情をしたが、文句を口にすることなく、黙ったままだ。

「お客さん、どうしました？」

店の主人に声をかけられた錦戸は、「いやあのトイレ」とわざとらしい口調で答えた。

「トイレはこっちだよ。あんた、真逆《まぎゃく》に行っちゃった」

そう言われた錦戸は「こりゃまた失敬」などとわざとらしく言いながら、カウンターに沿って戻ってきて、トイレに入った。

と、鋼太郎のスマホにショートメッセージが着信した。錦戸からだった。

『カウンターの奥の黒ずくめの男、「夫を絨毯爆撃」の書き込みを開いてました。男のスマホをワザと落として、拾い上げたときに確認。殺してあげましょうか？　との発信も確認』

　鋼太郎はそれを読んでハッとして、カウンターの奥を見た。

　と言うことは……あの学生風の黒ずくめのスティーブ・ジョブズみたいな男が、「世直し判事」なのか？

　その時。カウンターに突っ伏していた谷塚晴明が顔を上げてフラフラと立ち上がった。勘定《かんじょう》をして、お釣りを覚束《おぼつか》ない手つきでなんとか財布にしまうと、店を出た。

　トイレから出て来た錦戸も、そのまま晴明の後から店を出ようとしている。

「おれ、払っとくから」

　鋼太郎は錦戸に言って、わざと「バイバイ」と手を振って見送る芝居をした。

　例の男に怪しまれないように残った食い物を全部食べて、勘定をしようと財布を出したところでカウンターの奥に目をやると、例の男はいつの間にか姿を消していた。

　鋼太郎が店を出たところで、錦戸からショートメッセージが来た。

『ターゲットは店から真っ直ぐアパートに向かう模様』

　鋼太郎も返信した。

『了解。店の奥にいた客は忽然《こつぜん》と姿を消した』

　そう文字を打ち込みながら周囲を見たが、あの男の姿はなかった。

が、路地の方でなにかの断末魔《だんまつま》のような「うぎゃっ！」という悲鳴を聞いた。咄嗟《とっさ》に覗《のぞ》き込むと、猫を蹴《け》飛ばして走り去る人影が見えた。完全にシルエットになっていて、その人影の風体《ふうてい》はよく判らない。

慌《あわ》てて駆けつけると……キジトラの猫がグッタリして路地に横たわっている。ぴくりとも動かない。かわいそうに、さっきの男に蹴り殺されてしまったのか……と鋼太郎が手を伸ばした途端、猫は復活し、跳《と》び上がって逃げていった。

似たようなサバトラ猫の面倒を見ている鋼太郎は、この猫に危害を加えた男に怒りを覚えた。走り去った人影を追おうとしたが、その姿は消えていた。

そこにまた錦戸からのショートメッセージが入った。

『第二みかげ荘に来てください』

取るものも取り敢えず鋼太郎は、再び谷塚一家が住むアパートに急いだ。

八号室の窓は閉まっている。

時刻は二十三時を回っている。

「亭主は戻っても部屋の明かりは点《つ》かずです。私の想像ですが、奥さんと子供は奥の部屋で寝ていて、亭主は居間で一人で寝るんじゃないかと」

「子供たちが先に起きるから、余計に邪魔にされるだろうに……」

「ところで、店に居た、例のヒットマンみたいなヤツはどうしました？」

「消えましたね。しかし店の近くの路地で、猫を蹴り飛ばす怪しい人影がありました」

「それが『世直し判事』でしょうか？」

「そうかもしれませんが……確証がありません。だとしたら、さっきの店でヤツのターゲットである晴明をじっと観察してた可能性もあるかと」

「酔ったところを突き飛ばすとか、電柱に頭をぶち当てるかで殺せるでしょうに」

警官としてあるまじき発言をする錦戸は続いて推理を述べた。

「だとしたら今夜は、ターゲットを慎重《しんちょう》に観察してただけかもしれません。付け狙《ねら》う相手が、外で泥酔《でいすい》するまで飲む人間だったら簡単ですよね。事故に見せかけられる」

「そうですな。ポンと背中を押せばフラフラと車道にまろび出て車に轢《ひ》かれるとか……あっ！　それで完全犯罪が成立するじゃないですか！　事故死に見せかけた完全犯罪！」

目を輝かせる鋼太郎に、錦戸はうんざりしたように反論した。

「まだ言ってる！　最近は防犯カメラが至るところにあります。交通事故に偽装したつもりでも現場周囲の映像を集めれば、誰かが被害者の背中を押したことがすぐ判りますよ。完全犯罪はもう忘れなさいって」

＊

翌日の夜も、鋼太郎と錦戸は二人で張り込んだ。

最初は渋々だった鋼太郎も、「世直し判事」の実在が見えてきたこともあって、ターゲットの監視に乗り気になっている。

晴明は会社からそのまま飲み屋に行くこともあるだろうと、二手に分かれることにした。

錦戸は駅に、鋼太郎はアパート前で張ったが、ターゲットは会社の近くで飲んできたのか、午前零《れい》時近くにやっと最寄り駅の改札から出て来ると、重い足取りでアパートに帰った。

時間が遅いせいか、その晩は夫婦で諍うこともなく、アパートは静かなままだ。

それでもその間ずっと、SNSには『夫を絨毯爆撃』アカウントが夫をボロクソに詰《なじ》る文章が、山ほど書き込まれている。

その次の夜。

整骨院を閉めて張り込みに向かおうとした鋼太郎に、小牧ちゃんが声をかけた。

「今夜は私も一緒に行きます」

「ダメだよ。相手は殺人鬼かもしれないんだよ。少なくとも猫に危害を加えてる。小牧ちゃんを危険な目に遭わせたくない」

「猫に危害を？　ますます一緒に行かなきゃです。そもそもセンセはもう、立派な老人ですよ？　いくら高校の時国体に出たからって、それはもう半世紀前の話でしょ？　アタシは現役だから」

小牧ちゃんはそう言って指の関節をポキポキ鳴らした。

「それに、毎晩張り込んでるワリに、全然成果が上がってないじゃないですか！　やり方が悪いからじゃないですか？」

ズバリと言われてしまって、鋼太郎は何も言い返せない。

小牧ちゃんと鋼太郎が待ち合わせ場所の、谷塚夫婦が住む「第二みかげ荘」に出向くと、錦戸は既に待っていた。

「警部さん、提案があります」

小牧ちゃんは手をあげて発言した。

「奥さんは、警部とセンセが張り込んでることを知らないんでしょ？」

鋼太郎が答える。

「知らないよ。だって教えてないもの。それに彼女は、殺し屋を雇ってるかもしれないんだぞ」

「その件です。奥さんと談判して、計画自体を止めさせる方が手っ取り早くないですか？」

「ねえ小牧ちゃん」

錦戸は小牧ちゃんを見据《みす》えた。

「殺人依頼をしたヒトが、それを素直に認めて、『やっぱり止めます』って言うと思う？」

「それは……言わないと思うけど、錦戸さんに対しては認めなくても、バレた、これはマズいとさすがに気づくじゃないですか？　裏でその『世直し判事』とかいうヤツに『計画中止！』って連絡取ると思いますよ。警部さんがこんなに証拠を押さえているんだから。実行したら絶対捕まるんだから」

そう言われた錦戸は、鋼太郎と顔を見合わせた。

「それが一番、犯罪を未然に防ぐ手っ取り早い方法だと思うんですけど」

「さすが小牧ちゃんだな」

鋼太郎は素直に感心し、錦戸も頷いた。

「どういうわけかそれを選択肢から除外していました。では早速、奥さんと話しましょう」

三人はアパートの鉄階段を上がり、「谷塚」と書かれた紙切れに画鋲が刺さっている八号室をノックした。

「夜分済みません。墨井署生活安全課の者なんですが……」

錦戸が声をかけると、ドアが開いて女性が顔を出した。見たところごく普通の、三十代の女性だ。元気いっぱいでも戦闘的でもなく、生活に疲れて憔《やつ》れているのでもない、ごく普通のテンション。そして、美人でもなくブサイクでもない、外見についても普通の容貌《ようぼう》、体型だ。

「警察？」

「谷塚美紗恵さんですよね？　よろしければちょっとお話を」

錦戸の後ろに鋼太郎と、そして小牧ちゃんがいるのを見た彼女は表情を硬《かた》くした。

「あたしを逮捕するんですか？　どうして？」

「いえいえ、お話を伺うだけです」

そう言うと、錦戸は少し強引にドアを開けて足を踏み入れた。

２ＤＫの部屋は、特に散らかっているでもなく、かといってきっちり整理整頓されているわけでもない、これもごく普通の部屋だ。テーブルの上には夕食のお皿が残っていて、その脇には赤ちゃんと幼児が寝ている。

谷塚美紗恵の手には、スマホがあった。

すみませんと言いながら錦戸は座り込み、鋼太郎と小牧ちゃんは流し台の傍《そば》に立った。

流し台には洗い物が溜まっていて、ガスコンロにはカレーの入った鍋がある。

「単刀直入に伺います。あなたは『夫を絨毯爆撃』というアカウントを使って、ご主人に関する誹謗中傷《ひぼうちゅうしょう》、罵詈讒謗《ばりざんぼう》を書きまくってますね？」

美沙恵は一瞬、驚いた表情になったが、すぐに強気に言い返した。

「はい。でもそれは誹謗中傷でも罵詈讒謗でもなくて、すべて真実です」

「了解です。その件について争う気はありません。ご家庭内のことですし、表現の自由もありますし」

錦戸は慎重に事を進めた。

「問題は、アナタの書き込みに、かなりの反響があることです。ほとんどがアナタに賛同する内容で、中にはかなり踏み込んだ発言もありますよね？」

「ええまあ。ネットでは夫の悪口というのは、ひとつのジャンルのような感じですから」

美沙恵は落ち着いた口調で話した。

「ですよね。でも……その踏み込んだ反響の中に、アナタに代わって、そんなダメ亭主は始末してあげようという投稿もありましたね？」

「ありました。ええ」

美沙恵は頷いた。

「お認めになる？　それなら話が早い。ハッキリ言うと、我々は『世直し判事』というアカウントに注目しておりまして」

美紗恵の顔が強《こわ》ばった。

「それで？」

「この『世直し判事』は、最初、誰もが読める場所で『そんなヤツ殺せ』とか『生きてる資格なんかない』等《など》とかなり頻繁《ひんぱん》に書き込んでいました。ところが、ある日を境にピタリと書き込みがなくなった。実はその時から、アナタとダイレクトメッセージ、あるいはメール、もしくは他の場所を使うなどして、アナタと直接やり取りをするようになったのではないか、と我々は考えました」

美紗恵は頷いた。

「それで、私も困っていたんです」

「困っていたとは？」

「僕がアンタの亭主を殺してあげる、と言ってきて」

「そうですか。それでアナタは当然、夫である谷塚晴明さんの殺人を依頼したんですね？」

「とーんでもない！」

美紗恵は一転して感情を爆発させた。

「私は、夫には腹を立てているけど、さすがに殺したいとまでは思ってません。『殺したい』とは確かに書きましたけど、それは言葉の勢いというか筆が滑ったというか、感情の赴《おもむ》くままに書いちゃったんです。ですけど、仮に私が夫を殺したら……私が捕まって刑務所に行ったら、この子たちはどうなります？　そんなことは絶対に出来ません」

「奥さんが直接手を下さなくても、誰かに頼んでってことも……」

キッチンに立っている小牧ちゃんが割り込んだ。

「はい。お金要らないから殺してあげるよ、というDMは貰いました。そうすれば完全犯罪になって、僕もアナタも罪に問われないから、って」

「で、応じたんですか？」

錦戸が詰めた。

「応じてませんよ！」

応じるわけないじゃないですか、と美紗恵は大声で言った。

「たしかに夫と仲は悪いけど、死んで欲しいとまでは思ってません。だって……この子たちがいるんですよ！」

「完全犯罪が可能だと言われても？」

「ですから死んでほしいとまでは思ってませんって！」

美紗恵はムキになって返事をした。

「実際問題、私一人じゃ生活も大変だし……いやその前に、仲は悪いけど、死ねとは思ってないです。あの人にだって、いいところはあるんです。ほんの少しですけど」

「それはどこですか？」

小牧ちゃんが、聞きようによっては意地の悪い質問をした。

「ええと……急に言われても……」

どうやら「いいところ」は無いようだ。

「それで、あなたのその意志は、『世直し判事』には伝えましたか？」

錦戸は冷静な口調で訊いた。

「もちろん！　そうしたら相手は商売熱心なセールスマンみたいに、滅茶苦茶ゴリ推ししてきて。自分が実行したら跡が残らない、罪に問われない、楽しみでやるから謝礼は求めない、あとからこの件であなたを脅したりもしないって、まあそれはそれはしつこく言ってきたので、ブロックしました」

「ブロック！」

錦戸は驚いてスマホを操作した。

「じつは……警察は職権でプロバイダー情報などを開示させ、ＳＮＳ上のやり取りなども読めるのですが」

「その必要はありません。私のスマホを見ればいいです」

といって、美紗恵は自分のスマホを錦戸に突き出した。

失礼、といいながら、錦戸は美紗恵のスマホを操作して、いろいろ確認した。

「たしかに、今月十日……今から二日前にあなたは『世直し判事』のアカウントをブロックして、以後DMでのやり取りもないようですね」

「はい。私がキッパリと断ったので、相手はもう興味を失ったんだと思ってました。まあ、ブロックしたから連絡出来ないとは言え……本気だったら、別アカウントを取って絡んでくると思ったし」

「……ってことは……え?」

この美紗恵さんは、かなりヘビーなネットユーザーらしい。

ここに至って彼女はハッとした。

「『世直し判事』は、今でもウチの夫を殺そうとしてるんですか?」

錦戸は、ゆっくりと頷いた。

「はい。おそらく。今から二日前、つまり一昨日、駅前のモツ焼き屋で、ご主人をじっくりと観察している男がいました。警察官の勘で、その男が『世直し判事』なのではないかと」

「そんなこと私、絶対に頼んでませんから！」

母親の叫びに、赤ちゃんと幼児が目を覚まして泣き始めた。

美紗恵さんはふたりを抱っこしてあやしながら、必死の形相《ぎょうそう》で訴えた。

「私、頼んでませんからね！　ハッキリ断ってますから！　そういうの、こっちが削除してもサーバーとかに残ってるんでしょう？　それ見て貰えればハッキリします。私は、殺しなんか頼んでいません！」

美紗恵は顔を真っ赤にして、全力で否定した。

その時、窓ガラスがバリンと割れて、外から何かが投げ込まれた。

それを見た小牧ちゃんが「ぎゃあああ！」と恐ろしい声で悲鳴を上げた。

「ネ、ネコ……」

鋼太郎たちが投げ込まれたものを見ると……それは、ネコだった。キジトラの成猫。グッタリして動かないから、既に死んでいるのだろう。

「なんで？　なんでこんなこと！」

小牧ちゃん同様、谷塚美紗恵も猫の死体を投げ込まれて動転している。

「あっ、それよりもガラスの破片が……」

寝ている子供に窓ガラスの破片が飛んでいる。

「ひどい！　この子が一体何をしたっていうの？」

美紗恵は泣き叫びながら赤ちゃんに飛んだ大きな破片を手で摘《つ》まみとり、細かいモノはウェットティッシュで拭《ぬぐ》いとった。

上の子も泣いているので、鋼太郎がガラスの破片を取ってあげようとしたらギャア！とさらに大声で泣かれてしまった。

「センセが怖いんですよ！　顔が」

小牧ちゃんがしゃがみ込んで「大丈夫だからね〜」と優しい声をかけて、ガラスを取り除き始めた。

「ほら、センセは猫の死体をなんとかして！」

「はい」

鋼太郎と錦戸は古新聞にキジトラのネコを包んで、部屋の隅に置いた。

赤ちゃんの手当てが終わった美紗恵は掃除機を出して、部屋に散らばったガラス片の掃除を始めた。

「これは、どういうことなんです？」

「犯人……『世直し判事』を名乗る男からのメッセージとしか思えませんね。決意表明といいますか」

錦戸が腕を組み首を傾げつつ、言った。

「つまり、『世直し判事』が、勝手に依頼を実行しようとしているわけです」

「これって、犯人の『勝手殺人』『押し売り殺人』になりますよね！」

小牧ちゃんも叫んだ。

「こうなると、話が違ってきました。警察は全力で、アナタのご主人を守ります！　谷塚晴明さんを守ります！」

錦戸はそう言いつつ立ち上がり、時計を見た。

時刻はそろそろ二十二時になろうとしている。

「いつものパターンだと八時くらいに帰ってきて、私と喧嘩してまた駅前に飲みに行くか、十一時頃に酔っ払って帰ってくるか、です」

「判りました。たぶん『世直し判事』は酔っ払って隙《すき》がある状態のご主人を狙うでしょう。一応、会社がある御徒町《おかちまち》の……台東署にも連絡します」

「よろしくお願いします」

美紗恵は畳に手をついて頭を下げた。

三人が部屋から出ようとしたところで、「ちょっとちょっと」と呼び止められて、新聞に包まれた猫の死体を持っていけと美紗恵に命じられた。

「それ、センセの役目」

仕方なく鋼太郎が新聞包みを持って、三人は外に出た。

錦戸は警察業務専用のスマホを使って台東署に連絡したが、首を横に振って通話を切った。

「台東署も本気にしてません。アンタらがウロウロしていたらそいつも犯行を諦めるだろうって。しかし私たちだっていつまでもウロウロできません。犯人だって、こっちが諦めるのを待っているかもしれないのに！」

スマホをイライラと指で叩いている錦戸に、小牧ちゃんが提案した。

「あたし思うに、犯人が襲うとしたらまさにこの辺、この近所だと思うんです。会社がある東上野って、御徒町のあたりですよね？　あの辺は深夜でも人通りがあるし、この近くの駅前だって、晴明さんが帰ってくる時間は店も開いていて人通りもあります。でも、この辺まで来ると街灯《がいとう》もまばらだし、今の時間はけっこう寝静まってるし、路地も多いから隠れる場所もあるし……」

「小牧ちゃん、それも海外ミステリードラマを見て学んだのか？」

鋼太郎が聞くと、小牧ちゃんは「まあね」と答えた。

「『世直し判事』は、たぶん、私たちがモツ焼き屋で見た、あの男だと思います。とにかく、この辺で張りますか」

鋼太郎がそう言うと、小牧ちゃんがまた手をあげて発言を求めた。

「私はその男を見てないので顔が判りません。でも、谷塚晴明なら」

小牧ちゃんはスマホに彼の顔写真を表示させた。彼が勤める、スポーツ用品販売会社のサイトに顔写真があったのだ。

「これを見て判るのであたしは駅に行って、晴明の警護をします。それでＯＫ？」

小牧ちゃんは駅に向かい、錦戸と鋼太郎はアパートを中心に警戒することにした。あまりウロウロすると犯人が逃げてしまうかもしれない。

しばらく、しんとした夜道で立ち尽くしていた。それより他にすることはない。暇つぶしにスマホを見たくても、液晶画面の光で顔が照らされてしまうし、注意力も散漫《さんまん》になる。

何もしないでただ立っているだけだと、十五分でも一時間くらいに感じてしまう。そうなると、気を張っているのにも限界が来る。

素人の鋼太郎は飽きてしまって、遠くに光っている看板や走っていく電車の明かりなどをついつい眺めてしまった。そうでもしないと退屈が紛《まぎ》れない。

が……。

駅の方向から足音が聞こえてきた。壁に身を寄せて待っていると、男がフラつく足で歩いてきて、少し離れてついてくる小牧ちゃんも見えた。晴明は酔っていて完全にノーガードだが、小牧ちゃんは用心して、かなり距離を置いている。

そして……さらにそのうしろからやってくる人影がある。『世直し判事』かもしれない。しかし暗くて顔が判別できない。ただ、黒いジャケットに黒いズボンを穿《は》いているように見える。

鋼太郎は、小牧ちゃんにうしろを注意しろと伝えたくて、スマホでショートメッセージを打って、送信した。

その瞬間、しんとした界隈《かいわい》に「ぴろろ〜ん」という着信音が響き渡った。

「バカ！　消音モードにしてなかったのか！」

鋼太郎が思わず声に出してしまったが、小牧ちゃんの後ろにいた人影はその瞬間、踵《きびす》を返して逆方向に走り出した。背中にリュックを背負っていて、走るとカシャカシャと音を立てる。

「あれだ！　追え！」

こんな状況で逃げ出すのは、まさに「怪しい人物」以外の何者でもない。

鋼太郎は走り出し、近くの路地からも錦戸が飛び出した。小牧ちゃんは一瞬、前を歩く晴明を見た。

「お前は旦那を守れ！」

咄嗟に鋼太郎が怒鳴った。

怪しい人影はどんどん走って、倉庫や町工場がある一帯に逃げ込んだ。この辺はいっそう暗い。街灯もまばらだ。

時折立っている街灯に照らされる男の格好は黒ずくめだ。背恰好《せかっこう》的にも例の、スティーブ・ジョブズもどきの格好をした男に違いない。

ここで鋼太郎の記憶が繋がった。「第二みかげ荘」を覗いていた男・モツ焼き屋のカウンター奥にいた男・猫を殺した男、そして今逃げている男は、おそらく同一人物だ。こいつが「世直し判事」に違いない！

夜の闇の中、三人の足音だけが人気のない工場街に響く。

だが走り続けるうちに、男は土地勘がまったくないらしく、袋小路《ふくろこうじ》にはまってしまった。

倉庫が道を塞《ふさ》ぐように立っていて、行き止まりになっている。

袋の鼠《ねずみ》だ。錦戸と鋼太郎は走るのを止めて、ゆっくり近づいた。

黒ずくめの男はリュックを置き、中から何かを取り出した。バールだ。窮鼠《きゅうそ》猫を嚙《か》む？

男はバールを構えてこちらに向かってこようとした。強行突破して逃げる気だ。

「待て！　無駄な抵抗は止めろ！　警察だ！」

錦戸の凜《りん》とした声が響いた。

「警察だぁ？　ウソついてんじゃねぇ！」

男が叫んだ。

「ウソではない。警視庁墨井署生活安全課の錦戸だ！　バールを置いて手をあげろ！」

しかし男はバールを捨てないどころか、逆にこちらに向かってきた。

「止まれ！　撃つぞ！」

錦戸は胸から拳銃を取り出した。オートマチック拳銃のようだ。

「あんた銃を携行してたのか！」

鋼太郎は驚いた。

「止まらないと撃つ！」

錦戸はそう言って、空に向かって一発、威嚇《いかく》射撃をした。

パン！

乾いた破裂音が倉庫街に響き渡った。

一昔前の刑事ドラマで聞き慣れた「ずぎゅーん」という音ではない。なんだか運動会の徒競走のスターター音みたいだ。

「これはシグザウエルP230。7・65ミリ弾だから威力は弱いが、当たれば痛えぞ！」

錦戸はクリント・イーストウッドの吹き替えの山田康雄《やまだやすお》を真似《まね》して叫んだ。

しかしそれでも男は止まらず、二人が立ち塞がる方に向かってくる。

「もう一度言う。止まれ！」

錦戸は警告して二発目を撃った。今度は上空ではなく、男の足元を狙って撃った。

弾は当たらなかったが男は怯《ひる》み、怯んだ拍子にひっくり返って尻餅《しりもち》をついた。そこに銃を投げ捨てた錦戸が飛びかかった。それを見た鋼太郎も飛びかかり、物音に気づいて駆けつけた小牧ちゃんも加勢して、こちらが三対一の優勢となった。

取り押さえるどさくさに紛れて鋼太郎は男を数発殴ったかもしれない。小牧ちゃんも殴っていた気がする。

「この猫殺しが！」

遠くからパトカーの音が聞こえてきた。

黒ずくめ男はようやく観念して、おとなしくなった。

「お前、『世直し判事』だな？」

錦戸が再度訊いたが男は否定しない。

「殺人未遂、並びに凶器準備集合罪の現行犯で、逮捕する」

錦戸は男に近づき、男に手錠をかけた。

「二十二時三十二分、現行犯逮捕！　いや、被疑者は一人だから、集合はしてないか」

錦戸はちょっと考えた。

「ま、適用する罪状についてはあとから訂正する」

そんな錦戸を「世直し判事」は睨みつけた。

「あんた、おれに発砲したな？」

「発砲？」

「予告はしたが、発砲しただろ！」

錦戸はハリー・キャラハンのように眉根に皺《しわ》を寄せて目をすがめると、道に落ちていたシグザウエルを拾い上げて男に渡した。

「何をするんだ！」

銃を犯人に渡してしまった錦戸に鋼太郎は驚いたが、降格警視は笑った。

「安心してください。モデルガンです。クスノキでも見たでしょ？」

現行犯逮捕された黒ずくめの男は手錠のまま、渡されたシグザウエルの銃口を自分のこめかみに当ててトリガーを引いたが、パスッという音しかしなかった。

「火薬が湿ったか……」

錦戸は片頬の口角《こうかく》を上げ、笑った。

＊

「被疑者は、畑山健太郎《はたけやまけんたろう》、三十二歳。足立区千住橋下町《せんじゅはしもと》三丁目五の……」

錦戸と鋼太郎、そして谷塚夫妻が、墨井署の会議室で説明を聞いていた。話しているのは、容疑者の畑山を取り調べた捜査一係長だ。

「畑山はかねてから殺人に興味を持ち、野良猫などを殺していたが、それが昂《こう》じて人間を殺してみたいと思うようになっていた。その時、谷塚美紗恵さんのネット書き込みに出会って、人を殺せるいい機会だと思い、美紗恵さんに連絡を取った。谷塚美紗恵さん、それに間違いはないですね？」

係長は調書をから目を上げて、谷塚美紗恵を見た。

「私は……ただ、単純に、自分の日々の不満を書いていただけで……」

「書いていただけ？」

錦戸が彼女をじっと見て、訊いた。

「はい。イイネが増えたり、閲覧数が増えたり、フォロワーもどんどん増えていくので、調子に乗ってました。けっこう盛って……面白おかしく書くようになってしまって」

　彼女はそう言って目を伏せた。

「畑山は、無償《むしょう》での殺人を申し出たが、谷塚美紗恵さん、あなたに取り合って貰えなかったので、あなた方ご夫婦の個人情報を勝手に割り出した。『殺してあげよう』という歪《ゆが》んだ正義感から、夫の晴明さんを付け狙うようになった。ご主人、そのことに気づいていましたか？」

　酔いが冷めた晴明はかぶりを振った。

「全然。まさか、そんなことになっているとは夢にも思っていませんでした！」

　そう言って美紗恵を見た。

「お前、どうして教えてくれなかったんだ！」

「だって、まさかあの男が本気で狙うって思ってなかったし……アンタに言うと、また、あーだこーだとうるさいでしょ。お前がネットに悪く書くからだ、とかなんとか」

「そりゃ当然、言うだろ！」

「それがイヤだったのよ！」

「まあまあまあ」

　鋼太郎が割って入った。

「ここで夫婦喧嘩はお止めなさい」

二人は黙って頭を下げた。

「しかし、畑山はどうやって谷塚さんの個人情報を割り出したんです？」

鋼太郎が聞くと、一係長はそれはですね、と意外な答えをした。

「先日の、同じ『第二みかげ荘』で起きた空き巣事件、アレの犯人が畑山だったんです」

それを聞いた錦戸も谷塚夫妻も「えええっ！」と驚いている。

「あの件は生活保護費の不正受給も絡んでいたので、それを良く思わない人間の犯行の可能性もありましたが……さっき、取り調べ中に、畑山が自供しましたよ。ネットに書かれていることをじっくり読んでメモを取りながら調べて行くと、誰がどこに住んでいて、どんな暮らしをしているのかが判ると」

「そんなバカな……」

美紗恵は真っ青になり、まさか、と呟《つぶや》いて呆然としている。

「たしかに、谷塚さん、あなたは個人情報を書きすぎていたんじゃないんですか？　時々、近所の写真も貼《は》ってたりしましたよね？　写真データの中には位置情報が入っているのに、アナタは消さずに貼っていた」

錦戸がその大きなミスを指摘した。

「すると警部殿、そういう丹念《たんねん》な分析で、ボロアパートに住む老人が実は財産を隠し持っているると判ったり、谷塚さんがどこに住んでいるのかも犯人には判ったってことですか」

鋼太郎は驚いた。

「畑山は、自分の素性《すじょう》を谷塚さんに伝えていなかったし、アカウントからもたどれないと踏んでいた。だから、自分が谷塚晴明さんを殺しても足はつかないと甘く見ていた……そこで、殺人をプロセスを含めてたっぷり楽しもうと、獲物《えもの》を泳がせて、じっくり観察して、あたかもなぶり殺すような感じで、谷塚晴明さん、あなたのことを」

ようやく殺人のターゲットにされたと理解した晴明は震え始めた。

「こ、怖い……」

それをみた一係長は、部下に命じて毛布を持ってこさせて、晴明に掛けてやった。

「ところが畑山は、モツ焼き屋で錦戸警部と榊さんが晴明さんを注視していたのを見て、自分の動きに勘づかれた、と悟った。それで、邪魔が入る前にやってしまおうと」

「それ、被疑者の畑山はスラスラ自供したんですか？」

「したねえ。洗いざらい喋った感じ。自分の抱えた闇を誰かに話したくて仕方がない感じだったねえ」

一係長は呆《あき》れたように言った。

「殺人の動機は、殺してみたかったの一点張り。確かに動機は無いが、周到《しゅうとう》に計画されているぶん、衝動性《しょうどうせい》がないから、重罪になるだろうね」

「スラスラ喋ってしまったということは、それだけ罪の意識がなかったということでもあるのでしょうか？」

錦戸の質問に、一係長は「そうだろうね」と答えた。

「現在判っているのはこんなところだ。改めて事情聴取をするかもしれないが、今日のところはこれで帰ってよろしい」

それでは、と一同は帰ろうとしたが、美紗恵だけが呼び止められた。

「奥さんは残ってください。今から任意で聴取したいのです」

「どうしてですか？　何度も言ってますけど、私は殺しなんか頼んでいませんよ！」

あらぬ疑いがかけられそうになっている、と感じたのか美紗恵は声を荒げた。

「ですから、警察としては奥さんの『殺人教唆《きょうさ》』『殺人依頼』を否定するためにも、お話を伺いたいのです」

美紗恵さんの顔は蒼《あお》くなっていた。

「ようするに今回の教訓は……ネットに滅多なことを書くものではないって事？」

小牧ちゃんが乾杯の後、ぼそっと言った。

小牧ちゃん、鋼太郎、錦戸の三人にプラスして、居酒屋「クスノキ」には被害者である谷塚晴明も同席していた。錦戸が難しい顔で答える。

「そうですねえ。読んだヤツが何を考えるか判らないですから。ほら、ひどい煽り運転で無理やり停車させられた車が別の車に追突されて、ご夫婦が死亡っていう事件がありましたよね？　その煽り運転をした犯人とたまたま名字が同じで仕事も同じ業種だっただけの、何の関係もない人が『犯人の親』『犯人の勤め先』と誤認されてネットに晒《さら》され、山のように怒りの電話がかかってきて警察沙汰に。結果、名誉毀損《めいよきそん》で十一人が書類送検された、という言語道断《ごんごどうだん》な事件、覚えてますか？　あれは正義感といっても通りません。仮に人違いじゃなくても、ネットで知っただけの他人が余計なことをするのは面倒を起こすだけです。善意とか正義の発露《はつろ》を言い訳にして、軽率《けいそつ》なことをしてはイカンのです」

重々しく言い切る錦戸に鋼太郎は言った。

「しかし……まさか警部殿が拳銃を出して撃つとは思いませんでしたねえ。刑事ってホントに撃つんだ、って思ったもの。モデルガンとは言え」

「まあ最近の刑事ドラマは推理ばっかりで、銃撃戦とかないもんね」

大将が肉豆腐を出しながら言った。

「昔のドラマなんか、ヘリからバズーカ砲を撃って敵の装甲車《そうこうしゃ》を爆破したりしてたんだから」

一同はハハハと笑ったが、この中に谷塚晴明がまじっているのがどうにも収まりが悪い。

「ご主人。奥さんは嫌疑《けんぎ》不十分で逮捕もされなかったけど、奥さんをあそこまで暴走させた張本人として、アナタは何か、思うところはないんですか？」

錦戸が水を向けた。

「え？　オレ？　反省しろってこと？」

晴明は蛙《かえる》の面《つら》に水で、美味そうに生ビールを飲んでいる。

「いやね、これからのことを思うと、嬉しくなってね」

なぜだ？　どうして嬉しいなんて思えるんだ？　鋼太郎には信じられない。だが晴明は続けた。

「この顚末《てんまつ》を本に書けば絶対に売れる、そう言われてね。そうしたら夢の印税生活が待ってるじゃないですか！　実はもう、いくつか話が来てるんですよ。アンタは喋るだけでイイ、あとはこっちでやるからって。いや、そうなったらあの畑山ってヤツも、半分よこせとか言い出すかもしれないなあ」

なんとか印税を独り占めする方法はないか、と反省の色もなく訊いてくる晴明。

三人が呆れて顔を見合わせた、その時。

「夫を絨毯爆撃」こと谷塚美紗恵が店に乗り込んで来た。

美紗恵は夫の晴明のところにツカツカと歩み寄るや、いきなり離婚届を突きつけた。

「え。なにこれ？」

おめでたい夫には事態が飲み込めていない。

「離婚届！　漢字読めないの？」

美紗恵は般若《はんにゃ》のような顔になっている。

「アンタ、なに夢みたいなこと言ってるのよ！　外からでも聞こえたわよ！　よく考えたらあんた、大してうちにお金もいれてなかったし、借金もあるし、あれだけのことがあったのに、相変わらず子どもの世話もせずに飲んだくれて……一体どういうつもりなの？」

「どういうつもり、って言われても……」

晴明は、他の面々の目もあって、いつものように怒鳴り返せない。

「でね、あたし今日、パート先から正社員にならないかと言われたの。計算してみたら、母子家庭になって児童手当をもらったほうが生活苦しくないって気がついたのね。アンタのお世話もしなくていいし、借金も返さなくていいし。だからここにサインして！　サインしなさい！　ハンコもホラ、ここにあるし」

「よく決心したね、奥さん。保証人の欄にはおれがサインするよ」

鋼太郎が言い、小牧ちゃんも「あたしもサインします」と賛成した。

晴明は完全に形勢不利と見て、土下座した。

「そっ、そんな！　俺が悪かった、美紗恵。どうか考え直してくれ！」

「おいおい。あんたも男だろ？　往生際が悪いぜ」

「その通りだな」

鋼太郎とクスノキの大将に言われた晴明は、泣く泣くサイン、捺印《なついん》をした。

「よし。よくサインした」

離婚届を覗き込んだ鋼太郎は、それを手に取って美紗恵に向けてヒラヒラさせた。

「ところで奥さん。ものは相談だが、この離婚届、私に預からせてもらえないかね？　こんな情けない男でも、もう一度、チャンスを与えてやってほしいんだ。夫婦生活は協同作業なんだから、家事や育児の分担をキッチリやると旦那に約束させて」

「約束するよ！」

這《は》いつくばったままの晴明が叫び、鋼太郎が美紗恵に確認する。

「奥さん、これでいいかな？　正社員になったあんたがワンオペ育児をこれからも強《し》いられるようなら、いつでもコイツとは離婚できるってことで」

しばらく考えた美紗恵は、「判りました」と冷静な声で鋼太郎に伝えると、自分の夫に顔を向けた。

「よかったわねアンタ。この整体の先生のおかげで首の皮一枚で繋がって。でも、また同じ事を繰り返すようなら、今度こそは容赦《ようしゃ》しないからね！」

「判りました！　了解です！　心を入れ替えます！」

お代官様に懇願《こんがん》するような晴明を見ながら、鋼太郎は口には出さないものの、コイツを助けてやった本当の理由を自分に言い聞かせていた。

この情けないダメ夫、とても他人事とは思えないからねえ……。

第三話　落選候補者の悲哀

東京都墨井区の、区議会議員選挙が行われた。

即日開票で当落が決まる。定数三十に、立候補したのは三十五人。五人が落選する勘《かん》定《じょう》だ。

「頼むよ、鋼太郎、手伝ってくれよ。あの候補はホントにいい奴なんだ」

クスノキの大将は新人で若手の、藤沢祐輔《ふじさわゆうすけ》という候補者にかなり入れ込んでいる。公示前から店に藤沢氏の個人ポスターを貼《は》り、公示後は選挙運動の初日から店を休んで選挙カーに乗り込んだ。ビラを配ったりマイクも握ったり、弁当を作って原価で提供したりしている。

「本当はさ、差し入れとしてタダで渡したかったんだけど、それじゃ公職選挙法違反になってしまうからな」

そんな大将に、「センセも応援しろ！　この区がよくなるぞ、藤沢っちが当選すれば」

と繰り返し強く薦《すす》められた鋼太郎は、大将の熱い思いを聞かされて、自分も応援することになった。

藤沢候補は三十二歳。大きな政党には属さない中道系の無所属で「墨井区で誰もひとりぼっちにしない会」代表という肩書きだ。

「クスノキ」で酒を飲んでいるときに大将に選挙運動を誘われたのだが、どうしてそんなに藤沢候補に入れ込むのか、鋼太郎は訊いてみた。

「いやね、ウチの店で堂々タバコを吸いやがる野郎がいてね。ウチは禁煙で、店の中にも禁煙と書いた紙を貼ってある。ウチにはその筋の人も来るけど、ちゃんとしたヤクザならそのへんを守るんだよ。『カタギ衆に迷惑をかけちゃいけねえ』って。だけどああいう中途半端な野郎は、てめえをデカく見せることしか考えてねえんだ。そいつも袖《そで》なしのシャツ一枚で、ギッシリ墨を入れた腕を見せびらかしてた。でもってこれ見よがしにぷかぷかタバコを吸っててよ。下手に注意したら暴れて他のお客さんに迷惑が掛かるし、店を壊されても困るから黙ってたんだけど……あの人が」

と大将は店に貼ってある藤沢候補のポスターを見た。

「そん時、たまたま藤沢っち、いや藤沢候補が店に来ててね、信じられないことにそのチンピラに『禁煙ですよ』って注意したんだよ。普通言えねえよね。だって腕に刺青《いれずみ》びっしりだぜ？　『んだてめえ、やんのか』と脅《おど》されても怯《ひる》まずに『だからここは禁煙なんですよ』って愚直《ぐちょく》に言い返して案の定、ボコボコにやられたの。慌《あわ》てて止めに入ったらチンピラは捨て台詞《ぜりふ》を吐いて、肩で風切って出て行ったけど……それでおれは、藤沢っちの正義感に感じ入ってさ。選挙に出るって聞いたから、応援しますよって」

親しい関係を示すように、大将は藤沢候補を「藤沢っち」と呼んだ。

「普通の神経なら、あんなヤバいやつに注意なんかしないよ。そんな藤沢っちの真面目なところに、おれは惚《ほ》れたんだ」

だが。

「それは単に自己保存の本能がぶっ壊れているだけでは？」

隣で飲んでいた錦戸が要らぬ水を差す。大将は怒った。

「あんた、前から思ってたけど、ホントに血も涙もないねえ。緑色の血でも流れているのかい？」

しかし錦戸警部は大将の皮肉にも動じない。

「その藤沢さん、半グレにボコボコにやられたというヒトは全治何週間です？　そういう時は警察に一一〇番してくれればいいんですよ。日本の医療にも無駄な負担がかからない」

クールな錦戸に大将はムキになり、なおも藤沢候補を擁護《ようご》した。

「いいよ、警部殿、どうせあんたにゃ判らないよ。いいかい？　藤沢っちはいい大学出て、便通って広告最大手の会社に入って、バリバリやってたエリートなんだよ？　なのに会社を辞めて、こんな墨井区の区議になろうってんだ。その心意気に俺は惚れ込んだね。高い給料がまるっとなくなるし、しかも選挙に落ちたら無職だよ？　おれは感心したね」

それだけじゃないぞ、と大将は熱く語った。

「藤沢っちは会社を辞める前からいろいろやってたんだ。子供のいじめ問題にボランティアで関わってた。ほら、マンションの屋上から飛び降りようとしていた中学生を助けた、あの件。助けたのは藤沢っちなんだよ」

その件は鋼太郎もテレビのニュースで見た記憶がある。この近所のマンションの屋上。飛び降りようとしている少年。だが大人たちは誰ひとり動かない。見上げて心配そうにしているだけだ。

そこに一人の男が屋上まで駆け上がり、少年を羽交《はが》い締めにして止めた。自殺を思いとどまった少年が、あとから言っていたという。

『あの時うしろから僕を捕まえたおじさんが、「判る、判るよ。本当に辛《つら》かったんだね」って言ってくれて。おじさんも泣いてたので、飛び降りるのをやめました』

エラい男もいるものだと思っていたのだが、それが藤沢祐輔だったとは。

「それからも藤沢っちはこの辺で福祉関係のことを手弁当《てべんとう》で続けていて、でも民間のボランティアじゃ、いろいろ限界があって。いっそ区議会議員になって、きっちり取り組もうと思い至ったらしい」

そんな藤沢っちを応援しなきゃ男じゃねえとまで言われた鋼太郎は、七日間の選挙運動期間の三日目から、整骨院を臨時休業して選挙運動を手伝うことになったのだった。

お揃いの「ＦＵＪＩＳＡＷＡ」と書いた黄色いＴシャツを着てビラを配り、辻立《つじだ》ちの時には交通整理をしたり、藤沢候補が自転車で走るときにはその横を伴走《ばんそう》したりして、鋼太郎も彼なりに頑張った。

最初は、ああ面倒だなあと思いつつ手伝っていた鋼太郎だが、次第に選挙の面白さに目覚めてしまった。

要するに、これはお祭りの一種なのだ。候補者は言わば御神輿《おみこし》。中には選挙が面白くてやっているだけでは？　と思えるような運動員もいる。候補者の政策や理念にどこまで共感・支持しているのか疑わしい。

あるいは商店街の中にある選挙事務所に、タダ飯の弁当を食いに来てるんじゃないかと思える御仁《ごじん》もいる。「神輿は軽い方が担《かつ》ぎやすい」とは言うが、担げるなら誰でもいいのかもしれない。

しかし鋼太郎は手伝ううちに、藤沢っち、こと藤沢祐輔という人間が好きになった。とにかく実直。バカ正直。今の世に、こんな純粋な大人がいるのかと思うほどで、まさに愚直、という言葉がピッタリだ。日々暮らすなかで「おかしい」と思った事をハッキリ口にして、その「おかしい」と思う気持ちを、しっかり論理的に説明する。

「子供のいじめ問題。いじめられる事は大きな問題ですが、いじめる側も問題を抱えています。どうして彼らは弱い者をいじめるのか？　それを考えないと、この問題は解決には至らないでしょう」

この件は、藤沢候補が自殺をとめた子供が、実はいじめっ子でもあった、という事実がベースになっている。その子は自分がいじめられたくないから、ボスに命じられるままに親友をいじめ、その後、いじめの矛先《ほこさき》が自分に向いたことに苦しんでいたのだ。

「心ならずもいじめてしまう子供たちの側にも、悩みがないわけではありません。むしろいじめる側の心の闇のほうが深刻です。彼らにも支援の手を差し伸べることを考えたいのです」

今まで、この観点からの問題提起は弱かったのかもしれない。数少ないが観衆からは拍手が沸《わ》き、そうだ！　の声も飛んだ。

「そして最近、お年寄りをバカにする風潮があります。それに、働かざる者食うべからずと言って、働かない老人を批判する国会議員もいます。でもそういうお年寄りは、働きたくても病気があったり身体が不自由で働けないんです。老齢の方はもう充分働いて、ゆっくり余生を送っていただくべきなのに、無駄飯を食うな、働けという。死ぬまで働けという。そんなの地獄じゃないですか？　もちろん社会に貢献《こうけん》したいから働きたいとおっしゃる方もいる。でも、もう疲れたから引退したいという方がいても当然だ。そんな人にも等しく生きる権利はあるんです。なのに今の日本は、福祉の予算を削るばかりです。病院も保健所も減らされる。その状態で疫病《えきびょう》が蔓延《まんえん》すると大変なことになる。医療関係は金を食うという理由で減らしてきた失敗を忘れてる。僕は、真っ当な世の中を作りたい。まずはこの墨井区から。墨井区で暮らしてよかったと思って貰えるような、そんな墨井区にしたいのです！　今の区政はそう悪くありません。墨井区はよくやってると思います。でも、もっとよく出来る。そのお手伝いを、僕はしたいんです！」

クスノキの大将もマイクを持って熱く訴えた。

「藤沢候補は言行一致《げんこういっち》の人であります！　独居老人に声をかけてまわる活動、そして、いじめっ子のケアも兼ねて、子どもたちと一緒に、ホームレスに毛布やおにぎりを配ったりという活動をしています！」

拍手が沸いた。圧倒的ではないけれど、手応えはある。

同じ事を長身のイケメンが語ったらウソっぽくなる。しかし、ちんちくりんで漫才師みたいな風貌《ふうぼう》の藤沢っちが、顔を真っ赤にして声を張りあげるから、これは本気だなと思えるのだ。半グレに喫煙を注意してボコボコにされたのは愚直すぎると思うけど、黙っていられなかった彼の熱い気持ちは尊いし、こういう人こそ議員になるべきだとも思う。

鋼太郎は久々に、人を無条件に信じる気持ちになっていた。

その日の選挙運動が終わって選挙事務所に戻ってからも、藤沢っちは裏表がなかった。テレビは見てもニュース関係だけで、お笑いタレントのことは知らないし、人気の刑事ドラマにも疎《うと》い。誰でも知っているようなことを知らずトンチンカンな事を言うが、それが妙に天然の味わいがある。

そんな彼に好意を持たない人がいるだろうか？

それに対して、藤沢っちの奥さんはほとんど選挙活動には参加しない。事務所にはまったく顔を出さないし、選挙カーにも乗らない。奥さんは実在するのか？　と疑うヒトすらいたほどだ。

ただし、街頭を練《ね》り歩いたり、辻立ちで演説するときだけは、きらびやかな衣裳《いしょう》を着て登場し、輝くような笑顔を振りまく。

それはマスコミが集まってカメラの放列があるからだ……と大将はぼそっと言った。

「藤沢っちの奥さんは、亭主の出馬には反対してたんだ。だから選挙運動には協力的じゃあない。でもカメラがたくさん来るときには出ていく。目立ちたがりなんだろ」

大将は切って捨てたが、カメラの前に立ちたいと思うのも当然かも、と鋼太郎は思った。藤沢夫人の花音《かのん》さんが美人だからだ。

女優にしてもおかしくない、という表現そのまんまの美形で、花音夫人の美しさは際立っている。

まさに、掃《は》き溜《だ》めに鶴。

東京下町とは言っても、昔の映画に出てくるような、口が悪くてあけすけでデリカシーに欠ける老婆やおかみさんばかりが棲《す》んでいるわけではない。ほとんどが普通の女性なのだが、正直言って、「女優さんみたいにきれいなヒト」の含有量《がんゆうりょう》は、西東京というか山の手の方が多いだろう。

そんな中で花音夫人の美貌《びぼう》は際だっていた。トッチャンボーヤみたいな外見で、イケメンには程遠い藤沢候補とは、およそ不釣り合いだ。それでも夫唱婦随《ふしょうふずい》、二人で選挙戦を戦えば票も増えるだろうに、花音夫人は目立つ場所にしか現れなかった。

そして投票日が明日に迫った夜八時。選挙カーを使った運動が終わった。

それでも選挙運動をすべて終了しなければならない午前零時直前まで、運動員や支援者は選挙事務所で待機することにした。

大将も鋼太郎も、もちろん藤沢候補も、声が掠《かす》れて疲労困憊《ひろうこんぱい》状態だ。選挙運動最終日の夜は、駅前にある選挙事務所に集まって、おつかれをやった。

酒の提供は違法なので、ソフトドリンクやツマミは大将の「寄付」だ。紙コップや紙皿を藤沢夫人がにこやかに運動員全員に配って回り、「本当に有り難うございました」とお礼を言った。さすがにここで奥さんがいなかったら、「夫婦不和」の噂が流れるだろう。

「どうかね。情勢は」

選挙事務所の片隅で、鋼太郎は大将に聞いた。

事務所の中央に陣取っているのは、藤沢候補の参謀格《さんぼうかく》の、学生時代からの友人たちだ。陣取っているといっても数が多くて藤沢候補と打ち合わせることが多いから、自然と事務所の中央にいるだけで、特に威張《いば》っていたり場を支配しているわけではない。

一方、藤沢候補の親族は親を含めてこの選挙にはノータッチで、一切顔も出さない。

藤沢候補の親は墨井区に居を構え、昔は墨井区に工場があった、中堅の機械製造会社のオーナーだ。その御曹司《おんぞうし》が祐輔氏だ。藤沢一族は、墨井区内でいろんな商売をやっているから裕福な一族だと言えるのだが、彼らからの支援はまったくない。政治には一切、関わり合いたくないらしい。

そういうわけで選挙運動の主体は、俗に言う地盤・看板（名声）・カバン（資金）ではなく、藤沢っちに共鳴する大将や鋼太郎のような、いわゆる私設応援団のような人たちだ。みんなで動いて、みんなで汗をかいている。

「情勢は……正直、芳《かんば》しくないね」

大将が言った。それは鋼太郎も感じていた。

保守層が多いこの辺では、やはり保守系候補が強い。もちろんリベラル系を支持する人も多いから、大政党に属する候補者から順々に当選が決まっていくだろう。藤沢候補も、最初から下位当選を予想していた。

判官贔屓《ほうがんびいき》の感情を刺激する「金なし・支援なし・知名度なし」の弱者ぶりを前面に出して、地元民が手弁当で応援する姿を見せ、なんとか当選圏内に滑り込もうという計算が、なかったとは言えない。

「運が悪かったな。あの女……あの『美人候補』さえいなきゃ当選確実だったんだけどな」

と大将が悔しがるのは、三十人の枠になんとか入ろうと競い合う形になった「木元恵子《きもとけいこ》」の存在だ。

木元候補は、女性候補ということをアピールしている。「真の男女平等を実現してSDGsを推進するのは木元！」と、女性知事の支持基盤である「都民党」から出馬している。女性都知事と一緒に撮った写真をポスターに使ってもいる。しかも美人ではあるがモデル系ではなく、親しみやすいタヌキ顔で、少しぽっちゃり系なので同性から嫌われず、男性からの好感度も高い。

それに対して藤沢っちは、くそ真面目で演説も上手いとは言えない。ヤジに怯んでしまったり、突っ込みが入ると律儀《りちぎ》に返事を返そうとして言葉に詰まったりと要領が悪く、機転の効きもまったくダメだ。

しかし木元候補は弁舌爽《べんぜつさわ》やかで滑らか、難しい言葉を使わずに、森羅万象《しんらばんしょう》なんでも説明してしまう頭の良さが群を抜いていた。選挙戦の終盤に向けて、SNSでも「木元って美人でアタマいいいな」と話題が広がっていたのだ。

「あの木元と藤沢っちは同じ会社に勤めてたんだよ。ほら、あの超大手広告代理店の便通。それも同期だ。便通時代、藤沢っちは今と同じく要領が悪くて、真面目だけが取り柄《とえ》。対照的に頭の回転が早くて機転が利く木元に、ひどくバカにされていたらしいぜ」

木元候補の立ち回りの巧さは他の陣営でも話題になるほどで、その決定打は、「都民党」公認を巡っての「セクハラ」騒動だった。

「私は、敬愛する都知事の母体である『都民党』の公認をいただきたくて、党本部に日参していたのですが、党幹事長の、下都賀繁蔵《しもつがしげぞう》都議にセクハラをされて……」

という身内の恥を暴露して涙ながらに語るという大胆な離れ業をやってのけて、それが図に当たった。有権者の同情をひき、下都賀幹事長がセクハラを否定すると、すかさず証拠の音声をアップした。「セクハラ現場の音声」とされる録音が動画投稿サイトにアップされた途端、疑惑の幹事長はダンマリを決め込み、それがマスコミにも取り上げられ話題になると、木元の知名度は一気に上がった。墨井区議候補の中では、一番有名な存在になってしまったのだ。

「やっぱりあのセクハラ告発が効いたな。木元は弁舌爽やかだが、よく聞けば中味はゼロ。ちくわみたいなもんだ。一見立派だが芯《しん》は空洞《くうどう》ってな。それに引き換え、藤沢っちは毎回いいこと言ってるし、口だけじゃなく実践《じっせん》もしてるんだが、惜《お》しいかな、声が悪い。マイク乗りが悪いし、見た目も冴《さ》えない。外見が一流大卒の学歴と合ってない。しかも、ほら、あの一連の怪文書も痛かった」

大将が言う怪文書とは、藤沢候補の根も葉もない学歴詐称《さしょう》疑惑とか、不祥事《ふしょうじ》を起こして便通を解雇されたとか、家庭で奥さんに暴力を振るっているDV疑惑など、嘘八百が書かれた文書が大量に出回ったことだ。

選挙に怪文書はつきものらしいが、今回はとりわけ藤沢っちにまつわる怪文書が乱れ飛んだ。そのメインが学歴詐称と、便通時代に業務上横領でクビになったという、事実無根の流言《りゅうげん》飛語《ひご》を載せたものだった。

「それだけじゃない。木元には腕利きの選挙コンサルタントがついてるらしい。あのセクハラ告発も、その選挙コンサルタントの入れ知恵らしいぞ」

「じゃあ藤沢っちは落選……確実なのか？」

鋼太郎は周囲を気にしつつ、訊いた。落選という言葉は選挙事務所では御法度《ごはっと》だ。

「木元がどこまで票を食うか、だな。どっちにしても『都民党』の組織票は強い。藤沢っちみたいな無所属では太刀打ちできない」

午前零時を回って、選挙運動は完全に終了した。三々五々人が帰り、鋼太郎も自宅に戻って久々にゆっくり寝た。なんせこの数日、小牧ちゃんにも休んでもらって整骨院は休業、朝は七時に選挙事務所に集合して、八時からは街頭に繰り出していたのだ。事務所で電話をかけまくる人もいたが、鋼太郎はさほど知り合いもいないし、整骨院の患者に投票依頼の電話をするのも気が咎《とが》めたので、街頭での活動に専念するようにしていたのだ。

そして……翌日の投開票日。

ゆっくり寝た鋼太郎は、昼過ぎに選挙事務所に顔を出した。当日なのでもう選挙運動は出来ないが、事務所がガランとしているのは縁起《えんぎ》が悪い。

とは言ってもやる事もないから、やってきた面々はお茶を飲みお菓子を食べて駄弁《だべ》っている。老人勢は碁や将棋を打ったりしている。

鋼太郎も、同じく手持ち無沙汰の大将や、選挙運動仲間と所在なく過ごした。

地元ケーブルテレビや東京ローカルのＭＸテレビが取材に来たときは、全員が立ち上がって気勢を上げたが、事前の出口調査の結果などもオフレコで流れてくる。

その結果は、どれも「藤沢候補、劣勢」「藤沢、落選必至」「藤沢、アウト」というものばかり。

そのせいか投票が終了した午後八時には、めっきり人が少なくなっていた。

そこへ、藤沢候補本人がやってきた。ずっと自宅で待機していたのだが、落選が決まればマスコミの取材に応じなければならないからだ。しかし、花音夫人の姿はない。

彼は、選挙運動疲れと、劣勢予想の心労で憔悴《しょうすい》している。奥さんが来ないところを見ると、もしかして夫婦喧嘩もあったのか、と鋼太郎は余計な心配をしてしまった。

藤沢候補は。「必勝」と書かれた横断幕の下に用意された席に座り、地元ケーブルテレビの開票特番に目をやった。

午後八時の投票〆切と同時に、当選予測が出た。

「ええっ!?　木元にもう当確?　しかも得票数がすごい!」

木元候補は下位どころかゆうゆうと上位当選し、それに引き換え、藤沢候補は三十一位で落選という、お先真っ暗の予測だ。

「しかしねえ、これは所詮《しょせん》予測だから……予測は外れるものでしょ!」

選挙事務長を務めた藤沢候補の大学の同窓生が大きな声で希望的観測を述べた。だが、そうだそうだと気勢を上げる者はいない。みんな、負け戦《いくさ》を肌で感じていた。

地上波のテレビ局は、都議会選挙は報じても、ローカルな区議会選挙は扱わない。地元の「墨井ケーブルテレビ」だけが開票特番を組んで放送しているが、東京ローカルのMXテレビは速報を画面の隅に流すだけだ。

十時を過ぎて大勢は決した。順位は未確定だが、当選確実の三十人の顔ぶれは決まった。だがその中に、藤沢祐輔の名前はなかった。

現金なモノで、そうと決まると、ただでさえ人の数がまばらになっていた選挙事務所からは一人去り二人去り、どんどん人が減っていく。

「神輿は軽い方が担ぎやすい」とは言うが、そんな程度にしか支持していなかった人が多かったのか……。それでも残っているメンバーが、真の支持者なのだろう。

「はい、では落選した藤沢祐輔候補の選挙事務所です!」

突然、元気な声が響き渡った。「なんとか選挙チャンネル」を自称するユーチューバーがやってきて、いきなりネット中継が始まったのだ。

「それでは、落選した藤沢候補にお話を伺います」

デリカシーをどこかに置き忘れてきた配信者が藤沢候補にマイクを突きつける。

「どうですか、落選したお気持ちは？」

「おいあんた、その言い草は何だ！」

ぶしつけで血も涙もない、無神経な質問に怒った大将が立ち上がったが、鋼太郎が腕を引いて座らせた。

「ダメだよ、大将。ああいう連中に怒ったって。どうせ例の、迷惑ユーチューバーとかいうやつらだろ？」

「そう言ったって……」

だが藤沢候補が淡々とインタビューに応じ始めたので、大将は黙った。

「敗因は……私にあります。私は演説が下手で、しかも声が悪いから、私の考えがきちんと伝わらなかったのではないかと」

肉体と精神の疲労でどす黒くなった顔に無理に笑みを浮かべた藤沢っちは、それでも懸《けん》命《めい》に答えた。だがインタビュアーはあくまで意地が悪い。

「まさかそれは、政策やビジョンが伝われば当選していたって意味じゃないですよね？」

「はい。何とか伝われば、と思って頑張ってきましたが、力及ばず、残念です」

「落選して、これからどうされるおつもりですか？」

傷口に塩をすりこむ質問に、大将がまたしても立ち上がろうとしたが、鋼太郎が抑えた。

「そうですね。出家して寺にでも籠《こも》るべきなんでしょうが、選挙費用を借金したので、まずは働いて返さなければ」

「返すアテはあるんですか？」

「頑張るしかありません」

「見通しが甘かったんじゃないですか？　借金してまで出馬する必要が、本当にあったんですか？」

マイクの主はどこまでも失礼で冷血だ。落選者には、何を言ってもいいと思っているらしい。あるいは、そういうことを訊けと指令されているのかもしれない。

「落選したらただの無職ですよね？　聞くところによると、藤沢さんのご実家はお金持ちで、この出馬は金持ち息子の道楽だ、という声もありますが」

「いいえ。親は親、僕は僕です。資金の援助は一切ありません。この選挙は僕の友人知人や、僕の政策に共感してくれた人たちだけで戦いました。僕自身は一介《いっかい》のサラリーマンだったので、金持ちの道楽という指摘は当たりません」

「はぁ、そうなんですか……以上、落選ホヤホヤ、失意の藤沢祐輔候補の、選挙事務所からの配信でした！」

その声で、中継は終わり、落選者にはもう用はないとばかりに、ユーチューバーはそそくさと撤収《てっしゅう》して帰っていった。

「なんという無礼な中継だったんだろう。ねえ、藤沢っち！　ああいうとき、怒っちゃいけないの？」

大将が藤沢候補に訊いた。本人以上に怒っている。

「怒るのはダメだと思います。落選したくせに態度が大きいとか言われるので……堪《た》え忍《しの》んでジェントルに対応するのが一番だと思いますよ」

藤沢候補は淋《さび》しく笑った。

「多額の借金があると言ってたけど……大丈夫なんですか？」

鋼太郎も訊いた。運動員はボランティアだが、この選挙事務所の家賃や光熱費とか選挙カーのレンタル、備品のレンタル、公費負担分はあるがポスターやチラシの印刷費、などなど……それに供託金《きょうたくきん》もある。得票が少ないと、選挙管理委員会に預けた百万円が最悪、没収されてしまう。

まさに、泣きっ面に蜂だ。

「稼いで借金返さないとな。どうだ、ウチでしばらくバイトするか？」

選挙事務長を務めた、輸入雑貨店を経営する男が藤沢っちに訊いた。

「凄い給料は払えないけど、生活費くらいは面倒みるよ」

「ああ、それは有り難いなぁ。選挙の後始末が終わったら」

「後始末しながらでも店に顔出せよ。その分、時給つけるから」

藤沢っちは感謝して、事務長と固い握手を交わした。

「私たちの福祉ＮＰＯも手伝って戴けませんか？　あまりお金は出せないんですけど……」

女性グループがなんとかしたいと声をかけた。

「ありがとう。でも、僕に出すお金があったら、困った人たちのために使ってください。手伝いには行きますから」

そのやりとりを見た大将も立ち上がった。

「藤沢っち、夜だけウチでってのはどう？　ダブルワークだ。店でお客のいろんな声を聞いて、捲土重来《けんどちょうらい》を期すってのは？」

そう言った大将は鋼太郎を見た。

「お前の整骨院でも、助手とかをやって貰えるんじゃないのか？」

イヤうちには小牧ちゃんが……と言いかけたが、この際なんとかすべきなんだろうと、鋼太郎も考え始めたとき、花音夫人が「あなた、何言ってるのよ！」と言いながら割り込んできた。

「そんなバイト、候補者がやる仕事じゃないでしょ！　テレビのコメンテーターとか、ご意見番とかならまだしも」

「テレビのコメンテーター？　奥さん、たとえば国会議員で何度も代表質問に立ったような、つまりブイブイ言わせてた人じゃないと、コメンテーターの口はないですよ」

事務長は静かに言ったが、夫人は納得しない。

「だからって小売店やショボい飲み屋のバイトをするほど落ちぶれてないでしょ！　それに按摩《あんま》さんの手伝いなんて……」

吐き捨てるように言ったので、鋼太郎はムッとした。

「整体は按摩とは違うし、マッサージだって、資格がないモノには任せられない専門職ですよ！」

しかし花音夫人は聞く耳を持たない。

「ねえあなた、こういう時こそ親に頼ればいいじゃない！　お父さんはお金持ちなんだから、援助して貰うべきよ！　そうだこの際、藤沢機械工業の副社長にでもして貰えば？」

　夫にぐいぐいと迫る花音夫人。

「いやいや、親とは断絶状態だし、今まで家業なんか全然ノータッチだったんだから、いきなり副社長なんて無理だよ」

　藤沢っちは奥さんをやんわりと諭《さと》そうとした。

「それに、せっかく皆さんが手を差し伸べてくれようとしてるのに、君の、そういう言い方は、ちょっと失礼じゃないかな」

「なぁ〜にが失礼なのよ！」

　花音夫人はキッとなって言い返した。

「あれほど言ったのに出馬した件はどうなのよ？　政治に関わるとロクな事ないって。当選するアテはないんだし、落選したらどうするのって。今朝だって言ったけど、私の意見なんて全然聞いてくれなかったじゃない！」

「いやいや、その話はここでは止そうよ」

　藤沢っちは夫人を抑えようとしている。だが彼女は聞かない。

「いいえ、今日こそは言わせてもらう。だいたいあなたはカッコつけすぎよ！　外見ばっかり気にして正義漢ヅラしちゃって。お金もないのに、福祉とか人のことばっかりやって。

そんなにイイヒトに見られたいわけ？　だいたい親にも泣きつかないってどういうことよ。お金持ちの御曹司だと思ったから結婚したのに！」

いやいやだから、と藤沢っちは奥さんの肩を抱いて小声でいろいろ話しかけようとしたが、花音夫人はその手を振りほどいた。

「なーにが福祉よ！　子供や爺さん婆さんのことばっかり世話焼いて、自分んチは幸せに出来ないで誰を幸せにするって言うのよ！　何やってんのよカッコつけんなって事よ！」

「……するってえと奥さんは、祐輔さんの出馬には反対だった？」

大将がつい、口を出した。

「えーえもう、大反対でした。だって当選しても落選しても、借金は残るんですよ！　だから私はここには来なかったし、いろいろ陰で言われてるのも知ってましたけど、選挙運動にも協力しなかった」

「でも、マスコミが集まるときには来てましたよね」

いい服を着て、と大将は聞こえないように呟いた。

「それは……外聞を考えての事です。病気でもないのに妻が全然出て来ないと、また陰でいろいろ言われるから……でもやっぱり、私の考えの方が正しかったのよ！」

とにかく、と花音夫人は語気を強めた。

「落選して無職になって借金だけ残って……私の人生プランはズタズタだわ。夢だけでは生きていけませんからね！　私は自分の人生を第一に考えます。アナタもアナタの夢を第一に、勝手に生きてちょうだい！」

夫人はそう言い放つと、選挙事務所から出て行ってしまった。

「あれは……親の財産目当てで結婚したけど、目算《もくさん》を誤ったたって図だな」

大将がぼそっと言った。これはたぶん、事務所に居合わせた全員が感じたことだろう。

「ええ、大変お見苦しいところを……」

藤沢っちが苦笑して頭を下げた。

「お見苦しいことだらけです。これからもしばらくはお見苦しいことが続くと思いますが……」

おそらくあの美人妻とは離婚することになるのだろう。

金も地位も名誉も、おまけに家庭まで失いそうな、気の毒な藤沢っち。

翌日、藤沢祐輔は、当選のお祝いを述べに、各候補者の選挙事務所を回った。彼の事を気の毒に思った大将と鋼太郎も同行することにした。これを選挙運動の最後にしてケジメをつけようと思ったのだ。

確定投票数が発表された。藤沢っちは三十一位で、次点。三十位との差は百一票だった。僅《わず》か百一票と感じるか、百一票も！　と感じるか……。やるだけの事はやった結果なので、百一票の差はとても大きく感じた。

三十人の当選者のうち、二十九人までは常識的な人たちだった。祝意を述べる藤沢に対しても丁寧《ていねい》、かつ事務的に応対してくれて、儀式的に事は済んだ。しかし……。

最後の一人、木元恵子だけは違った。

彼ら一行が選挙事務所に入るや、木元恵子は電話を取って通話中のフリをし始めた。

「はい、どうもありがとうございます。ええもう大変で。昨日からお祝いの電話が鳴りっぱなしで、取材の申し込みも山ほど来て、捌《さば》くのがホント大変なんですよ！　もう、マネージャーが欲しいくらいで……あはははは！」

その嘘電話は延々と続いた。木元恵子は藤沢たちが来たのを見て判っているくせに、あからさまに目を逸《そ》らして、知らんぷりをしているのだ。

当選した木元以外の、スタッフたちには一通りあいさつを終えて、最後に木元本人に、ひと言お祝いを述べて帰りたいのだが、彼女はえんえんと嘘電話を続けている。

「おい。どうしてあの女はおれたちを避けてるんだ？」

激怒を抑えている大将が鋼太郎に囁《ささや》いた。

「さあ。なんか後ろ暗いところでもあるんじゃないの？　あの怪文書を流したとか」

という鋼太郎の返事に、大将は「ありえるな」と納得した。

二十分ほど待たせて、木元恵子はようやく嘘通話を終えて受話器を置いた。

「ごめんなさいね！　お待たせしちゃって。けど見てお判りのように、昨日からもう大変なのよ」

「木元先生、当選おめでとうございます」

藤沢っちは儀礼的に「先生」をつけて頭を下げた。

「あなたも大変ねえ。明日からどうするのよ？　もしかして供託金、没収じゃない？　それにご実家がいくら太くても、勘当《かんどう》されてるんじゃねえ……あっこれ言っちゃいけなかった？　とりあえず頑張ってね。それにしてもあなた、要領が悪くてドン臭いのはちっとも変わってないのね、便通時代から」

木元恵子は言いたいことを一方的に言うと、「はいありがとう。じゃあこれで。当選したから私、忙しいのよ」と言い残して事務所の奥に消えた。

もはや大将は怒りを抑えられない。

「ひでえ女だな。とことん根性がひん曲がってやがる！」

「なんか、すみません……ウチの先生、当選確実が出てから舞い上がってしまって……」

木元の選挙スタッフの方が恐縮して藤沢に謝った。

「先生、なんかハイを通り越しちゃってるみたいで……」

「いくら舞い上がってるったって、あの態度はイカンよな」

帰路、藤沢は先に帰り、大将と鋼太郎は二人で近くのラーメン屋に入った。

「だいたいあの忙しいフリはなんなんだ？　あんな、けんもホロロな応対も失敬だろ！　上位当選していい気になってやがる」

大将はトンコツラーメンのスープをレンゲですくいながら怒った。

「それに……昨日の奥さんも奥さんだ。落選直後の弱ってるときに、傷口に塩をすり込むようなことを言って……デリカシーのカケラもねえじゃないか」

大将の口から「デリカシー」という言葉が出たのも充分に異様だが、この一連の藤沢祐輔の「受難」は気の毒のひと言だ。

「藤沢っちって、女難の相でもあるんじゃないか？」

鋼太郎もタンメンをすすりながら言った。

「次また立候補するなら、区内で演説会とか集会とか意見交換会とか、イベントを続けて忘れられないようにしなきゃいけないし、連絡事務所みたいなのもいるだろ？　金は出て行くばかりだよなあ。支援者のカンパはあっても生活費には使えないし……『クスノキ』でバイトするしかないだろうなあ。どのみち、あの奥さんとは別れるんだろ？」

「そう決めつけちゃいけねえ」

と大将は言ったが、藤沢祐輔は、すべてを失ったと言ってもいいだろう……。

＊

木元恵子は、作戦がすべて図に当たって、ほくそ笑んでいた。もちろん、対マスコミ的には清楚《せいそ》でか弱く、力のない女が一人で頑張ったという、健気《けなげ》な清純派を演じ通さなければならない。

しかし自宅に帰ると、彼女は「素《す》」に戻り、快哉《かいさい》を叫んだ。

フルーティな赤ワインを飲みながら、恵子はふかふかのソファにひっくり返った。

「あ〜〜〜〜〜〜。勝ったわ！　私は勝利者よっ！」

目論見《もくろみ》はすべて成功した。

その勝利感に、彼女は酔った。

そもそも、この選挙で地盤も看板もカバンもない彼女は、都民党の公認は取れないだろうと言われていた。しかし完全な無所属では、他の候補者に埋没《まいぼつ》してしまう。党公認は絶対に必要だった。

そのために彼女は、大枚はたいて雇った選挙コンサルタントの石川《いしかわ》の助言に従って、党本部に行くたびに窓口となってくれた、墨井区選出の都議で党幹事長でもある、下都賀繁蔵を利用することにしたのだった。

下都賀幹事長は「気のいい爺さん」で都議会ではベテランだ。保守系与党に長年属していたが、都知事に口説《くど》かれて都民党に鞍替《くらが》え後は、幹事長となって議員をまとめてきた。齢《よわい》七十を越える老人だがまだ色気はあって、木元が身体を寄せたり、キスが出来るほど顔を近づけるだけでエビス顔になった。

この爺さんは使えると判断した彼女は、さっそく下都賀幹事長を、自分の事務所で飲みに誘った。酔わせていろいろ誘いをかけるようなことを言い、下都賀幹事長がそれにノッて、下ネタやエロいことを言ったのを密かに録音した。

その音声を選挙コンサルタントの石川と一緒になって編集し、あたかも下都賀都議が「党幹事長という地位を利用して出馬を希望する若い女性にセクハラを仕掛けた」としか聞こえないような音声を作ったのだった。木元はその捏造《ねつぞう》音声を動画投稿サイトに流した。

『あんたは美人だから……やらせてくれたら、党の公認なんかこのわしが取ってあげるよ。その代わり、ベッドでわしのナニを……しかしあんたのココは大きくて弾力があるなあ……吸ってぺろぺろしたら、さぞかし気持ちいいだろうねえ』

編集「前」の、実際の音声は、次のようなものだった。

『あんたは美人だから（必ず当選する）……（交渉を）やらせてくれたら、党の公認なんかこのわしが取ってあげるよ。その代わり、（一日の終わりに）ベッドでわしの（ことを思い出すときは）ナニを（アドバイスしたか思い出すように）……しかしあんたの（事務所の）ココは大きくて弾力があるなあ……（いいソファーだ。当選の暁《あかつき》にはここで一緒にタバコを）吸って（アイスを）ぺろぺろしたら、さぞかし気持ちいいだろうねえ』

じっくり聞けば非常に不自然だし音もぶつ切れだったりするのだが、それをカバーするためにBGMの音楽がうるさいほど大音量で流れていることにしたので、専門家が本気で分析しないと、編集の痕跡《こんせき》が判らない出来になっていた。

当の下都賀幹事長は身に覚えのないことだから否定したけれど、なにしろ酔っていたから「セクハラ現場の音声」を完全に否定出来ないし、二十年前にも、新聞記者に下ネタを駆使して口説いたことが露見《ろけん》している「前科」が弱味になった。

　反論出来ず黙ってしまった下都賀幹事長をテレビで見た彼女は、選挙コンサルタントの石川と顔を見合わせてほくそ笑んだ。

「ま、ざっとこんなところです」

　若いときの仲代達矢《なかだいたつや》に少し似ている石川はクールに言った。

「おっさんマジちょろいわ」

　と、彼女もほくそ笑んだ。

　そういや、他にもチョロいやつがいた。と木元恵子は思い出した。

　それは、同じ会社で同期だった藤沢祐輔だ。

　真面目だけが取り柄で、要領の悪さと鈍臭《どんくさ》さが、どうしても気に入らなかったのだ。

　調子のよさとチャラさが必須のサバイバルスキル、仕事を回す潤滑油とされている広告大手「便通」の社内文化では、藤沢の愚直なまでの真面目さは、木元にとって「見ていてイライラする」モノでしかなかった。

　特に藤沢のなにが悪いと言うところはない。しかし、ウマが合わないというか、波長がどうにも合わないのだ。俗に言う「神経を逆撫でされる」感じ。

当時の彼女は、社内でも「プリンセス木元」「恵子姫」と呼ばれて、若手社員の中心にいた。おおいにモテたし影響力も発言力もあった。彼女の色香に翻弄される上司すらいたほどだ。

いい気になっていた木元恵子にとって、目障《めざわ》りな一同僚社員を追い出すくらい、造作もないことだった。

藤沢の学歴詐称疑惑、経費流用に横領疑惑、そして若くして美女と結婚した彼の「波瀾《はらん》の夫婦生活」「毎日が破局の危機の夫婦生活」など異様にリアルな噂を流せば、それで十分だった。そこに木元も藤沢を嫌っていると付け加えれば、噂の威力は倍増した。

さすがに噂だけでは解雇には至らなかったが、藤沢は「難アリの社員」認定をされて、地方支社への転勤を打診されたり、畑違いの子会社への出向の内示を受けたりして、確実に追い込まれていった。

やる気を削《そ》がれ、心も折られて、精神を蝕《むしば》まれた藤沢はほどなく自ら会社を辞《や》めた。

まさに向かうところ敵ナシの木元恵子だった。

しかし、好事魔多《こうじまおお》し。

彼女自身の派手な「アフターファイブ」が、やがて社内で問題になった。上司との不倫、交通費や経費の水増し不正請求疑惑。それに、社内にいろんな噂を撒《ま》き散らして風紀《ふうき》を乱した、倫理的道義的責任までが問われてしまった。何事もやり過ぎるとアダとなる。

自主退職に追い込まれた木元は、先に退社した「どんくさい藤沢」が現在、政治の道を志しており、一部のマスコミにも注目されているのを知ってしまった。

飛び降り自殺をしようとした少年の「いじめる側の苦悩」を知ってこの問題に取り組み、老人問題にも目を向けて、独居老人をケアする活動や、元いじめっ子と一緒にホームレスをケアする地道な活動が、夕方のニュースやドキュメンタリー番組で取り上げられていたのだ。

その番組を見た木元は藤沢に激しい嫉妬《しっと》を燃やし、打倒藤沢を誓った。

「あのダサい男だけには、絶対に負けたくない！」

あくまでもマウントを取り続けたい彼女は、同じ土俵で勝つためにわざわざ墨井区に移り住み、墨井区議の選挙に立候補したのだ。

そして結果は、木元恵子の大勝利。

全くの新人で、武蔵野《むさしの》市から移り住んで知人も友人もいない「落下傘《らっかさん》候補」同然の彼女だったが、かわいそうな「セクハラ被害者」として知名度を上げた。さらにその容姿と美しい声で一気にファンを獲得した。結果、下位の滑り込み当選を狙っていたのに、望外の上位当選を遂げることになった。なんと墨井区のボスと言われた古参議員を押しのけて、第三位で当選してしまったのだ。

マスコミを利用して知名度を上げたので、選挙運動にはさほどお金を使わなかった。潰《つぶ》れた八百屋を選挙事務所に借りた、その家賃と備品のレンタル程度だ。それは彼女の貯金で賄《まかな》えた。

藤沢を完全に潰すために怪文書は撒いたが、パソコンで作ったものをコピーしただけだから、やはりお金はかかっていない。

まさに、どこから見ても、木元の完全勝利だった。

そして……あの愚直バカ男は、のこのこと当選祝いにまでやってきた。どこまで鈍くさいのだろう?

そんな「完全勝利者」の木元恵子だったが、ひとつだけ気になることがあった。

選挙の公示直後に、交通事故を起こして、その相手を丸め込んでいたのだ……。

*

久々に店を開けた「クスノキ」には常連が集まっていた。その中には鋼太郎や小牧ちゃん、そして錦戸警部もいる。

「やっぱり大将のツマミは美味しいなあ！　下町の味だよね！」

小牧ちゃんは牛スジ煮込みを一口頬張って顔を輝かせた。

「店のオゴリだと美味しさも倍増しますよね」

錦戸のイヤミも、久々だと妙に新鮮だ。

「お休み貰っちゃいましたけど、あたしも選挙、お手伝いしてもよかったんですよ？」

小牧ちゃんは上機嫌で言った。

「いやいやそれは悪いでしょ。選挙はおれの趣味でやったことだし」

鋼太郎はそう言って、「ね！」と大将と目を合わせた。

「警部殿は警察官だから、なんにもしちゃいけなかったんですよね」

小牧ちゃんにそう言われた錦戸は「いかにも」と頷いた。

「その代わり、選挙違反の内偵はしてましたけどね。捜査二係に協力して」

「なんか面白い選挙違反バナシ、ないの？」

完全に興味本位で聞いた鋼太郎に、錦戸は「捜査上の秘密は漏らせません！」とニべもない。

「そういや鋼太郎、妙な噂を聞いたぞ」

大将はふかしたシュウマイを出しながら一同に言った。

「三位で当選した、あのいけ好かないふっくら女」

「その言い方は差別的ですよ？　要するに根性の悪いデブ女って意味でしょ！」

小牧ちゃんが突っ込んだ。

「ええと……三位で当選したあの女性候補に、ヤバい話がある」

大将はいかにも秘密の話を漏らすように小声になった。

「あの性悪女《しょうわるおんな》……木元恵子だが、選挙が始まる直前に交通事故を起こしちまったんだけど、なにしろ口がうまいもんだから被害者を丸め込んで、しかも事故を起こした事自体を『なかったこと』にしてた。それが今になってバレそうになって、焦《あせ》ってるって」

「被害者を丸め込んだって、示談《じだん》でまとめたって意味ですか？　だったら別にいいんじゃないんですか？」

小牧ちゃんはそう言って錦戸を見た。

「一概《いちがい》には言えません。交通事故には民事の他に、刑事処分と行政処分があるからです」

民事なら損害賠償《そんがいばいしょう》や慰謝料《いしゃりょう》の支払いで解決するが、刑事処分なら交通法規などの違反を取られるし、免許停止などの行政処分を食らう、と錦戸は説明した。

「示談が利くのは民事だけなので、刑事処分や行政処分はまた別の話です。示談にしたからと言って、そっちをバックレようとすると面倒な事になります」

淡々と答える錦戸に鋼太郎は訊いてみた。

「あれですよね。警部殿としては、もうこの件は知ってるんですよね？」

「お答え出来ません」

錦戸は知らん顔をしてレモンサワーを飲んでいる。

「答えられないって事は、知ってるんだね！」

小牧ちゃんに煽《あお》られて、錦戸は一般論で逃げた。

「そうですね。被害者を言いくるめて事故をなかったことにしようとした……ことが事実であれば、それは明らかに法に反する行為なので、とうてい赦《ゆる》されるものではありません」

「おい、そいつは議員として致命的じゃないか！」

鋼太郎はそう言って大将と頷きあった。

「本当にあったことであれば、ですけどね」

錦戸はあくまでも発言を限定し、逃げ道を確保しておくことを忘れない。

その時、一同の背後から「ちょっといいですかな？」と声がかかった。

「おや。飯山《いいやま》さん」

振り返った鋼太郎が、後ろに立っている、白髪だがカクシャクとした、細身の老人の名を呼んだ。

「こちらの飯山さんは長年のウチの患者さんで」

鋼太郎が一同に紹介した老人は、そこで驚くべきことを言った。

「私は、あの木元という女に車をぶつけられましてね」

ノーネクタイだがきちんとスーツを着た飯山老人は、引退して息子に代を譲った開業医だ。

「それは本当かい、飯山さん?」

色めき立つ一同。

「詳しく話してくれよ」

「はい。区会議員選挙のちょっと前のことです。妻と買い物に行こうとして、信号待ちをしていたら……」

青になってるのに前の赤いプジョーが全然発進しない。つい苛立《いらだ》って、クラクションを短く鳴らしてしまった……と飯山老人は言った。

「何度も鳴らしたわけじゃない。短く、それもたった一回だ。なのにそのプジョーが突然バックして、私の車の前に激しくぶつかってきたんだよ。あれは絶対、わざとだった」

老人の車は前の部分が大破。しかも、あろうことかぶつけてきたプジョーは、そのまま発進したのだという。

「完全に当て逃げです。許せません。私は妻に携帯電話で動画を撮るように言って、すぐに追いかけました。ずっと追ってくる私の車に気づいて観念《かんねん》したのか、赤のプジョーは路肩《ろかた》に寄って止まったので、私は車を降りて……」

老人の話は長くなりがちだ。

「飯山さんが相手を問い詰めようとしたら、それが木元恵子だったんですね？」

「いかにも」

と飯山老人は答えた。

「最初は土下座《どげざ》する勢いで謝ってきたんだ。いろいろ切羽《せっぱ》詰まっていて大変で、親の介護とか娘の教育費とか夫の失業とかローンの支払いとか自分の持病とか、山ほどある悩みを考え込んでいたら信号が変わったのに気づかなくて、クラクションの音でハッとして発進したらギアがバックに入っていて。パニックになって、咄嗟《とっさ》に逃げてしまいましたって」

「その泣き落としに飯山さんはほだされた、とか？」

鋼太郎が訊くと飯山老人は頷いた。

「いかにも。つい気の毒に思って、赦すと言ってしまったんだ。なにしろ私のジャギュアはもう年代モノでね」

飯山老人はジャガーをジャギュアと伊丹十三《いたみじゅうぞう》風に発音した。

「古いのを大切に乗ってるんだが、逆にヴィンテージになってしまって、部品がなかなか手に入らなくなっている。だからバンパー交換だけでもひどく高くつくので、そんな、生活に苦しんでる女性に修理代を請求するのは酷《こく》だと思ってね……そうしたら、彼女は泣き出さんばかりに何度も頭を下げて、この件は何卒《なにとぞ》御内密にって。改めてご連絡します、修理代は時間がかかっても必ず、必ずお払いしますって。しかしね、それっきりなんです」

「先方から連絡先とか聞かなかったんですか？」

錦戸が確認するように聞いた。

「こっちは一度は不問にすると言ってしまったしね……。しかし、私の名刺は渡しましたよ。藤沢さんがやってる、塾に行けない子供に教えるところで、ボランティアで医事相談に乗っております、と自己紹介もした」

ところが、と老人は続けた。

「先日テレビを見ていたら、その女性が出てきたんです。驚いてよく見たら、墨井区議会議員に当選したそうじゃないですか。しかも、彼女は独身で大きな会社の社員だったたって。私に言ったことと全然違う」

夫の失業も子どもの病気も、そしてたぶん親の介護も自分の持病もローンの支払いも、全部ウソだった、と飯山老人は憤懣《ふんまん》やる方ない様子だ。

「つまり事故の時だけはあることないこと並べ立てて同情を惹《ひ》いておきながら、その後は梨《なし》の礫《つぶて》って事ですね？」

いかにも、と飯山老人は頷いた。

「私は修理代が惜しいのではない。人間としての誠意の問題だ。不問に付すと私が言ったとはいえ、安くてもいい、菓子折りの一つも持って、詫《わ》びにくるべきではないだろうか」

これは藤沢「元」候補、一発逆転のチャンスかもしれない。鋼太郎は逸《はや》る気持ちを抑えて老人に訊いた。

「飯山さんは、藤沢さんとはボランティアでお付き合いがあるんですよね？　その件を藤沢さんには言いましたか？」

鋼太郎が聞くと、老人はキョトンとして、「いや？」と首を横に振った。

「だって……藤沢さんは、この件とは無関係じゃないか。藤沢さんに相談して何とかして貰うべきだと？　これ以上、藤沢さんに重荷を背負わせたくないし……」

鋼太郎たちは顔を見合わせた。飯山老人は、木元恵子が当選無効になって、藤沢が繰り上げ当選する可能性をまったく考えていないのだ。

「これ、すぐに知らせた方がイイよね？」

鋼太郎は大将に訊いた。

「むろん」

「お節介かな?」

「いや、候補者にとっては、繰り上げ当選するかどうかというのは、とても切実な事だと思いますよ」

錦戸も言った。

「しかし私は行きませんよ。警察官ですからね」

錦戸は予防線を張ることを忘れない。

鋼太郎と大将は連絡を取って、翌日の午後に藤沢の自宅を訪問することにした。


「わざわざありがとうございます」

藤沢はご注進に及んだ鋼太郎と大将に頭を下げた。

墨井駅前にかなり前から建っているマンション。築四十年は超えていそうだが、それでも室内はきれいで、リビングには座り心地のいいL字型ソファが置かれている。大きな窓からはベランダを通して東京スカイツリーも見渡せる。

「お節介というか、余計なことを告げ口するようでアレでナニなんですが」

鋼太郎は頭を下げ、繰り上げ当選の可能性を告げた。

「よかったじゃない！」

花音夫人が紅茶を載せたトレイを運んで来た。アールグレイのいい香りが漂う。

「落選と当選じゃ大違いよ！　天国と地獄。議員になれば銀行だって態度が変わるんだし」

夫人はそう言いながら紅茶のカップを鋼太郎と大将の前に置いた。

「それはそうなんだけど……ヒトの不幸で喜びたくはないなあ」

浮かぬ顔の藤沢っち。

「甘いわよ、あなた！」

花音夫人は一喝《いっかつ》した。

「なに甘いことを言ってるの！　こうなったら、なんとしてもあの女を引きずり下ろさなきゃダメでしょうが！　当選するために立候補したんでしょ！　まさか選挙戦に参加することに意義があるとか、バカな事を言い出さないでしょうね」

「それは……言わないけど」

二人とも藤沢っちのこういうところが好きなのだが、反面、もっとガツガツして欲しいところでもある。

「昨夜電話をいただいてから、僕もいろいろ調べてみたんだけど……一度決まった当選を無効にするには、その議員に元々立候補の資格がなかったとか、公職選挙法に違反したという理由が必要ですよね。たとえば墨井区に三ヵ月以上居住していなかったとか、裁判で有罪が確定したとか……逆に言えば、有罪判決が確定しなければ、当選無効にはならないと」

「そうだなあ。起訴どころか、まだ書類送検も、逮捕すらされていないんだから、これが裁判で有罪が確定するまで……となると、かなりの時間が必要ですよねぇ」

大将は考え込んだ。

「ちょっと、みなさん、なーに甘いこと言ってるのよ！」

夫人が吠《ほ》えた。

「木元をガンガン責め立てて、自分から辞めると言わせればいいじゃないの！　議員を辞職させれば、あなたが繰り上がるでしょ！」

「いやまあ、それはそうだけど……」

穏やかな性格で、とても攻める側には立てない藤沢っちは、困った顔になった。

「だから辞めないのなら辞めさせればいい。墨井区議会が木元をクビに出来ないの？」

「それも調べてはみたんだけど……議会が議員を『除名』することは出来る。しかし、それにも条件があって」

いわく、議員の三分の二以上が出席する本会議において、四分の三以上の賛成がなければ除名には出来ないらしい。しかもそれは「地方自治法」に反する場合や、議会内での非行等、議会の規則に反する場合に適用されるものだという。

「つまり、当て逃げしてバックレてる、嘘をつきまくった、という理由程度では、除名はなかなか厳しいみたいです。『辞職勧告決議』は勧告だけで、実効性はないですから」

「あとは、『リコール』？」

少しは勉強したらしい大将が言った。

「有権者の三分の一以上の署名が集まればいいんだろ？」

「いやいや、それも署名だけではダメです。そのあと住民投票をして、過半数が解職に同意する必要があります。しかも、議員のリコールは、その議員が選ばれた選挙から、一年経過しなければ出来ないんです」

藤沢っちは、なんだか申し訳なさそうに言った。

「知らなかったなあ。議員って、物凄く身分を守られてるね！」

「まあそれは、戦前の反省もあってのことです。戦前、政府に反対した議員を辞めさせたり、投獄したりして異論を排除した結果、戦争に突き進んだ反省がありまして」

「やっぱりねえ、当選さえしちゃえばこっちのもの、ってことなのねえ」

花音夫人はあ〜あとこれ見よがしな溜息《ためいき》をついた。それは夫の不遇《ふぐう》を嘆くものではなく、思い通りにならない自分の不運を嘆いたのだろう。

せっかく意気揚々《いきようよう》とやってきたのに、逆に藤沢っちを失望させる結果になってしまった。申し訳なさに鋼太郎も大将も首を竦《すく》めるしかなかった。しかも、奥さんの怒りの炎に油を注いでしまったのだ。

「ウチの客にマスコミ関係者もいるから、木元の交通事故もみ消し疑惑については、おれも頼んでみるよ。記事にしてくれねえかって」

帰り道、大将は言った。

「鋼太郎。お前ンとこの患者にも、マスコミ関係とかいねえのか?」

「いないねえ。売れない作家とかならいるけど」

「それは役に立たないな!　屁《へ》の突っ張りにもならん」

ところが。大将の「広報」が効いたのか、やがて木元恵子の件はマスコミに取り上げられて、一気に着火した。テレビにも燃え広がり、ワイドショーでは毎日のように「美人議員は大嘘つき」「当て逃げに道義的責任はないのか?」と、司会者が煽り、コメンテーターはそれを上回る口の悪さで木元議員を罵《ののし》る展開が続いた。

連日、ネットでは木元恵子には厳しい書き込みがつき、ブス、デブ、バカ、氏ねなどとムチャクチャな事が書かれた。

が……当の木元議員には、全然辞める気配がなかった。

一応、神経が参ってしまったという理由で入院はしたが、それっきり記者会見を開くこともなく、コメントも出さない。なにしろ入院しているものだから、当然、議会の呼び出しにも病気を理由に応じない。

誰がどう見ても議員として全然働いていないのだから、議員辞職は必至《ひっし》だと思われるのだが……彼女を辞任させる方法がない。それをいいことに、木元恵子は辞職しない。

そうなると、「繰り上げ当選間違いなし」な藤沢祐輔は、宙ぶらりん状態のままで放置されることになってしまった。

「参りましたよ……」

客としてクスノキにやってきた藤沢っちは開口一番、レモンサワーを一口飲んで嘆いた。

「そうだろうねえ。あの奥さんに毎日責められてる？　いや、イヤらしい意味じゃなくて」

傷口に塩を擦《す》り込む大将。

「そうなんです。繰り上げ当選にならないのはアナタが弱腰だからだって言われて……しかし、これは、僕がどうこういう問題じゃないと思うんです」

とは言え、と彼はカバンから数枚のチラシを取り出した。

「選挙が終わったのに、まだこんな怪文書が出回ってるんです……」

チラシには「仮面を被った正義漢・藤沢祐輔の正体を暴く！」という真っ赤な文字の見出しが躍り、コマゴマといろんな「罪状」が羅列《られつ》されている。

『藤沢氏は自身が持つマスコミへの影響力を駆使して、ある女性議員を辞職に追い込もうと図り、自分の繰り上げ当選を狙っている……』

『法律違反で有罪判決が確定しない限り議員は当選無効にはならないのに、藤沢氏は木元議員を辞職させようと汚い手を使って圧力をかけている』

『藤沢祐輔は不平不満を吐き出すために妻に暴力を振るっている！』

『藤沢氏は浪費家で、選挙資金で豪遊していた』

「いやあ、笑っちゃいますね！　全部デタラメで」

藤沢っちは苦笑した。

「しかしこれは、誰が作ったかハッキリしてますよね」

カウンターの端っこで飲んでいた錦戸が言った。

「これはもう確実に木元恵子サイドが流したものでしょう？　判りやすすぎる。ひょっとして他の誰かが木元恵子に罪をなすりつけようとしてるのか、と邪推《じゃすい》してしまうほどです」

「たしかに……」

藤沢っちは文面を見直して頷いた。

「しかし……なんのために？」

「それはもちろん、あの女が議員を辞めたくないからでしょうよ！」

鋼太郎が叫ぶように言った。

「藤沢さん、たとえば次点のあなたが、こんな根も葉もない風評に負けて繰り上げ当選を辞退したらどうなります？　それを狙ってるのか、単純に、藤沢さんへの嫌がらせか」

「あ～面倒くさい！」

藤沢氏は、もう何もかもイヤになった、という口ぶりで声を上げた。

「もう、やめちゃおうかな、いろいろ」

「それだ！」

カウンターの中から大将が藤沢っちを指差した。

「あんたが諦めて手を引くのを、テキは待ってるんだ！」

「テキとは？」

錦戸が訊いた。

「それはもちろん、木元恵子だ！」

一同は、頷くしかなかった。

*

木元恵子は、焦っていた。

どこから漏れたのか、あの交通事故の対応のひどさが針小棒大《しんしょうぼうだい》、白髪三千丈《はくはつさんぜんじょう》的に報じられている。たぶん、あの爺さんがあちこちに触れ回って、それがマスコミの知るところとなったのだろう。

だけど、あの爺さんは、赦《ゆる》す、弁償しなくてもいいと言ったじゃないか。

なのに……と恵子はヤケ酒のワインをがぶ飲みした。酒量が増えて体調が悪くなっている。急性肝炎という診断書を懇意《こんい》にしている非モテ医者に書かせて、区議会は休んでいた。選挙後すぐに開かれた本会議も欠席した。

だって、あの事故の時は本当にイライラしてたのよね……。と、彼女は同じ事を何度も思い出しては自分に言い訳をした。

選挙の公示直前、木元恵子は恋人にフラれた。

便通の社員時代、彼女が「女王様」全盛期でブイブイ言わせていた頃、言い寄ってきた数ある男の一人だった。山ほどいた男たちも、彼女の虚飾《きょしょく》がバレるにつれ一人減り二人減りして、最後に残ったのが彼だった。それだけに、「この男だけは私から絶対離れない」と甘く見ていた分、別れを切り出されてパニックになってしまったのだ。

私の魅力のトリコになっていると思い込んでいたので、ついつい全盛期みたいなワガママ勝手を続けてしまった、という反省はあるが、本当のところ、どうして別れを切り出されたのかよく判らない。便通を辞めて派手にフリー仕事を始めたかと思ったら先細りで、なんとかしようと立候補した、不純な動機を見透《みす》かされたのか？　もう先がないと見限られてしまったのか？　どうせ選挙に出るなら国会議員、いやせめて都議会議員だろうと思われたのか？　区議会はさすがにセコかったか？

つらつら考えるに、「もしかして」と思い当たることがひとつだけあった。

別れを切り出される直前、最後まで残った彼が豪華ディナークルーズを予約してくれた。薄々「プロポーズするため」だろうと判ってはいたが、その直前、本命として狙っていたIT社長から飲みの誘いが入ったので、ディナークルーズはあっさりドタキャンした。こいつとの結婚ならいつでも出来ると思っていたからだ。当然男は悲しみ、「指輪まで用意したのに」と文句を言った。「あらそうなの？　せっかくだから貰っといてあげる」と、バブルと彼女自身の全盛期そのまんまの態度で後日、指輪を奪取したことか？

「あれが原因？　まさかあんなことで？　しかもハリー・ウィンストンならともかく、4℃の指輪だったのに？」

と、彼女はまったく反省していないが、結果として、踏まれても蹴られてもついてくるはずの「下駄《げた》の雪」だった彼は去って行ったのだから……やはりあれが原因だったのか……。しかも狙っていたＩＴ社長は既婚であることがわかり、キープの最後の一人も喪《うしな》ってしまった……。

そんなことをあれこれ考えて混乱していたので、注意力が散漫《さんまん》になっていたのだ。なので、信号が青に変わったのにボーッとしていて発進せず、後ろからクラクションを鳴らされてしまった。

バックミラーを見ると、運転しているのはジジイだった。しかも助手席にはババア。死に損《ぞこ》ないの、クソ老人に煽られた！

瞬間的にカッとなって、まったく自分を抑えられなくなっていた。

逆上した勢いで、衝動的《しょうどうてき》にギアをバックに入れて、アクセルを踏み込んだ。

激しくぶつかる金属音とともに衝撃が伝わってきた。

その瞬間、自分は選挙に立候補しているのだとようやく思い出した。

マズい！　やらかした！

どうする？　今、何をする？

逃げるしかない！

木元恵子は、ギアをローに入れ直して、タイヤをぎゃぎゃぎゃぎゃと軋《きし》ませて急発進した。

目の前のことしか考えられなくなっていた。

老人の車は高そうでスピードも出そうなジャガーだ。しかも、ドライバーのジジイは凄い形相《ぎょうそう》でハンドルを握っているし、隣のババアはこちらにスマホを向けている。証拠の動画を撮影しているのだろう。

クソジジイとクソババアめ！

恵子はアクセルを踏み込んで加速した。

しかし……ここでかろうじて理性が働いた。

この上スピード違反や信号無視をして警官に捕まったら最悪だ。バックレて逃げたことも全部、露見してしまう。

仕方なく加速はやめ、信号も守って走っていると、老人の車に追いつかれてしまった。

この頃には、理性がかなり戻ってきた。

とりあえず、逃げるのは止めよう。謝ろう。

彼女は車を路肩に寄せて、止めた。

爺さんのジャガーは彼女の前に入って止まった。矍鑠《かくしゃく》とした老人がジャガーを降り、歩いてきて、ウィンドウ・ガラスをこんこんとノックした。

観念した彼女は、車から降りて、頭を下げた。

その瞬間、すべての理性が崩壊《ほうかい》した。すべてを失ったと思うと、涙が止まらなくなって、嗚咽《おえつ》した。

「申し訳ありません。本当に……どうしてあんなことをしてしまったのか、自分でも判りません」

しかし……そこから何故か、自分は悲劇のヒロインで、不条理《ふじょうり》な苦境に放り込まれた、可哀想なプリンセスなのだという思いがわき上がった。

自分は全然悪くない。なのにどうして、こんな風に頭を下げて、泣きながら謝らないといけないの？　こんなの絶対におかしい！　私の、ナニがいけないって言うのよ！

あとから思えば、その時、軽い人格乖離《かいり》というか多重人格というか、自分の自我を守るために別の人格が現れて、勝手なことを言い始めていたのだろう。

「あの……私、今、いろいろ追い込まれていて大変なんです。親の介護とか娘の教育費とか住宅ローンの支払いとか……そこに夫が失業して、私にも持病があって、山ほどある悩みを考え込んでいたら訳が判らなくなってしまって……」

口からは、嘘ばかりがスラスラと出て来た。どうしてこんなに淀《よど》みなく嘘が出てくるのだろう、と自分で自分に驚いた。

きっとこれは、私の違う人格が喋《しゃべ》っているのだわ……ということは、私には何の責任もない。だって、別の人格が勝手にやっていることだから……。

老人は厳しい表情のままなので、彼女はもう一押しする必要があると感じた。

「そんなことで頭がいっぱいになっていて、もう絶望して。このまま死んだら楽になるだろうとか思ったりしていたら、信号が変わったのにまったく気づかなくて……クラクションの音でハッと我に返って、慌ててアクセルを踏んだら、どういうわけかギアがバックに入っていて……ぶつかったような気もしたんですが、とにかくビックリして動転したので、よく判らないままに、前に進んでしまいました。結果として逃げた形に……」

後はもう、言葉では効き目がないと思って、ひたすら泣いた。泣くことで余計に自分が惨《みじ》めになって、もっと泣けた。自己暗示が効いたようで、面白いように泣けて、号泣《ごうきゅう》した。

すると……相手の老人が軟化《なんか》した。

「まあ、判ったから、あんた、もう泣きなさんな」

そう言って老人はハンカチを渡してきた。ピシッとアイロンが効いたハンカチだ。

「判りました。この件は、もうよろしい！」

「あの、もうよろしいとは……？」

「弁償しなくていいということです。話を聞いてると、いろいろとお気の毒だ。私はね、あんたが故意にぶつけてきたと思ったので、追いかけたんですよ。だけど、悩んだ末に、訳が判らなくなっていたんだね……私も医者なんで、そういう精神状態はよく判る。私のジャギュアはヴィンテージでパーツも高いのでね、バンパー交換だけでもちょっと大変な金額になってしまう。いろいろ悩んでいてお金にも困っている奥さんに、修理代を請求するのは忍びない」

その時老人は、確かに「弁償しなくていい」とハッキリ言ったのだ。それは間違いない。

「あ……ありがとうございます！」

ここぞとばかりに彼女はさらに大泣きして、何度も頭を下げた。

「あの……申し訳ありません。夫の仕事の関係で、本当に申し訳ありません。この件は何卒、御内密にお願いできませんでしょうか」

だいたいの男は、女の涙に弱い。自分をジェントルマンだと思っている男ほど、弱い。

なのでこの爺さんも、「いいですよ」と二つ返事だった。

「あの、修理代は時間がかかっても必ずお払いします」

必ず払う、と木元は何度も言った。

「ああ、だからそれはいいです。一度は弁償しなくていいと言いましたから」

でもそれは申し訳ない、と木元はあくまでも払うという姿勢を見せ続けた。もちろんこれは社交辞令だ。本当は払う気なんか、まったくない。でも、向こうが「もういい」と自分で言ったのだ。彼女が必ず払うと言ったにしろ、老人が「弁償はいい」と自分の口で言ったのは、間違いのない事実なのだ。

「改めてご連絡差し上げます……あらイヤだ。私、勤めを辞めて今、名刺がないのです」

「ああ、じゃあ私の名刺をお渡ししておきましょう」

爺さんは、判りました、こちらに連絡を、と言ってボランティア団体かなんかのモノを出してきた。

もちろん、こちらから連絡する気なんか、毛頭《もうとう》無い。だって、弁償しなくていいと言ったんだから！

謝って頭を下げるのはタダだ。タダならいくらでも頭を下げてやる。

彼女はまさに平身低頭、飯山という爺さん夫婦が乗ったジャガーが視界から消えるまで、頭を下げ続けた。

それっきり、木元恵子は事故のことを忘れてしまった。

何度も言うけど、相手は弁償しなくてもいいと言ったんだから。こちらが必ず弁償しますって言ったのは、社交辞令というか礼儀《れいぎ》みたいなもの。そういう阿吽《あうん》の呼吸はあるはずだし、人生経験の長い爺さんなら当然、心得ているものだと思っていた。

だいたいジャガーに乗っているような金持ちなんだから、いいじゃない、別に。

そういうことで、彼女の脳からは事故の件はほぼ完全に押し出されて、忘却《ぼうきゃく》の彼方に行ってしまった。マスコミから取材の電話があるまでは。

なんせ事故の直後からすぐに選挙戦が始まり、そこで彼女は必死の戦いをしたからだ。

腕利きの選挙コンサルタント・石川が考え出した「必勝作戦」を、木元は忠実に実行した。やれることは何でもやった。買収だって、多少はやった。選挙運動のスタッフにも内密に日当を渡したし、選挙につきものという「怪文書」も、たくさん作ってばら撒いた。

そもそも彼女がこの選挙に出たのは、藤沢祐輔への嫉妬と対抗心が原動力だった。あの目障りな男を徹底的に叩き潰す。叩き潰さなくては気が済まないのだ。

そのどす黒い目的は木元が当選し、藤沢祐輔を落選に追い込んだことで達成された。

そんな彼女の選挙戦を取材に来るテレビ局は多かった。区議選挙でこんなに取材が来るのかと驚いたほどだ。もちろん、本来のダークな動機は完全に隠して、「お金もないし知名度もないし独身女性だし、というハンデばかりの中で、清く正しい選挙をやっています！」とぶち上げた。

例の爺さんに顔バレする可能性などまったく、一ミリたりとも、夢想《むそう》だにしなかった。何故なら、完全に忘れていたからだ。

結果はまさかの、第三位という上位当選。ニュースで頻繁《ひんぱん》に取り上げられ、インタビューの申し込みもひっきりなし、番組に呼ばれることも度重《たびかさ》なって、木元恵子は、まさに「時の人」「話題の人」となった。

が。

木元恵子の強運はそこまでだった。

スキャンダルが続々と発覚したのだ。飯山老人の車にぶつけた事故、および賠償に関する約束不履行《ふりこう》は始まりに過ぎなかった。それが明るみに出ると、選挙スタッフからも告発が出た。木元陣営が出した怪文書と、選挙運動中の運動員に対する暴言とパワハラだ。

木元は思い出すこともなかったが、選挙運動中は資金がギリギリだったこともあり、自覚のないままに、かなり運動員たちに怒鳴り散らしていたらしい。

「ポスターを貼るのにどうしてこんなにシールがいるのよ！　もっと短く切りなさい！

まったく。他人の金だと思って、この金食い虫の能なしが！」

「事務所で出すお茶なんか最低レベルの値段でいいって言ってるでしょ！　賞味期限が切れた激安でいいのよ！」

「ちょっと何やってるのよ？　今の人は顔が利く町の主なんだから、最高のお茶に高級な茶菓子を出さないとダメでしょ！　え？　お茶なんて最低でいいって言ったから？　そんなの人によるでしょ！　臨機応変《りんきおうへん》にＴＰＯって基本が理解出来ないの？　ほんと、バカは使い物にならないわね！」

こんな調子だから、選挙中から運動員は毎日のように減っていき……ついには最後まで残った、つまり逃げ遅れた、ごく僅かなスタッフだけに負担が集中した。

「その時間帯はちょっと、子供のお迎えがありますので」

「そんなの保育園で待たせておけばいいでしょう。まったく子持ちは使えないわね！」

選挙では「働くママの気持ちに寄り添う」を公約にしていたクセに。

その女性スタッフも、選挙運動期間が終わった瞬間に選挙事務所から飛び出して行き、二度と戻ることはなかった。

パワハラについて厳しく批判されても、なぜ批判されるのか、木元には意味が判らない。

「なによ！　私は当たり前の指摘をしただけじゃない。経費の節減は経済観念だし、責任感は社会人としてあって当然。スタッフに常識を求めたことの、一体ナニが悪いの？」

　木元の選挙を応援した人たちは、この騒ぎでほとんど去ってしまったし、所属している「都民党」からも、自主的に議員を辞職しろ、との圧力がかかってきた。その急先鋒《きゅうせんぽう》が、セクハラ疑惑の「加害者」にされ、党幹事長を辞任せざるを得なくなってしまった、あの下都賀繁蔵都議だ。下都賀は木元に言った。

「君は、出馬の時から筋が悪かった。あげくこのスキャンダルだ。ここで観念して辞めて貰わないと党に迷惑が掛かる。党首でもある都知事の責任問題にまで発展するぞ。あんたはわしをハメたが、都知事まで道連れにするのは許されないことだぞ」

　入院先まで訪ねて来て、こんこんと辞職するよう説く下都賀都議に、木元は反論した。

「辞めればスッキリするのはよく判っています。でも、スッキリするのは党とその関係者だけですよね？　私自身はまったくスッキリしませんし、第一、こんな形で辞めてしまったら……これから私はどうすればいいんですか？」

「それは君が自分で撒いたタネじゃないか。自業自得《じごうじとく》とはこのことだ」

　下都賀都議は、個室病室にワインボトルがあるのを見つけて天を仰いだ。

「肝臓障害なのに、君は酒を飲んどるのか？　仮病《けびょう》か？」

「いいえ。心労で不眠になって精神的に追い込まれて、自律神経失調症と、肝機能障害ていた。

だが都議が手に取ったワインボトルはほとんど空で、その奥には空き瓶が五本も隠されを」

「飲みすぎで肝機能障害か。党としては君を除名処分にする。覚悟しておきなさい」

下都賀都議がそう言い捨てて立ち上がった時、木元恵子は恐ろしいことを言った。

「先生。私に立候補を薦めて、都知事にダンドリをつけてくれたのはアナタですよ。その音声だって録音してあるんです。私の首を切って、ご自分だけ安全な場所に逃げ切ろうたって、そうはいきませんよ！　私の取り巻きだっているんだし、私にだって多少のバックはついているんです！」

彼女は、自分が破滅しないように、必死になって言い募《つの》った。だが。

「ああそうかい。そんな録音、勝手に公開すればいい。前の時は私も甘く見て放置して、その結果、エロジジイの冠をいただく結果になってしまったが、あれは君に都合のいいように編集したものだ。次にどんな音声を公開するのか知らないが、今度はきっちり専門家に分析させて編集の有無をハッキリさせるぞ。それと」

下都賀都議は、ニヤリと笑った。

「ウチの党は、元々は保守党の出身者が多い。知ってるかね？　保守党の歴史というのは権謀術数《けんぼうじゅっすう》でね、敵の足を引っ張るための、あらゆるテクニックを磨《みが》いてきたんだよ。そういう伝統からすれば君を葬《ほうむ》り去ることなんか、お茶の子さいさいなんだよ。判るかね？」

その笑みには、ゾッとするような凄みがあった。この怖い顔をもっと早く見ていたら……彼女がこの人物をハメる事は決してなかっただろう。いつもは好々爺然《こうこうやぜん》としている長老の、真の姿を見た瞬間だった。

「で、でも……私にも、熱心な支持者はいるんです。その人たちが、『絶対辞めるな』って言ってくれてるんです。あの人たちを失望させたくありません」

彼女はそう言ったが、「熱心な支持者」というのは、金で雇った選挙コンサルタント・石川のことだった。石川は木元を絶対に辞めさせないと決めている。当選直後にスキャンダルで辞職されたら、選挙コンサルタントとしては商売上がったりなのだ。だから石川は執拗《しつよう》に木元を煽って悪足掻《わるあが》きを続けさせているのだ。

『今辞めたらアナタの将来はないですよ』『私のキャリアに泥を塗る気ですか』『議員が議席を失ったら、あなた、タダの失業者なんですよ』などなど、さんざん石川に脅かされた木元は、辞めたらお終いだと思い込むようになっていた。石川はこうも言った。

『冷静にお考えなさい。人の噂も七十五日って言うでしょう？　ちょっとガマンして首をすくめていれば、そのうちみんな忘れます。有名芸能人のスキャンダルがバレたり、もっと大物の政治家が問題を起こすかもしれないし、大事故や戦争が起きるかもしれない。いや、何もなくても、みんな忘れますよ。忘れた頃に平気な顔をして議会に出ればいいんです。最初は何か言われるかもしれませんが、そのうちみんな慣れて、あなたのトラブルなんて、すぐに忘却の彼方《かなた》ですよ！』

今まで石川の言ったことに間違いはなかった。彼の予想通りにモノゴトは推移して、彼女は当選したのだ。だから彼女は言った。

「いいえ！　私は辞めません！　だいたい今辞めたら私、明日からどうしたらいいんですか？」

目の前にいる下都賀都議は、呆れて彼女を見た。

「どうしたらいいって、そんなことは君自身でなんとかしたまえ。都知事からは『さっさと辞めさせて。私の顔に泥を塗るな』と言われてるんだ。これは最後通牒《つうちょう》だと思いなさい」

下都賀都議はそう言い捨てると、病室を出て行った。

ああもう、どうしよう……。

パニックになった彼女がテレビをつけると、ちょうど夕方のニュースをやっていて、画面には、あの飯山老人の姿があった。

『あの、木元恵子という女性は嘘つきです。あまりにも腹に据《す》えかねるので、私の車のドライブレコーダーと、家内が撮影した携帯の動画を公開することにしました』

そう言った飯山老人は「まあ見てください」とSDメモリーをアダプターを介してパソコンに挿し、再生ボタンを押した。

パソコンの画面に現れたのは、急加速のバックをして、飯山老人の車にぶつかると、そのまま急発進して走り去る木元恵子の赤いプジョーの動画だった。

その後、えんえん数キロにわたって老人が追跡して、やっとプジョーが止まり、中から出てきた彼女が涙ながらに「修理代は時間がかかっても必ずお払いします」と言っている音声も捉えられていた。飯山老人が「弁償しなくていい」と言った声も入っているが、それ以上に、それを強く打ち消して「絶対に払います」と何度も繰り返す木元恵子の声の印象が強烈だった。そんな彼女に押されるように飯山老人は「じゃあ判りました。こちらに連絡をください」と言っているのだ。

終わった、と彼女は思った。

しかし、同時に、自分が辞職した後のことを考えた。

私が辞めたら、補欠選挙をやるのではなく、三十一位で落選した、あのにっくき藤沢祐輔が当選してしまうのだ。

そんなこと、絶対にさせない。藤沢の繰り上げ当選だけは、絶対に阻止しなければ！

そんな決意を固めたとき突然、病室の窓外が騒がしくなった。

外から覗《のぞ》かれないようにカーテンを引いてあるが、その隙間《すきま》からそっと窺《うかが》ってみた。

外の駐車場にはデモ隊がいて「木元議員は辞めろ！」「木元恵子を追放せよ！」「木元、辞職！」などと書かれたプラカードを持って、口々に「木元ヤメロ！」と叫んでいる。

しかしここは病院なので、こういう騒ぎは御法度《ごはっと》なはずだ。案の定、すぐに警察官が駆けつけてデモ隊を排除《はいじょ》しようとしたが……デモ隊は立ち去らない。その代わり、シュプレヒコールは止めて、ただ無言でプラカードを掲げるだけの「無言デモ」に切り替わった。

無言でも、ああいうのに駐車場に居座られては病院は迷惑だろう……。

彼女は、最後の頼みの綱である選挙コンサルタントに電話をかけた。党には見捨てられ、決定的な証拠がテレビに流れ、入院している病院にはデモ隊が押しかけている。

でも、この窮状《きゅうじょう》からでさえ、今まですべての問題を解決してくれた石川なら、なんとか名案を考え出して、彼女を脱出させてくれるはずだ……。

しかし、何度コールしても、選挙コンサルタントの石川は応答してくれない。呼び出し音が鳴り続けるだけだ。いつものように「議員は議席を失うとタダのヒトです。絶対に、辞職をしてはいけません。粘れば諦めます。議会を侮辱《ぶじょく》していないんだから、除名されることはない。粘るのです！」と言って欲しいのに……。

その時、ドアがノックされて、病院長が入ってきた。

木元恵子はスマホを切って、訴えた。

「先生。あのデモ隊、なんとか出来ませんか？」

しかし病院はデモ隊を排除するのではなく、木元恵子を排除しにかかった。

「その件ですが……木元先生も、もう健康が戻ったようですし、そろそろ退院していただけますか？」

院長自ら、退院勧告を告げに来たのだ。

「そんな……すぐに出て行けと言われても困ります！」

「まあそれはそうですね。でも、検査結果もいいし、入院し続ける理由がないのです……おや、そこにあるのはワインの空きボトルじゃありませんか？　しかも六本も。とにかく、一両日中に退院を、お願いします」

病院長も最後通告を残して、病室から消えた。

石川も、電話に出ない。これはもう、完全に万事休《ばんじきゅう》すだ。

あと、残された手としては……警察に身辺保護をお願いするしかない。

「身辺保護は本来、本庁の警備部の仕事です。さらに警護対象者も限定されています。あなたのような区議会議員は、本当なら対象外なんですよ」

病室にやってきた所轄墨井署の、錦戸と名乗る警部は恩着せがましく説明した。

「警察法施行令第十三条に基づく警護要則により『内閣総理大臣、国賓《こくひん》その他身辺に危害が及ぶことが、国の公安に係ることとなるおそれがある者として警察庁長官が定める者』となっている以上、あなたはその対象外なのですが……まあ今回は、特別サービスということで例外的に……弱小な墨井署には警備課がないので、本来は担当しない『生活安全課』の私が対応致します」

錦戸は、異例の対応をしていることをあくまでも強調する。

「一応、これまでの経緯を、私なりに勉強して参りました」

とは言え錦戸は低姿勢な態度で彼女に接した。なにしろ木元恵子は区議会議員なのだ。腐《くさ》っても鯛《たい》。

「すべての発端《ほったん》になっている問題の交通事故ですが……この件は、相手の飯山さんが一度は許すと言ったとしても、実際に車体が破損している以上、裁判になれば有罪になる可能性が高いです。これは刑事処分です。行政処分としては、危険運転をしたということで、かなり長期の免許停止になるでしょうし、飯山さんが民事訴訟を起こして弁償と慰謝料を求めたら、たぶん負けるでしょう」

　錦戸はいきなり彼女に、不利な状況をあけすけに説明した。

「刑事裁判で有罪になった場合は、当選無効ということになるでしょう」

「刑事さんは、私を辞めさせようとしてるんですか？」

　喧嘩《けんか》を売っているのか、こいつは、と木元恵子は思った。

「いえ、本当のところを申し上げているだけです。本来は警備の対象外であるところを、例外的に身辺警護して差し上げている、というニュアンスを、どうかご理解ください」

　錦戸は、感謝しろと言わんばかりの物言いだ。

「とりあえず、退院しましょう。他の患者さんの迷惑になってしまいます」

　錦戸は窓外を見て言った。下には相変わらず無言でプラカードを掲げるデモ隊が佇《たたず》んでいる。

「ここを出て、どこに行くんですか？」

「木元先生のご自宅にはマスコミが張り付いています。どこか遠くのホテルとか」

「そんなお金はありません。歳費が入るまで、カードローンで繋《つな》いでるんですから」

　そうですか……と錦戸は思案した。

「とにかく……ここを出ましょう」

病院の表玄関にはマスコミの取材陣が押しかけている。カメラの放列にマイクを持ったレポーターも「辞めないんですか?」「いつまで粘るんですか?」という質問、というより詰問《きつもん》を繰り出そうと手ぐすね引いている。

デモ隊も「木元恵子を辞職させる会」という横断幕の下にぞろぞろ集まってきて、その人数はどんどん増えている。

そういうこともあろうかと、錦戸は警察車両を裏口の救急搬入口近くに駐めておいた。

さすがにここまではマスコミもデモ隊も入って来る事は出来ない。

荷物をトランクに放り込んで、錦戸は木元議員を車に乗せて身を屈《かが》めさせ、自らハンドルを握って病院を出た。

が、マスコミにすぐに感付かれた。カメラを構えて走って追ってくるもの、バイクで追いすがってくるもの、路地に違法駐車した車を発進させるものなど、あっという間に、凄い数の追っ手がついてきた。

「なるほど。今まで移送される被疑者が後部シートで縮こまっているのを見て、カッコ悪いな情けないなと思ってましたけど、こうでもしないと騒ぎがもっと大きくなるわけですね。納得しました」

錦戸は運転しながら明るい声で言った。それが木元議員の気持ちを逆撫《な》でした。

「ちょっと失礼よ、あなた。私はね、犯罪者じゃないのよ！　誰も殺してないし公金も横領してないし！　どうして凶悪犯みたいに言われなきゃならないのよ！」

「しかし、マスコミの扱いは、凶悪犯と同じですよ？」

マスコミのバイクが錦戸の車に接近してきて併走した。バイクの後ろに跨《また》がったカメラマンが、カメラをこちらに向けている。

「ああもうっ！　こんな便所のハエみたいなバイク、幅寄せして倒しちゃって！」

「それは危険運転致死傷罪になります！」

ムチャを言う木元議員に錦戸は言い返したが、危険運転をする代わりにアクセルを踏み込んで加速した。

しかしここは三十キロの速度制限がある細い道だ。早く広い道に出てもっと加速したい。

「この車、警察のでしょ？　サイレン鳴らないの？」

木元議員は吠えた。

「サイレンは鳴るし赤色灯もありますよ。これは刑事が現場に急行するときに使う車です」

「じゃあ、盛大《せいだい》にやってよ！」

「ダメですよそんなことしちゃ」

錦戸はニべもない。

「無駄に目立つだけで、我々はここにいるぞ！　と知らせながら走るのと同じですよ。空にはドローンとかヘリが飛んでるだろうし」

錦戸がそういうと、木元議員は大きな溜息をついて後部シートに寝そべった。

しかし、そんな風にモタモタしているウチに、追っ手はどんどん増えてきた。バイクも一台から三台四台と増えてきたし、前方にも横道から入ってきた車が割り込んできて、後部シートからカメラをこちらに向けている。

「議員。あなた、どんな悪いことしたんですか！　これじゃあ逃走する凶悪犯ですよ！」

「だ、か、ら、私は悪いことはしてないの！　選挙違反だって摘発されてないし、罪に問われるようなことはしてません！　事故を起こして逃げたって言うけど、あの爺さんは許すって言ったんだからね！」

「しかし事故を起こした場合、警察に連絡して検証を受ける義務がありますよ。保険だって、それをやらないと下りないし」

「あなた、私の身辺警護をしてるクセに私を責めるの？」

「責めてはいません。事実を指摘しているだけです」

そんな事を言っているうちにやっと幹線道路に出て、首都高の入口表示が見えてきた。

「ちょっと遠回りをします」

アクセルをふかした錦戸は、首都高から外環道《がいかんどう》を経由して東北道に入ったが、追っ手は依然《いぜん》としてついてくる。

「これでは……どこまで行ってもキリがないな……」

車は既に東京都から埼玉《さいたま》県に入り、栃木《とちぎ》県に入ろうとしていた。

錦戸は警察用のスマホをハンズフリーの通話状態にして、墨井署に電話した。

「あ、錦戸です。悪いけど、栃木県警にお願いして、東北道のインターチェンジの近くのどこかに別の車を用意するよう頼んでくれないかな？　追っ手がどうしても撒けなくて」

特別に栃木県警に協力を仰いで、車を用意して貰うことになった。

「今、警視庁が栃木県警に借りを作りました。警視総監と、栃木県警本部長が話しているそうです。大変なことになってしまいましたよ！」

錦戸としては、墨井署の誰かが栃木県警の知り合いに電話して「ちょっとお願いよ～」的な個人的なツテで何とかなると思っていたので、警視庁と栃木県警のトップ同士の会談にまで話が行ったと知って内心焦った。

「下手すると警察庁まで絡《から》んでしまいますよ……こうなるとあなたはもう、日本国内有数のＶＩＰです」

そう言われても、木元には全然ありがたくない。

「それは喜ぶべき事なの？　あなたにお礼を言うべきなの？」

やがて、栃木県警から連絡が入り、黒磯板室《くろいそいたむろ》インターチェンジで下りて、近くの那須《なす》ガーデンアウトレットに行け、との指令が下った。

「ちょっとワクワクしますね。世界の命運を握る超ＶＩＰを、日本の超優秀な警察官、つまりワタシが命をかけて警護する、みたいな気分になってきました」

錦戸がワクワクするのと反比例して、木元議員の顔色は悪くなっていった。

心細いのだ。都民党には既に見棄てられた。議員秘書はまだ決まっていない。

彼女の参謀である選挙コンサルタントの石川とは依然として連絡がつかない。彼女の頼みの綱は、今や石川だけなのに。藁《わら》にも縋《すが》る思いで電話し続けているのに、まったく応答してくれないのだ。

まさに孤立無援の状態になっている。この、いけ好かない墨井署の警部を除いては。

やがて、黒磯板室インターチェンジに到達した。追跡してくる車も二台か三台に減り、バイクはいなくなった。

錦戸はハンドルを切り、車は一般道に降りた。

だがそのまま指定されたアウトレットに直行することはなく、大回りして大学の構内に侵入したり、工場の駐車場に入ったりして、なんとか追っ手を振り切った。

ようやくアウトレットの駐車場に入ると、そこには隅っこにミニパトのような小型車が待機していた。傍らには栃木県警の事務官が立っている。

「どうも。警視庁墨井署の錦戸です。このたびはご迷惑をおかけしてすみません。警視庁管内で済ませたかったのですが、追っ手を完全に撒く必要があったので……」

判りました、と栃木県警の事務官は錦戸にキーを渡した。

「乗ってこられた車は、明日にでも東京にお届けしますよ」

本当にすみませんと錦戸は平身低頭《へいしんていとう》して、木元議員を代替車《だいたいしゃ》に乗せ、再び発進して一路、東京へと向かった。

さすがにこの車を発見して追ってくる車はなく、栃木ナンバーのミニカーは悠々《ゆうゆう》と東京に戻り、途中のサービスエリアで食事までする余裕があった。

＊

「いやいや、だからってウチに来られるのは困りますよ！」

鋼太郎は慌てた。

なんせ藤沢佑輔を応援していた彼にとって「政敵」も同然な木元恵子が突然、目の前に現れたのだ。

「マスコミが押し寄せます。整骨院を開けていられないでしょうが！」

「どうせ患者は来ないでしょう？」

警察の捜査車両から降りた錦戸は言い難いことをハッキリ言うと、木元恵子を、どうぞ中へ、と案内した。

「整骨院？　ここで……私にどうしろと言うんです？」

連れて来られた彼女も当惑している。

「とりあえず、ここで我慢してください」

「我慢するとはなんだ！」

鋼太郎は怒ったが、小牧ちゃんに「まあまあ」と宥《なだ》められた。

「こちら、藤沢候補の応援をしていた方では？」

木元も気づいてしまった。

「ああでも、選挙は終わったので、ノーサイドってことでいいですよね？」

木元は図々しく和平を申し込んできた。協力するのが当然だという口ぶりだ。

「ところで、お食事とかどうしますか？」

小牧ちゃんの声で一同が時計を見ると、既に夕方の五時を回っていた。下都賀都議が木元に引導を渡しに来たのは午前の回診《かいしん》の後だった。思えば長い一日だった。

「おそばでも取りますか？　あ、カツ丼でもいいですよ！」

木元恵子は期待の籠った目を錦戸に向けた。

「誤解のないよう申しますが、警察が身辺警護をすると言っても、警察が衣食住の面倒を見るわけではないですから」

「そうね。最近はおそばも高いから……カップ麺でも買ってきて頂戴」

木元が小銭を小牧ちゃんに渡した。ここに来てまだ十分も経っていないのに、早くもアシスタント扱いだ。

「そういうことは致しません」

孤高の天才外科医みたいな口調で小牧ちゃんはお使いを断った。

「仕方ないなあ……クスノキにでも行きますか？　あそこなら大将が安くしてくれるだろうし」

「木元議員を、クスノキに？」

目を剝《む》いて驚く錦戸に鋼太郎は言った。

「どうしてダメなんですか？　まさか木元議員が、クスノキみたいなしみったれた安酒場に潜伏《せんぷく》しているとは誰も思わないでしょう……ああいや大衆的と言い換えます」

「あの店は、奥に小上がりがありましたよね。あそこに衝立《ついたて》を置けば……」

小牧ちゃんの提案に、錦戸と鋼太郎は「決定！」と叫んだ。


みんなで木元議員を囲むようにして歩き、一同は「クスノキ」に入った、口開けの客だ。

「おやおや、驚いたね！　人もあろうに、あの、『ヤメロ！』と全方位から集中砲火の問題議員が、どうしてまたこんなところに！」

歯に衣《きぬ》を着せずに大将が言ってしまったが、誰も木元を庇《かば》わない。

「何よ！　人をバカにして！　こうなったら飲むしかないわね！　ヤケ酒よ。ここは安いそうだから、どんどん持ってきて！」

気持ちが大きくなっている木元議員に錦戸がクギを刺した。

「自分が飲み食いした分は自腹でお願いしますよ。我々がご馳走《ちそう》してはいけないし、ご馳走する義理もないんですから」

ハイハイとうるさそうに返事をして、木元議員は片《かた》っ端《ぱし》から注文した。大将はプロとして、「にっくき木元」が客とは言え、きちんとした料理を出した。

「あら、この焼き鳥、最高に美味しい！」

一口食べた彼女は歓声を上げて生ビールをごくごくと飲んだ。

「ショボいしみったれた安酒場だけど、出すモノは美味いでしょう？」

鋼太郎はそう言って、自分は湯豆腐を注文してレモンサワーを飲み、小牧ちゃんも錦戸も、それぞれ注文した厚揚げ焼きや子持ちシシャモに箸をつけた。

そこへ、長身の二枚目で目付きが鋭い男が、颯爽《さっそう》という感じで入ってきた。

「こちらに木元先生はおられますか？」

その声を聞いた彼女が「は〜い」と大声で返事した。もうかなり酔っている。

その男は小上がりまでやって来た。

「石川さん！」

木元議員は破顔一笑《はがんいっしょう》して立ち上がると、男とハグした。

「ずっとずーっと電話してたのに……」

木元議員は、石川さんと呼んだその二枚目に流し目をくれた。

「相済みません。いろいろと立て込んでおりまして」

「このヒトが、私の選挙参謀の石川さん。ほら、若いときの仲代達矢みたいでしょ？」

いえいえそんな、と石川氏は謙遜《けんそん》しながら、小上がりにあがり正座した。

「で、木元先生。用件は？」

「知ってるでしょう？　私今、警察の保護下にあるの。この人が私の身辺警護をしてくれてる、ええとあなたの名前は？」

木元議員は錦戸の名前を覚えていなかった。

「墨井署生活安全課の錦戸です」

と頭を下げた警部殿は、そうそういい機会だ、とカバンからプリント数枚を取り出した。

「これなんですが」

とテーブルに並べたのは、藤沢候補が「選挙がもう終わっているのに、まだバラ撒かれている」と嘆いていた「怪文書」だ。

「藤沢候補、いや藤沢『元』候補は、すべて身に覚えのない嘘偽りだと言ってましてて」

「これに何か問題が？　あ、まさか、私がばら撒いたとでも？」

選挙コンサルタントの石川は「ん？」と厳しい顔になると、その怪文書に見入った。

「うむ。これは問題ですね」

石川はまず『藤沢氏は自身が持つマスコミへの影響力を駆使して、ある女性議員を辞職に追い込もうと図り、自分の繰り上げ当選を狙っている……』という怪文書を指差した。

「これは……ばら撒いた犯人は木元先生だと白状しているようなものじゃないですか！」

「まさか！　いくらなんでも私が、自分がやったとバレバレな文書を作るわけないじゃない。私に濡《ぬ》れ衣《ぎぬ》を着せようとした、私に悪意を持つ誰かの仕業よ。そうだ！　これは藤沢クン自身が作ったのかも」

「では、こっちの『藤沢祐輔は不平不満を吐き出すために妻に暴力を振るっている！』についてはどうなんです？」

「そんなの、誰だって作れるでしょ？　藤沢クンを嫌ってるヒトなんかいっぱいいるわよ！」

木元議員はそう言い切ったが、石川にじっと見据えられると、言い訳をし始めた。

「これだって、誰でも知っていることでしょ。そもそも……藤沢くんの奥さんがＳＮＳで愚痴を書いていたんだし」

「全世界に亭主の愚痴を発信か。よくある話だな」

鋼太郎は小牧ちゃんと顔を見合わせた。木元は釈明を続けた。

「私だって知ってた。読んでると、いろいろ思い当たるフシがあって、これは藤沢くんの奥さんかも、と思って、奥さんのメアドを検索したら出てきて、『あれ書いてます？』って訊いたら『読んでくれてありがとう！』って返事が返ってきて。でもそれはずーっと前の事よ。彼がまだ便通の社員時代のこと」

「なるほどね！」

と言いながら、そこに現れたのは藤沢っち当人だった。偶然飲みに来たとは思えない。大将が通報したのかもしれない。藤沢は、穏やかな人柄に似合わず、開口一番、厳しいことを口にした。

「まあ、誰だって人間の心なんて判らないから、うわべはニコニコしてても、実は僕のことを嫌っているかもしれませんよね。木元さん、アナタみたいに」

「な、ナニ言ってるの……」

木元議員は藤沢の言葉に動揺《どうよう》を隠せない。

「便通時代、僕は木元さんのことを仲のいい同期だと思ってました。でもそれは、おめでたい僕が勝手に思っていただけで、本当は、僕は、木元さん、あなたに嫌われてたんですね」

「そういうところもあったかもね。だけど誰にだっているでしょ、嫌いな奴の一人や二人」

木元はそう言って取り繕《つくろ》ったが、藤沢は追及の手を緩《ゆる》めない。

「僕が会社を辞めるしかなくなった社内の噂も、実は木元さんが流したんですよね？」

藤沢っちの表情は穏やかだが、その目は笑ってはいない。

「なんでそんなことが判るのよ！」

「だって、便通時代から僕の妻と連絡を取ってたんでしょう？　たった今、そう言いましたよね？」

「でもそれは、君の奥さんが自分でネットに書いていたことだよ？　私が聞き出して暴露したことじゃないし」

「木元さんは、例の交通事故についても、相手の飯山さんが一度は弁償はしなくていいと言ったから、弁償はしなくていいと言う論法らしいですね」

藤沢氏は相変わらず厳しい口調で話を続けた。

「選挙の後、飯山さんとの事故の件が表沙汰になりましたよね。それでワイドショーを見た便通時代の同僚がメールをくれたんです。ようやく木元の本性が判った、気づくのが遅すぎた、あの時は木元を信じて申し訳なかった、とね」

「そんなの、私を貶《おとし》める嘘でしょ！」

「そうでしょうか？　思い返せば、選挙中に流れた怪文書と、僕が便通を辞める遠因《えんいん》になった噂が、そっくり同じだったんですよ。僕の学歴詐称疑惑とか、業務上横領をしたとか、妻に暴力を振るっているとか……全部同じネタだったんです」

「それは……ほかの候補者が、便通の誰かから聞き出した事かもしれないでしょ」

そう言い張る木元恵子だが、その顔は強ばり、目は泳ぎ、顔色も悪い。

「ま、妻は選挙の落選が相当ショックだったらしくて、それと、こういう怪文書が出回った事もショックで、離婚して出ていきましたけどね」

「あら」

木元議員の目が光った。

「離婚したの？」

藤沢氏はそれには取り合わず、テーブルの上の怪文書を手に取った。

「たとえばこの『法律違反で有罪判決が確定しない限り議員は当選無効にはならないのに、藤沢氏は木元議員を辞職させようと汚い手を使って圧力をかけている』というくだりです。つまり、僕が木元さんを追い落とそうとしてるって事ですよね？　なんのために？」

「それは決まってるでしょう！　アンタが次点だからよ！」

彼女はそう叫んでから、しまった、と口を押さえた。

小上がりを、沈黙が支配した。

「木元先生……もはや、これまでですな」

そう言ったのは、選挙コンサルタントの石川だった。

「え？　それはどういう意味？」

木元が聞き返すと、石川は彼女の目も見ずに答えた。

「もう、詰《つ》んだ、ということです。先生との契約は、現時点をもって解消ということで。そういう条項も入ってますから」

彼はそう言うとそそくさと小上がりを降りて鋼太郎に千円札を渡すと、逃げるように去って行った。

「……なんだあれ。『椿三十郎《つばきさんじゅうろう》』の室戸半兵衛《むろとはんべえ》か？」

またしても判りづらい比喩《ひゆ》を口にする鋼太郎。

「室戸半兵衛なら、最後に三十郎に斬り殺されるぜ？」

大将が焼き鳥盛り合わせを運んで来て、言った。

「この状況は、ほら、あれだ……あの映画の、あのセリフ」

大将は、声色《こわいろ》を変えて引用した。

「あんたはわしらが担いでる神輿やないの。神輿が勝手に歩けるいうんなら歩いてみいや」

ぽかんとして首を傾げている一同に大将が解説した。

「つまり、勝手なことばかりする親分に堪忍袋《かんにんぶくろ》が切れた子分が言い放つんだ。軽い神輿なら軽いなりに、分《ぶ》を弁《わきま》えてもらわないとねえ」

担がれる側にも作法がある。選挙だって、議員だって、同じ事だ、と大将は言った。

「私、帰ります」

石川に見捨てられた木元議員は、何かに追われるように店から出て行った。

「畜生！　あの議員、カネも置いていかなかったぜ！」

タダ食いだ、と鋼太郎は悔しがった。

＊

木元恵子区議会議員は、選挙結果が確定してから二ヵ月後に、やっと辞職した。

そのあとには当然のこととして、次点で落選した藤沢氏が繰り上がった。

「まずは、おめでとう！」

議員になって事務所が必要になり、一度引き払った選挙事務所を改装して、「藤沢祐輔事務所」にした、その開所式だ。

集まったのは鋼太郎や大将、そして藤沢っちの選挙を支えた熱心な運動員たち。そして……錦戸もいた。

「警部補は、ここにいてはいけないいんじゃないんですか？」

鋼太郎が聞くと、錦戸は「そうですか？」とトボケた。

「選挙運動ではないいんだし、今日は開所式だし、ご挨拶《あいさつ》って事で」

藤沢っちは、大勢の支持者に囲まれて、グラスのビールを何杯も飲み干して、顔を真っ赤にしている。

「まあ、よかった。これでなんとかなった。というか、正義は実行されたって感じかな」

鋼太郎もそう言って、コップのビールを呑《の》み干《ほ》した。

「今だから言いますが」

錦戸が声を潜《ひそ》めた。

「木元議員……いや、元議員から身辺警護の依頼を受けて、私はいろいろ調べましたよ。あの人物の『便通』時代の所業《しょぎょう》を。そうしたら、ちょっと調べただけで判りました。藤沢さんが在社中にやったこととして怪文書に書いてあった所業、あれはほとんど全部、木元恵子自身の不祥事だったんですよ。大胆というかなんというか……自分のことだから細かく書けて、リアルさが増したんですね」

そう話す錦戸を、鋼太郎は興味深げに見た。

「警部殿は、その事実をどうするつもりだったんですか？　まさか、自分だけが知って胸に仕舞っておく、なんてことじゃあないですよね？」

そう言われた錦戸は「さあね」ととぼけた。

そこに、「いやいやいや」と言いながら、真っ赤な顔の藤沢っちが近寄ってきた。

「ご挨拶が遅れてすみません！　なんだか急に支持者が増えちゃって」

「そんなもんでしょ」

と、大将は訳知《わけし》り顔で言った。

「いえね、落選した途端、こっちから電話しても、出てもくれなくなった『元』支持者のみなさんが、繰り上げ当選が決まったら、わんわん電話をくれましてね。ほんとこれが『手の平を返す』って事なんだなあって、思い知りましたよ。『応援してたんだよ！　冷たくしたように見えたとすれば、それは君の本気度を測っていたからだ』とかナントカ」

鋼太郎や大将には、そいつらが誰なのか、見ただけですぐ判った。開票の夜、ブスッとした顔で選挙事務所を出て行った、アイツやアイツやアイツだ。

「おまけにね、弁護士を通して慰謝料の請求書を送ってきた妻が……昨日突然やってきて、『復縁してあげてもいいんだけど？』って」

「よしなさい」

鋼太郎が即、言った。

「ええ、判ってますよ」

藤沢議員は頷いた。

「木元にいろいろ喋ったんだろうと訊いたら、あの女は私のインスタ友達だったから、つい気を許して……とか言ってましたが、さすがに妻の本性が見えたというか……判ってしまったんです。二人が僕の悪口で盛りあがっていたってことが」

藤沢議員は悟《さと》ったように言った。

「根性の悪い女同士がつるんでいたってだけの話だよ。気にするな」

鋼太郎が慰《なぐさ》めると、藤沢祐輔議員は、苦笑いした。

「まあねえ、いや～今回は、いい勉強になりました」

第四話　女子高生誘拐《ゆうかい》

「今日、なんの日か覚えてる?」

妻はイライラした口調で夫を詰問した。その夫はゲームマシンに熱中している。

「ねえ」

床に寝そべってスマホを見ていた妻は、小太りな顔を不満でいっそう膨《ふく》らませ、その声は不穏《ふおん》さを帯びた。

「ちょっと待てよ。今、いいところなんだから!」

スリムと言うより貧相《ひんそう》な感じの痩《や》せた夫は、ソファにだらしなく座ってテレビのゲーム画面から眼を離さない。

妻はテレビの前に立ちはだかった。

「ねえちょっと!　聞いてる?　今日は何の日かって聞いてんのっ!」

危険信号を受信した夫は、やっとゲームの手をとめた。

「大きい声出すなよ。ウチは壁が薄いんだから」

埼玉《さいたま》県本庄《ほんじょう》市の外れにあるアパートは、見てくれはオシャレで新婚カップル向けなのだが、住んでみると防音は最悪で隣のクシャミやテレビの音はもちろん、夜の営みの音もハッキリ聞こえてしまう。しかし家賃が安いので引っ越せない。

そんな部屋で声を荒らげると、両隣に筒抜《つつぬ》けだ。

「ええと……結婚記念日……じゃないよな？　お前の誕生日でもないし、おれのでもないし……判った！　初めてデートした日か？」

「ひどい！　何も覚えていないんだね」

妻は目を吊《つ》り上げ顔を真っ赤にした。

「初めてのデートはクリスマスイブじゃんよ？　今日はね、初めて竜平《りゅうへい》くんとひとつになった記念日っ！」

「あ、ああ……」

そんなの知らねーよ、と夫・竜平はウンザリした。しかし自分は現在無職のプータローで妻に食わせて貰《もら》っているから文句は言えず、ひたすらご機嫌を取るしかない。

「ねえねえ、ウチらがひとつになった場所、どこだったか覚えてる？」

妻の美桜《みお》は重ねて訊《き》いてくる。その視線がねっとりしているのに夫の竜平は恐怖を感じた。日曜の昼間。この時間からセックスすると……それで一日が潰《つぶ》れてしまう。

「さあ……おれの部屋だったかな」

その口調には面倒くささが隠しきれない。

「な〜んにも覚えていないんだね。私って竜平くんにとってそんなに軽い存在なんだぁ」

物凄く芝居がかった口調で、妻は呆《あき》れて見せた。

妻・美桜は二十八歳。夫・竜平は二十七歳。二人とも二十代で若く、結婚してまだ一年。しかし早くも倦怠期《けんたいき》が到来していた。だが、仕事を辞めて休職中の竜平を養っているのは妻の美桜だ。スーパーのパートで、高くもない時給で頑張って、夫を食べさせているのだ。

「そんなことないよ。美桜タンは大切だよ。この世で一番」

美しい字面《じづら》とはイメージがかけ離れた妻の名を呼んで、夫は必死に宥《なだ》めた。

ここはイッパツやるしかないか……。

竜平は覚悟した。

結婚前、付き合っている時の美桜は、気配りがあって料理上手。多少太めだがふくよかさがおおらかさに繋《つな》がって、明るくて包容力のある、いい奥さんになると不覚にも思ってしまったのだ。だがその面倒見の良さが強い束縛《そくばく》に変化して、今は、結婚生活が辛《つら》い。

一緒に暮らすようになってから、妻はいつもいらいらしている。それは竜平が働いていたころからだ。最初はきちんと整理整頓されていた家の中も、次第に片付かなくなってゴミ屋敷となる未来が見えてきたので、竜平が片付けて掃除するようになった。

結婚前はあれほど美味《おい》しい料理を豊富なレパートリーで作っていたのに、今は朝はパン、夜はスーパーの余り物ばかりで、日曜はピザの宅配で済ませたりという手の抜きよう。

その顔には生気がなく、いつも暗い顔をして元気がない。

そんな美桜が明るくなるときがある。

先週の日曜日、妻はワクワクした顔で言ったのだ。

「初めてディズニーに行った記念日が来月なんだよ？　覚えてる？」

忘れたとは言えないので、竜平は、「ああ、そうだったよね」と生返事をしながらタブレットでゲームを続けた。

「だからさあ、またディズニーに行きたいんだけど？　当然行くよね？」

妻は本当にいろんな「記念日」を毎月のように設定していて、それぞれに趣向《しゅこう》を用意している。ディズニーランド記念日だとまた行くこと、初の温泉旅行記念日なら温泉旅行、初デート記念日ならシネコンで映画を見て同じ建物のレストランで食事して……と妻には各々《おのおの》その記念日にふさわしいイベントのイメージがあるのだ。

それはそれで可愛いと言えないこともないだろうが、高校生ならともかく、オトナになった今、限度というものがある。ひどいときには毎日何かの記念日だと言われて何か趣向を期待される。しかもそれを思い出せないと、じわじわと責めてくる。

「ごめん。この新しいタブレットを買ってしまったからディズニーランドは無理」

と、何も考えずに返事をしてしまった瞬間、ハッとしたが遅かった。

今の竜平は妻に食わせて貰っている。新しいタブレットも、妻に貰っているお小遣いで買ったのだ。妻としては、そりゃ怒るだろう……。

「どうしてそうなるの？　あたしと自分の趣味とどっちが大事だと思ってるワケ？」

自分の趣味と答えたら、修羅場《しゅらば》が待っているのは明らかだ。

「もちろん美桜タンだよ。決まってるじゃないか！　比べものにならないよ！」

そう言うと、少しだけ妻の顔が軟化《なんか》した。

「けど、このタブレットは性能が倍になって値段は下がって超お買い得だったんだ。貯《た》めておいたポイントも使ったし。実はそのポイントの期限が先週末だったんだよ。使わないと一万五千円分がフイになったんだよ。一万五千円分だよ？　もったいないだろ」

「タブレットなら、似たようなのがもう五つもあるじゃないのッ！」

「いやいや、それぞれＯＳもＣＰＵも違うし、仕様も違うんだよ。それにこれはハイスペックを要求されるゲーム機としても優秀で、ＣＰＵが最新の……」

だが妻は竜平の手からそのタブレットを毟《むし》り取ると、窓から外にフリスビーのように投げ捨ててしまった。

「なななななな、何をするっ！」

今まではゴロゴロするばかり、冷蔵庫のジュース取ってきてと言われても聞こえないフリをしていた竜平は、びゅんと音がするほど超高速ですっ飛んでいった。

戻ってきた竜平の手には、液晶画面が割れたタブレットがあった。

「どうしてくれるんだよ！　これ、修理したらまたカネがかかるだろ！」

「修理しなきゃいいじゃん！　似たようなのがもう五つもあるんだからさ！」

「だからこの五つはそれぞれ……」

竜平が言い返そうとすると、妻はピシャッと襖《ふすま》を閉めて隣の部屋に閉じこもってしまい、数日間、無言のままで食事も用意してくれず、黙って出勤して黙って帰宅して、自分だけ食事して寝るという、じつにいたたまれない冷戦状態が続くことになってしまった。

それが先週のことだ。

今日は、なんとか冷戦状態に突入しないようにしなければ……。

「だってさあ、おれは美桜タンに夢中だったからさあ、他のことは覚えてないんだよ。美桜タンと会って初めてデートして、最高に幸せな記憶しか残ってないって言うか」

「それ、ただの記憶なの？　遠い昔の話なの？」

美桜は探るような目で見た。

「今も同じだよっ！　全部言わせるなよ、恥ずかしいから」

竜平はそう言って、妻に抱きついた……。

結局、もともとセックスには淡白で、性欲ムラムラなタイプではない竜平は、久々のイトナミですっかりパワーを使い果たしてしまった。

夕食で、機嫌がよくなった妻・美桜が久しぶりに並べる豪華な手料理に舌鼓《したつづみ》を打ち、ビールを飲んだらもうダメ。一気に酔いが回り、テレビを眺めているうちにひっくり返った竜平は、眠りに落ちた。

夢うつつの中で腕を摑《つか》まれ、指を魚かなにかに囓《かじ》られる妙な悪夢を見た……。


妻・美桜は、疑心暗鬼《ぎしんあんき》になっていた。

人は「女の勘《かん》」というが、毎日一緒にいれば雰囲気で察する事は多い。逆に、何も判らないのは鈍感なんだと彼女は思う。

どうも最近、夫の心はヨソに行っている感じがする。妻である自分に関心が薄れているのは腹が立つ。まず、私でしょう！　すべての事は二の次であるべきなのに。

夫は、ゲームが大好きだ。テレビに繋げるゲームもやるし、スマホやタブレットでネット対戦するゲームも好きだ。しかし彼女に、ゲームの趣味はない。

夫は、結婚する前はサバゲー、つまりサバイバル・ゲームが趣味だった。田舎《いなか》の山の中にある専用の「サバゲー・フィールド」でBB弾の撃ち合いをする。塀《へい》や建物の簡単なセットが作ってあって、撃たれないように逃げ隠れしながら、相手を狙う。走り回るし、BB弾とはいえ、至近距離で当たると痛い。身体を使うし汗もかく。つまりアウトドア派。

彼女は参加しなかったが、サバゲー大会がある時はついていって、本部のカフェで食事したり近所を散策《さんさく》したりしてゲームが終わるのを待った。サーファーのガールフレンドが、ビーチで海から上がってくる彼氏を待っているような、自分までカッコよくなる感じがしたものだ。栃木《とちぎ》の山奥にあるフィールドまではけっこうなドライブにもなったし……。

なのに、彼は結婚すると、突然インドアのゲームオタクになってしまった。

「結婚したらカネがかかるだろ。サバゲーは装備が結構高くてバカにならないし、早朝、遠くに行くには車に乗るからガソリン代もかかる。だから止めた。装備とかは全部友人に売った」

と言うのだが……装備を売ったお金で凄く高性能なパソコンを買って、自分で部品を交換して「スーパーマシンにしたぜ！」とか言っている。外でやる代わりにパソコンやスマホ、タブレットでゲームをするインドア派に変身してしまった。外に出なくなった分、マシンにお金をかけるので、結局はどっちにしても高くつく趣味なのだ。
しかし……今の夫は、明らかに「ゲーム以外のこと」に熱を上げているとしか思えない。それは、ゲームをするときとは違う指の動きですぐに判る。スマホでゲームをしているフリをしているが、実はLINEかなにかでショートメッセージを打ちまくっているのに違いない。

だが、それを確認するスベがなかった。

しかし今、夫は酔い潰《つぶ》れて寝ている。

絶好のチャンスだ。

酔っ払って寝ている夫が完全に寝入ってしまったかどうか、彼女は確認した。手の甲や腕を抓《つね》ってみても、「う〜ん」とは言うが目は覚まさない。

彼女は、夫の指を摑んで、スマートフォンに押しつけた。夫のスマホは指紋認証でロックを解除する仕組みで、それは簡単に外れた。

まずはLINEを立ち上げて、メッセージのやりとりを見てみると……そこには明らかに特定の女性、しかも「東京の女子高生」とのやりとりが大量に残っているではないか！

『昨日の対戦、楽しかったね！』

『うん。ミズホのアタック、うまかったのに驚いたよ。よそでずいぶん技磨いてない？』

『そんなことないよ。たぶん使ってるマシンがいいからだよ』

『何使ってるの？』

『ガウスのKB-117カスタマイズ・モデル。ＣＰＵがCore i7-11700FでグラフィックがGeForce RTX 3060なんだけど』

『よく判らないけど、さすがミズホだよね！　よさげなマシンじゃないの？』

『リューもそう思う？　ＣＰＵがチョイ古なんだけど、その分グラフィックで補えてるかなと』

『ミズホはアタマいいな。おれ、まだまだ修行《しゅぎょう》が足りないし、お金も足りないよ』

『今度またやろうね♡』


「うわ」

思わず声が出てしまったが、激昂《げきこう》するのをなんとか抑え込み、美桜はやり取りを遡《さかのぼ》って見ていった。

「なんだこれは……」

嫉妬《しっと》で目の前が真っ赤になった。やり取りを読むにつれ、夫の竜平がサバゲーをやめてオンラインゲーマーに転向した理由が判った。

ネットでゲームをしつつ、女をゲットしていたのだ！　しかも、相手の女が良いパソコンを使っているものだから、ウチのクソ亭主も張り合って背伸びして、いいマシンを欲しがったのだ！

美桜はメールやフェイスブックのメッセージ、ツイッターのDM、他のメッセージ機能などなど、すべてのやり取りを把握《はあく》出来るソフトを探して、二人のやり取りを追跡した。

その結果……相手の女は、「東京の女子高生」だと判明したのだ。

トウキョウの、ジョシコウセイ……！

きっと可愛くてピチピチしてキャピキャピしてるんだ。ストレス食いしてぶくぶく太ってしまった私とは違って、スリムでかわいくて、いろんな事を知ってて……。

私は結婚して毎日あくせく働いて家計と生活を支えてるっていうのに、あのバカ亭主は定職にも就《つ》かずに趣味のパソコンやタブレットに大金を注《つ》ぎ込んで、あげく記念日のディナーもままならない。毎月一回は記念日があるのに！

しかもそのパソコンやタブレットで仕事をするならともかく、毎日オンラインゲームに熱中している。ネット上とはいえ、「東京の女子高生」とデートまでしている。ゲームをしてるだけとは言っても、実際にはもう、セックスしてるのと一緒じゃないか！　私より若くて可愛くて、親の金で毎日キラキラした生活を面白おかしく送っている、そんな女の方がいいに決まってる。

許せない！　自分はこんなど田舎で、何の楽しいこともなく生活しているのに！

怒りがとまらなくなった美桜は、だらしなく惰眠《だみん》を貪《むさぼ》っている夫を蹴《け》り上げた。

「おい貴様、起きろ！　こら！」

数発脇腹を蹴ってやると、さすがに竜平も目を開けた。

「……な、なに？」

「てめえ、どういうつもりだよ？　起きてこれを説明しろ！」

夫は彼女の突然の激昂を理解出来ない様子でボンヤリしていたが、布団《ふとん》の上のスマホがメッセージ画面を表示しているのを見て、やっと、事態を悟《さと》ったようだ。

「このやりとりはどういうことよ？　東京の女子高生と不倫して……絶対に許さないからね！　コロス！」

「いやいや、待てよ。おれがいつ、東京に出かけた？　ずっと前にコミケに行ったけど、あの時は買ったグッズとか美桜タンにあげたし、日帰りだったたし、その時撮った写真も見せたよね？」

「それは覚えてる」

妻は一応、納得した顔で頷《うなず》いた。竜平はさらに釈明《しゃくめい》した。

「だから……それ以外に地元から離れるときだっていつも美桜タンと一緒だろ？」

「いや……だけどさ」

美桜は騙《だま》されまいとキツい顔に戻った。

「そんなのさぁ、なんとでもなるでしょ！　昼間はあたし、仕事でいないじゃない！」

「ここから東京に行って、きみがスーパーから帰ってくるまでに戻ってくるって？　そんなこと出来ないだろ！」

「出来るでしょう！　そのアバズレが東京のどこに住んでるのか知らないけど、東京だったら二時間もあれば行けるでしょ。で二時間浮気して帰ってくれば間に合う」

美桜は時刻表トリックみたいな理屈で夫を責め立てた。

「だから行ってないってば！　ああそうだ。ゲームのログを見れば判る。オンラインゲームは、ログインしてログアウトする時間が記録されるから」

うっと一瞬詰まった美桜だったが、すぐに形勢を立て直した。

「あたしが何も知らないと思ってバカにするな！」

そう言って不甲斐《ふがい》ない夫の頬をバチンと張った。

「あんたがやってるゲームって、パソコンでもタブレットでも、スマホでも出来るんでしょ！　パソコンの方が画面が広いし、反応もいいからこの部屋でパソコンに向かってることが多いけど、アリバイのためにはあえてタブレットで……」

「いやいやいやいや」

竜平は手を振った。

「違う違う違う。本当に、オンラインゲームで知り合って、メッセージ交換をしてるだけだって！」

「どうせ相手の女はジョシコウセイとか言っても勉強もしないで援助交際したり、お酒飲んだりドラッグやってる、どうしようもないアバズレでしょ！　マジ未成年のくせに末恐ろしいわ」

「イヤイヤ違うって、ミズホはパソコンに詳しい理系の優等生で、成績もよくて……都立の墨井高校って結構、偏差値高いらしいし」

竜平は口を滑《すべ》らせたが、その時妻は幸い無反応でスルーしてもらえた。

「そんな優等生が、ゲームしてるって言うの？」

「ゲームしてるのはみんな廃人みたいに言うなよ」

「あんたは廃人同然よね。仕事もしないでゲームばっか。しかも記念日イベントまでぶっちぎるってどういうこと？　じゃああたしはナニを楽しみに生きていけばいいのよっ！」

東京の女子高生にあんたは騙されてるんだ！　と美桜は激怒が止まらない。

ついには壁がどんどん叩《たた》かれて隣室から「うるさい！　何時だと思ってるんだ！」と罵《ば》声《せい》が飛んできてしまった。

「ほら！　あんたがクソだから隣に怒られちゃったじゃないのよっ！」

美桜の怒りは収まる気配がない。

夫はついついその勢いに飲まれたのか、なんとか宥めようとしたのか、信じ難いことを言い始めた。

「いや……もちろんおれは、きみがいるんだから彼女とは距離を置こうとしたんだけど……ミズホが妙に積極的で……」

「嘘《うそ》ばっかり！　あんたのどこがそんなにいいのよ？　やり取りを読んだら、ゲームもそんなに巧いわけじゃないのに」

「おれのどこがいいのかは、彼女に訊《き》いてみないと……おれ自身は判らないよ」

竜平は自信なさげにぼそぼそと言った。

「ああそう。じゃあ、その『彼女』に訊きましょう！　訊けばいいじゃない！」

美桜はそう言ってスマホを夫に突き出した。

「訊けば？　ほら！」

「いや……だって、もう遅いし」

時刻は午前一時になろうとしていた。

「優秀で真面目な子なら、まだ勉強してる時間じゃないの？」

いやしかし……と渋る夫を、妻は許さない。

「さあ、電話しなさいよ！　さあ、さあ！」

そう言われても渋っているので、美桜はスマホの電話帳を見て、「瑞穂」を探し出した。

「これね？　立花《たちばな》瑞穂。東京都墨井区業平《なりひら》……なんで住所まで知ってんのよ！」

「それは……メンバー全員と住所を交換したから」

「ふ～ん」

と、いったん納得しかけたが、すぐにイヤイヤと否定した。

「普通教える？　全員と交換なんて嘘でしょう？　やっぱり深い関係なんだ。そうに決まってる！」

ざっけんなよ白状《はくじょう》しろ！　と美桜は迫った。

「だから学校はともかく、どうしてあんたが住所まで知ってるのよ？」

「それは……彼女が教えてくれたんだよ」

「だとしたら……やっぱり普通の関係じゃないよね、絶対！」

まさか夫が瑞穂を尾行して個人情報を調べ上げた……とは想像もつかない妻は、無造作《むぞうさ》に通話ボタンを押してしまった。

「お、おい……」

とは言っても、美桜が怖い夫は、スマホを奪い返すこともできず、妻がスピーカー・モードにして呼び出し音を響かせても俯《うつむ》くだけだった。

だが……二分ほど呼び出し続けても、瑞穂は応答しなかった。

「まさか違う名前で登録してるんじゃないでしょうね。白状しないなら、電話帳のアタマから片っ端から電話していくわよ！」

「いや、名前を変えて登録なんて、そんな面倒くさいことはしないよ……第一、おれが忘れてしまいそうだ」

「そうよね、あんたバカだからね」

「……たぶん、寝ちゃってるんじゃないかと。呼び出し音が鳴らないバイブにしていたら、着信があっても気がつかないって事、あるだろ？」

「それはそうだね」

美桜は渋々納得して、スマホを切った。

「だけどね」

美桜は夫をガン見して、宣言するように言った。

「その子に謝ってもらうまで、絶対許さないからね。あんたも一緒に、私に土下座して貰わなきゃね！　あたしという妻がいる既婚者と付き合ったんだから、未成年でも容赦《ようしゃ》しないからね。あんたも同罪よ。あたしという妻がありながら未成年に手を出すなんて……まじ、サイッテーな男！」

いやそれは、と夫はブツブツ言い訳をしかけたが、美桜のひとニラミで黙ってしまった。

実はしつこくしていたのは竜平なのだが、あまりに妻が恐ろしく、咄嗟《とっさ》にその場逃れの嘘をついてしまった。結婚前、自分の浮気を疑った美桜がリストカットをしたことを思い出し、恐怖に駆《か》られたのだ。その時こそ、自分のことをこれだけ愛してくれているんだ、とおめでたくも思ったのだが、今となってはその異常な束縛が恐ろしい。

たまたまネトゲで知り合った女子高生に執着《しゅうちゃく》してしまって個人情報を調べ上げた、ということは、とてもじゃないが恐くて言えなかったのだ。

「とにかく、このままでは終わらせないからね。判ってるんでしょうね？」

妻に睨《にら》まれた夫・竜平は縮み上がった。

＊

「いらっしゃいませ！」

居酒屋クスノキに明るい女の子三人の声が響いた。

「お。やっと復帰したか」

常連さんたちの顔が綻《ほころ》んだ。

クスノキ名物のバイト女子高生トリオが、やっと復帰したのだ。

「休みが長かったな」

「すみません。試験の後もなにかと忙しくて……」

トリオのリーダー格の「ケバい純子」が代表してニッコリした。顔の造作《ぞうさく》が派手で、化《け》粧《しょう》もしているのでケバく見えてしまう。

「これ、私たちからのサービス！」

と、純子の他にも大人しくて口数の少ない地味なかおりと、居酒屋のバイトより図書館で本を読んでいるのが似合いそうな眼鏡少女・瑞穂が手分けして、お通しの煮物の小鉢《こばち》の他に、タコさんウィンナーを各テーブルやカウンターのお客さんに配るのを、大将はニコニコしながら眺めている。

「やっぱりいいやね。若いのがいるとさぁ」

大将が、カウンターにいる鋼太郎と警部殿・錦戸に問わず語りに言った、その時。

ガチャンと音がして、「ごめんなさい！」という声がした。

一番真面目な瑞穂がモツ煮の皿を落として割ってしまい、汁が客にかかってしまったのだ。

純子やかおりが飛んできて、オシボリで客の服を拭《ふ》き床を掃除する。その連携《れんけい》とリカバリーの早さは見事だった。

「友達思いなんだなあ」

大将は感心したが、鋼太郎の横で飲んでいる小牧ちゃんは首を傾《かし》げた。

「瑞穂ちゃんさあ、今日からバイト復帰っていうのに、なんか疲れてない？」

言われてみれば、瑞穂だけ表情が暗くて動きも鈍い。「ありがとうございます！」とか「またどうぞ！」とか挨拶《あいさつ》はしているが、なんだか覇気《はき》がないし、声にもハリがない。

「青春時代はいろいろあるんじゃないの」

はるか昔に青春を終えた鋼太郎は他人事《ひとごと》のように言ったが、小牧ちゃんは納得しない。

「ねえ、錦戸さん。警部殿は、刑事の勘として、どう思います？」

小牧ちゃんに話を振られた錦戸は、「う〜ん」と首を捻《ひね》った。

「私は女性、特に若い女性の心理については門外漢《もんがいかん》も甚《はなは》だしいので」

「警部殿は年配の男性の心理についても門外漢なんじゃねーの？」

鋼太郎はつい指摘してしまった。

「だって警部殿は言わずもがなことを上司に言って、左遷《させん》されたんでしょ？　あげく、本庁に戻れていない。これだけ手柄《てがら》をあげてるのに」

「私の左遷についてはですね、上司の痛いところを突きすぎたんですよ。利権に目が眩《くら》んだ上司がルールを曲げた、つまり一般市民のプライバシーを侵害したことをビシッと指摘してやったら、その腹いせに私情丸出しの報復人事ですよ。とはいえ、辞めてしまうには警察は美味しすぎる職場で」

「具体的には？」

「ええとですね、その上司はタワマン建設反対の勉強会のメンバーを、所轄署に命じて調べさせて、そのメンバーの個人情報をタワマンを建設するデベロッパーに教えたんです。つまり警察の職権で調べた捜査上の秘密を私企業に教えたわけで、明らかに違法ですよね。その上、私を左遷したくだんの上司は、タワマンを施工《せこう》するゼネコンに天下りが決まっていたんですよ！　ひどい話でしょ？」

そう言った錦戸は、ツマミの枝豆をエンドレスで食べ始めた。

その時、女子高生トリオのリーダー、純子が傍《そば》を通ったので、小牧ちゃんがちょっとちょっとと呼び寄せた。

「ねえ、瑞穂ちゃん、どうかした？　なんか元気ないみたいだけど」

「そうなんですよ」

純子は頷いた。

「あの子、なにか悩んでるみたいなんだけど、私たちにはなんにも言ってくれなくて」

「どれどれ？　おじさんが話を聞こうか？」

鋼太郎が口を出すと、純子と小牧ちゃんに物凄い形相《ぎょうそう》で睨まれた。

「友達にも言えないことを、どうしておじさんに言えますか！」

「それはまったくその通りです」

錦戸も他人事のように冷静に口を出した。

小牧ちゃんが大きく頷いた。

「大丈夫。私が聞きますから……お店が終わったあとにでも」

「おい、トリオ。ちょっと休憩《きゅうけい》しな」

状況を察した大将が声をかけた。

「店が終わってからじゃあ、遅くなっちまうだろ」

小牧ちゃんと女子高生トリオは、店の裏にある従業員控え室、兼更衣室に向かった。休憩と言えば長くて十分だろうと鋼太郎たちは思っていたら、三十分後に四人の女子が出てきて、「ちょっと向こうで」と、小牧ちゃんが鋼太郎と錦戸に言った。

「これは大人というか、男性の意見もきちんと聞いておきたい問題なので」

真顔の小牧ちゃんに頼りにされた鋼太郎は嬉《うれ》しそうに引き受け、錦戸も「仕方がないですねえ」と勿体《もったい》をつけて、店の隅のテーブル席に移った。

「要するに瑞穂ちゃんが、オンラインゲームで知り合った男と趣味を通じて仲良くなったけど、その妻に嫉妬され、脅《おど》されてるって」

小牧ちゃんが短くまとめた。

「話を聞いてナニソレって驚いたんだけど、そういうことよね？」

小牧ちゃんが確認すると、瑞穂も硬い表情で頷いて説明した。

「あの、オンラインゲームって、チャットの機能もあるんです。チャットしながらチームプレイでお互いに指示を出したり出されたりして。ダイレクト機能で一対一のやり取りもできます」

「瑞穂はパソコンに詳しいから、相手の男からいろいろ訊かれて教えてたんだよね？」

純子が瑞穂に確認した。

「そういうこと。私は自分でカスタマイズしたパソコンの性能を試したくて、マシンの機能を限界まで酷使《こくし》するって触れ込みのオンラインゲームをやってみたんだよね。そうしたら面白くて、ちょっとハマってしまって……」

「いわゆる敵をやっつけるマシンガンバリバリ撃ちまくる系の？」

小牧ちゃんの問いに、瑞穂は頷いた。

「それ系です」

「聞いてうちらもびっくりしたんだよね。瑞穂のキャラと違うって」

純子が言う。

「瑞穂って、そういうの一番嫌うと思ってた」

「うん。最初は別に好きじゃなかった。だけど、やってみたら意外に楽しくて。個人プレイじゃなくて、他のメンバーとチームを組んでやるっていうところがよかったのかも」

瑞穂は考えながら言った。

「私自身、集団行動は苦手なタイプと自分で思ってたんだけど……みんなで作戦会議して役割を分担して……実戦ではバリバリやって、仲間を助けたりもして、最終的に目標をクリアしたら物凄い達成感があって、勝ったのが嬉しくて」

そういうものなのか、と鋼太郎はよく判らないながらも半分納得した。

「そうしたら、『リュー』と名乗るメンバーから、ダイレクトにいろいろ質問が来るようになったんだよね」

「それで、パソコンについていろいろ教えてあげていた?」

錦戸が取り調べのような口調で瑞穂に訊いた。

「はい。『リュー』って、サバゲーやってる人で、そういう意味では実戦経験豊富だから、あの局面で前に出るのは撃たれに行くのとおなじ、とか、そういう役に立つ事を教えてくれて、そういうアドバイスをフィードバックしたら勝てるようになってきて……」

友人の意外な一面を知った純子とかおりは顔を見合わせた。

「そのうちにリューから、キミの動きは機敏だね、自分はそんなに早く反応できない、みたいことを言われるようになって、それはマシンの性能がいいからだと思いますって返事したら、ゲームマシンとしていいヤツ教えてとか訊かれるようになって……それって、まさに私の得意分野じゃないですか。訊かれればいくらでも教えられるし、相手も凄いって素直に聞いてくれるしで」

自分のノウハウを感心して聞いてもらうのは嬉しいものだ。それは鋼太郎もよく判る。

「でも……そうこうするうちに突然、『リュー』の奥さんって人から、怒りのメッセージとか電話が来るようになって……」

「あたしの亭主に近づくなって感じの？」

小牧ちゃんがズバリ訊くと、瑞穂もずばりと「そうです」と答えた。

「とにかくウチの夫と関わるな、話をするな、やり取りするな、一緒にゲームするなって。深夜に電話とかも。そもそも夫って人と電話で話したことは数えるほどだし、私、夜はスマホ切ってるかサイレント・モードにしてるので出ないんですけど」

「だったら、メールもメッセージも着信もブロックして、もう一切やり取りしないようにすればよかったんじゃないの？」

と、小牧ちゃん。

「うん……それはそうなんだけど……」

何故か瑞穂は歯切れが悪い。

「でもね、『リュー』とはなんか、話が合ったんだよね。やり取りしてて楽しかったし、パソコンに詳しい私をリスペクトしてくれて、いろいろ教えてあげると凄く感謝されるのが嬉しかったから」

それに、やましいことが全然ないのにブロックすると認めてしまったようでイヤだった、と瑞穂は言った。

「私のパソコンのウンチク、うんうんって感心しながら聞いてくれるの、『リュー』だけだったし。ウチの親にはチンプンカンプンだし、純子とかおりだって……」

純子とかおりはショックを受けた様子だ。

「そんなこと言われても、うちらパソコンのことなんか全然判らないし……CPUの世代がどうのとかメモリーがいくらで、ストレージはハードディスクよりSSDみたいなこと言われても」

ほとんどお経《きょう》か呪文《じゅもん》だと純子は口を尖《とが》らせ、かおりも頷いた。

「スマホで充分じゃね？」

「ね？　まったく張り合いがないんだよね……」

瑞穂は溜息《ためいき》をついた。

「まあねえ、趣味が合う相手とは話が弾《はず》むよね」

小牧ちゃんは瑞穂に寄り添った。

「そうなんです。だから私もチャットで自分のこと書いちゃったし……話が弾んで楽しかったから、つい、いろいろ話してしまったかも……学校のこととか」

「まさか、学校の名前とか言った？」

純子が驚いた。

「ううん。さすがにそれはない。でも、墨井区の高校だとか、区内ではわりと偏差値高いほうだとか、そのくらいは」

それを聞いた純子は驚いた。

「うそ！　そこまで言っちゃったら簡単に特定されるじゃん！」

だって……と言って瑞穂は俯き、錦戸が難しい顔で言った。

「やり取りが楽しかったのは判るけど……でもね、相手には奥さんがいて、その奥さんが君のことを知って激怒してるんでしょう？」

腕組みをして錦戸は続けた。

「筋《すじ》が悪いと思うよ。奥さんが怒ってるっていう時点で」

「あのさ」

ずっと黙って聞いていた鋼太郎が口を挟んだ。

「おじさんが、おじさん的発言をすることをお許し願いたい」

まずそう断ってから、話し始めた。

「オンラインゲームって、ネットに繋いで対戦するゲームのことだろう？　いわゆるネトゲ？　で、その戦術とかパソコンとかの話をしているだけで、奥さんが激怒するかな？　普通」

「だからその話はもうしたし。相手が怒っちゃったんだから仕方ないでしょう？　怒るのがおかしいって今さら言っても始まらないし。センセは話を振り出しに戻すんですか？」

小牧ちゃんがうんざりして言った。

「イヤだって、おれとしては、そこに引っかかる訳なんだよ。たったそれだけのことで、普通、激怒するかって」

「奥さんが邪推《じゃすい》してるとか？　物凄く嫉妬深いとか？　それか『リュー』とうまくいってないから、瑞穂にめっちゃ嫉妬してるとか？」

かおりがポツッと言った。

「瑞穂が自分のこといろいろ書いたっていうけど、奥さんがそれ読んで、余計に嫉妬したんじゃないの？」

たしかにそうかも、と一同は考え込んだ。

「あの、実は……」

瑞穂が、言いにくそうに言った。

「脅迫はメッセージだけじゃなくて、スマホの留守電にも入ってるんですけど、それがもう怖くて……怒鳴ってて、ナニを言ってるのかもはや判らないくらい激おこで……」

彼女はスマホを取り出すと、溜《た》まっている留守電を見せた。

スマホ画面には二百件以上の留守電が残っている。

「怖いから聞いてないんです。でも、消さない方が、何かの証拠になるかもって」

「案外しっかりしてる」

錦戸が頷いた。

「それは正解です」

「留守電に入れたことと、たぶん同じ内容をメッセージでも送ってきてるし」

「ひとつだけ、再生してもいいかな?」

鋼太郎は、どんな風に相手の奥さんが怒っているのか知りたくなった。

「どうぞ」

瑞穂がスマホを差し出し、鋼太郎は二百件以上ある留守電の、最新のものを再生してみた。

『おぅりゃ東京のクソ女子高生! いい加減にせいや! ウチのクソ野郎はお前と知り合ってからカネを全部、パソコンやタブレットに注ぎ込んで大変なんだよ! 判ってんのか! それもこれも、お前がいろいろ要《い》らんことをクソ野郎に吹き込んだせいやろが! 責任取れやこのクソ女! このボケカス!』

このあとも罵倒が延々続くのだが、怒鳴っているので音が割れて、まったく聞き取れない。しかし、怒り狂っていることだけは判る。

「大阪の人？」

かおりが訊いた。

「いや、こういう場合、関西弁で怒鳴った方が脅しが利《き》くと思ってるんでしょう。ヘタクソで気持ちが悪い大阪弁です」

錦戸が冷静に答えた。

「それで……メッセージでは、会って話したいから出て来いやとか、こちらから行くから首を洗って待ってろとか書いてきて……」

「タイマンの呼び出しか」

鋼太郎が呆れた。

「いや、だからね、おれが言いたいのは、ゲームを一緒にやったりパソコンについて教えた程度で、奥さんがここまで怒り狂うのかって事。異常に嫉妬深いとか、夫婦関係に悩んでいるとか、精神的に病《や》んでるとか言っても、ここまで怒るのは尋常《じんじょう》じゃない」

「だから普通じゃないって言ってるじゃないですか！」

小牧ちゃんはまたもうんざり顔だ。

「センセ、ボケてる？」

「いいや。じゃあ言おう。瑞穂ちゃん」

鋼太郎は瑞穂に向き直った。

「会ってもいないのに、ここまで嫉妬して脅迫してくるはずがない。瑞穂ちゃん、君は、実はその相手と、深い関係になってたりするんじゃないの？」

「深い関係って？」

「いやその……だからその……瑞穂ちゃんとその『リュー』が、男女の、その」

錦戸を含む全員が呆れ顔になった。

「これだからオッサンは……結局、そういう偏見の目で、うちらを見てるっしょ？」

純子が冷ややかに言った。

「いやだから……オジサンとしては、深い関係になったわけでもないのに……奥さんがここまで怒るのは……」

「だから、奥さんが正常じゃないからじゃないですか！」

小牧ちゃんが結論を出した。

「奥さんは、危険人物です」

「私からも言います」

瑞穂は決然とした声で言った。

「『リュー』とは、まったくそういうことにはなってません！　私にだって選ぶ権利があります」

瑞穂がここまでキッパリした口調で断言するのは珍しい。

「だって私、『リュー』を男として全然見てないし。ただ、単純に趣味が合うだけだし」

「本当に？　天地神明《てんちしんめい》に誓って？」

鋼太郎は瑞穂を見据えて、じっと凝視した。

すると、瑞穂は鋼太郎の視線に耐えきれなくなったのか目をさまよわせると……白状した。

「実は……」

「え？　不倫？」

純子とかおりが思わず立ち上がった。

「違う違う！　そういうことじゃなくて！」

瑞穂が慌てて立ち上がった。

「そんな事はしてません！　ただ、『リュー』と会ったことはあります。去年の冬コミで」

「冬コミとは、年末に開かれるコミケのことで」

小牧ちゃんがすかさず解説する。

「そもそもコミケとは、世界有数の規模で開かれるオタクの祭典。あらゆるジャンルのオタクが大集合して、同人誌や手作りのグッズを売り買いする……」

「そうです。そのコミケで、『リュー』と会いました」

瑞穂の衝撃的発言に、一同は身を乗り出した。

「で？」

「で？　と言われても、それだけです。私としては……ってことですけど」

瑞穂はあっさりと言った。

「だけど、向こうが瑞穂に熱を上げちゃったかもしれないじゃない！」

純子がそう言うと、鋼太郎も頷いた。

「そう考えれば、男としても合点《がてん》がいく」

「だけどその時は、いつもチームを組んでるメンバーが全員集まって、みんなでオンラインゲームをやっただけです。また会おうねって連絡先を交換して……携帯番号かラインのアカウント程度だけど。それで解散したんです」

「まあ、瑞穂ちゃんとしてはそうだけど、相手の『リュー』はそう思わなかったんだろうね。奥さんがブサイクだとか性格が悪いとか、短気だとか、悪いところばっかり揃《そろ》ってるものだから、瑞穂ちゃんが女神《めがみ》に見えたのかも」

鋼太郎はそう言った直後、シマッタと思ったがもう遅い。

「センセひどい！　そういう最悪女と比べるからマシに見えるって、それ、最低の言い方です！」

小牧ちゃんがまず怒った。

「いや、だから、瑞穂ちゃんは女神だって言ったじゃないか……」

「ダメ女と比較するから女神だって言いました！」

小牧ちゃんも引かない。

それを聞いていた瑞穂は、立ち上がって宣言した。

「こうなったらもうどうしようもないし、面倒くさいから……それに奥さんに誤解されてるのもハッキリしてるんで、私、会って話をつけてくる！」

「会うって、誰にです？」

錦戸がマヌケな質問をした。

「だから、奥さんに。こっちは完全に潔白《けっぱく》なんだから、ビシッと言ってやります！」

「いやいや、止《や》めなって！」

純子とかおり、そして小牧ちゃんも含めて大反対の合唱《がっしょう》になった。

「オジサンも賛成できないね」

鋼太郎も反対した。

「ここまで怒り狂ってる奥さんが、瑞穂ちゃんの話を冷静に聞いて『はい判りました私が誤解してました』って、言うとはとても思えない」

錦戸も反対した。

「そんなの、誘いに乗ってはダメです。絶対にダメ！　会うとしても、時間を置いて冷静になってからじゃないと」

「だけど、時間を置けば置くほど奥さんは怒り狂って、怒りが怒りを呼んで、もっと物凄い怒りになってしまうかもしれないじゃないですか！」

瑞穂はそう主張した。

「その可能性は否定出来ないし、あなたの怒りと困惑もよく判るけど……」

錦戸が諭《さと》すように言った。

「だいたいの人間は、時間が経つと落ち着くものですよ。時間が解決するって、よく言うでしょう？　ここは深呼吸して、落ち着きましょう。相手のペースに乗っちゃダメです」

「マジ私もそう思う」

「そうだよ、だめだよ瑞穂、会ったりしたら」

純子もかおりも小牧ちゃんも異口同音《いくどうおん》に言った。

「鬼嫁は、勝手に思い込んで噴き上がってるんだよ」

「それに乗せられて瑞穂が怒った勢いでガンガンやったら大喧嘩《おおげんか》になるよ」

「瑞穂ちゃんは勉強大好きで腕力ないけど、奥さんはきっと家事とか仕事とかしてて、腕っ節も強いんじゃないのかなあ」

「たしかに戦闘力という点では、瑞穂ちゃんと奥さんじゃレベチだよね」

鋼太郎も負けずに口を出したが、微妙に古い言葉を口にしたのでしんとしてしまった。

「うん……」

みんなの説得に、瑞穂もゆっくりと頷いた。

「そうだね。私も、なんか変なこと言われて、こんなの初めてだからパニクっちゃったみたい。みんな、ありがとう」

瑞穂は頭を下げた。

「おいトリオ。もう九時だから、そろそろ上がれ。あんまり遅くまで高校生を使ってると警察が」

大将がテーブルまで言いに来たが、錦戸を見て絶句した。それを見た錦戸が逆に驚いた。

「いや、私は最初から居ましたし、彼女たちがお酒を出す店でバイトしていることについて、今まで問題にしたことはありませんよ」

「じゃあまあ、今夜はこれでお開きということで」

鋼太郎が場を〆《しめ》た。

この件はこれで、とりあえずはなんとかなった、と鋼太郎を含めたみんなが思った。

＊

翌朝の八時。

鋼太郎は朝ご飯を食べながら朝ドラを観ていた。ご飯に目玉焼き、焼き海苔に漬け物、インスタントの味噌汁が定番で、これが揃わないとその日一日の調子が狂う。

彼が以前からファンの若手女優が主演を務めているので、今季の朝ドラは毎日欠かさず見ている……。

と、まだ整骨院の開店時間でもないのに、玄関をがんがん叩く音がした。

小牧ちゃんには鍵を渡してあるので勝手に入ってくるはずだが……と訝《いぶか》っていると「センセ！　開けて！　大変なの！」と若い女の子の声がした。

なんだなんだと玄関に行ってみると、青ざめた顔色の純子とかおりが立っていた。

「そんなに叩くんじゃない。壊れるから……今開ける！」

鋼太郎が慌ててガラス戸の鍵を開けると、二人は切迫した口調で口々に訴えてきた。

「瑞穂が……瑞穂がいないの！」

「昨日から家に帰ってないんだって！」

「昨日って……昨夜《ゆうべ》はみんなでクスノキにいたじゃないか」

鋼太郎は首を捻った。

「だから、解散した後よっ！　あれから瑞穂、行方不明なの！」

「え？　みんなで帰ったろ？」

判らんオヤジだなあ！　と純子がイライラした。

「だ、か、ら、その後、いなくなったって、何度言えば判るのよっ！」

「で、君ら、学校はどうした？」

「だから、それどころじゃないでしょっての！　瑞穂が行方不明なんだよ？　学校行ってヘラヘラしてる場合じゃないでしょ！」

女子高生がバイトを終えて帰宅中に行方不明になった。これはもう、警察沙汰《ざた》だ。

「だったらここに来る前に警察だろう？」

「あたしらだけじゃ話が通らないと思って。警察って女子高生をバカにするから。どうせ夜遊びだろ、とか絶対言われる。瑞穂はそんな子じゃないのに……。だけどセンセなら、オッサンのパワーでなんとかしてくれるでしょ！」

　オッサンのパワーは余計だと言いながら鋼太郎は急いで出かける支度をして、小牧ちゃんに「これから警察に行く」と電話した。

「警察？　何で捕まったんですかセンセ？」

「バカモノ。捕まえに行くんだ」

　意味不明な会話のあと、三人は墨井署に向かった。

　受付で「女子高生が誘拐された可能性がある！　大至急捜査を開始しろ」と鋼太郎が喚いているところに、錦戸が出勤してきた。

「おや、榊さん、朝からナニを怒鳴ってるんですか！」

　ノホホンとしている錦戸に、鋼太郎とふたりの女子高生は食ってかかった。

「瑞穂が昨日から帰ってないの！　行方不明！」

　さすがに錦戸の表情が変わった。

「とにかく。話を聞きましょう」

　錦戸は会議室に三人を案内して、捜査一係長の溝口《みぞぐち》を呼んできた。年配の、いかにも現場叩き上げという感じの刑事だ。一係といえば殺人や暴行など凶悪犯罪の専門だから、錦戸とはかなり雰囲気が違っている。殺気さえ漂っている気がするのは、鋼太郎の先入観によるものだろうか？

「誘拐となると、生活安全課ではなく刑事課捜査一係の担当ですからね」

朝礼もそこそこに錦戸に連れて来られた溝口一係長は、話があっちこっちに飛んで混乱気味の女子高生ふたりの話をじっくり聞いた。目付きは鋭いが冷静な男だ。

「なるほど。整理すると、墨井区業平在住の、都立墨井高校二年生の立花瑞穂さんが、昨夜九時過ぎ、アルバイト先の居酒屋『クスノキ』から帰宅する途中で行方不明になったと。『クスノキ』では、オンラインゲームで知り合った男性の、奥さんと名乗る女性から一方的に不倫を疑われ、脅迫電話や脅迫のメッセージを受けているとの相談をしていた、ということですね？」

「ハイ」

純子とかおりは硬い表情で頷いた。

「それで、立花瑞穂さんのご両親は？　行方不明者届は、お友達は出せないんですよ。親御さんじゃないと」

女子高生ふたりは顔を見合わせた。

「あの、今朝になって瑞穂のお母さんから電話があって、瑞穂が一晩帰ってこないって。瑞穂からゆうべお母さんに『ちょっと友達と会ってから帰る。遅くなるかも』と電話があったそうで……それから『もしかして話が長引くかもしれないけど、心配しないでね』ってメッセージも携帯に来て……瑞穂は今まで夜遊びなんかしたことがないから、お母さんとしては信用してて。だけど、瑞穂がネットでリューとつながっていて、トラブルになっていることは、お母さん、たぶん全然知らないんです」

純子は一気にまくし立てるように言った。

「それで、ここに来る前に瑞穂の家に寄ったんですけど、お母さんは『警察なんて大袈裟《おおげさ》な』とか『お父さんに知られたら困る』とか、そんなことばかり言ってて……でも、あたしたちと話をしているウチに混乱してきて、オロオロし始めて……」

かおりが、瑞穂の母親について冷静に話した。

「お母さんは『たいしたことないとは思うけど』って言いつつ不安になってきたみたいなんですけど、警察に行く決心がつかないので、あたしたちが『じゃあ私たちが行きます』って。ちなみに瑞穂のお父さんはこの事を知りません。お母さんが知らせていないので」

純子の答えを聞いた溝口一係長と錦戸は、女子高生たちがやったように顔を見合わせた。

「さて、どうしたものかねえ、これは」

溝口は首を傾げた。

「これね、瑞穂さんが、その彼に会いたいと急に思いたって、夜のウチに出かけてしまったって可能性はないですかね？」

「ないですね！　だって奥さんに脅されてるのに」

純子が強く言った。

「だから、脅された結果、恋の炎が余計に燃え上がって、歯止めが効かなくなったという可能性は？　若いときの恋愛って猪突猛進《ちょとつもうしん》じゃないんですか？」

溝口はそう言ったが、ずっと黙っていたかおりが「なにその男のロマン」とばっさり斬って棄てた。

「瑞穂の話を聞いた限りですけど、ノボセ上がってるのは向こうの方。だから奥さんも焦《あせ》るし、嫉妬するんじゃないんですか？」

そう言われても、溝口一係長は首を捻るばかりだ。

「いや、私としては、もう少し様子を見るべきだと思うね。思春期の女の子って難しいでしょう？　友達にだって明かせない悩みを抱えてたりするんじゃないの？」

ウチの娘がそうなんだと溝口は言って、純子とかおりを見た。

「こんなことを言っているうちに、ひょっこり帰ってくるかもしれないし」

「ひょっこり帰ってこなかったらどうするんですか？」

かおりが食ってかかった。

「判るよ。気持ちはよく判るんだけど……警察は他にもたくさんの事件を抱えてるんで……行方不明届が出されたからって、即、大捜索というわけにはいかないんだよ」

そう言う溝口にかおりは食ってかかった。

「じゃあ警察は、瑞穂が死体で見つかってから、やっと動くんですか？」

「そういう言い方は止めなさい」

「だって、そういうことでしょ！　今捜せば元気な状態で見つかるのに、様子を見よう、とか言ってるウチに手遅れになったら責任取れるんですかっ！」

いつもはおとなしくて無口なかおりなのに、今日はキレてガンガン責め立てる。

「あのね、警察には細《こま》かな決め事があって、それに沿って指名手配をしたり緊急配備をしたりするんです。気持ち的には即座に大掛かりな捜索を始めなければと思っても、その条件に当てはまらないと出来ないんです。ここまでは判りますか？」

警察は基本民事不介入だと溝口は言った。

「しかもネットで知り合った相手に『自分の意志で』逢いに行った可能性がある……というんじゃねえ」

鋼太郎が堪《たま》りかねて口を挟んだ。

「じゃあ訊きますが、溝口さん。今回の件は、もしかしたら異常な人物かもしれない女性が、夫と交遊のある立花瑞穂さんを誘拐した……その可能性は否定出来ませんよね？」

鋼太郎も、なんとか溝口を説得しようと慎重に話したのだが。

「否定は出来ませんが、やはり警察としては、誘拐されたと断定出来なければ……」

溝口は態度を崩さない。

「あの……ええい、面倒だ。ぶっちゃけて話す！」

鋼太郎は開き直った。

「瑞穂のスマホには二百回以上の激烈な脅迫電話が入って、同じような内容のショートメッセージやＬＩＮＥも来ている。これ、脅迫でしょう？」

「そこがまず難しいところです。まず、我々が瑞穂さんと相手方の関係性について、正確なところを理解できていないので、どの程度の脅迫性があったのか判断出来ません。ただの悪口で、脅迫ではないという可能性がある以上、いくら高圧的な口調であれこれ言ってきても、犯罪の可能性は低いだろうと判断されます。警察は積極的な捜索はしません」

溝口はそう言い切った。

鋼太郎、そして女子高生ふたりの不満そうな顔を見た錦戸警部補は、補足説明をした。

「申し訳ない。警察が緊急手配として捜索するのは、あくまでも『特異行方不明者《とくいゆくえふめいしゃ》』に該《がい》当《とう》する場合だけなんです。その条件は……ここにプリントアウトしてきました」

錦戸は、会議室にあったホワイトボードに、用意していたプリントアウトをマグネットで留めた。そこには「特異行方不明者」に該当する者の条件が書かれていた。

・殺人、誘拐等の犯罪により、その生命又は身体に危険が生じているおそれがある者
・少年の福祉を害する犯罪の被害にあうおそれがある者
・行方不明となる直前の行動その他の事情に照らして、水難、交通事故その他の生命にかかわる事故に遭遇しているおそれがある者
・遺書があること、平素の言動その他の事情に照らして、自殺のおそれがある者
・精神障害の状態にあること、危険物を携帯していることその他の事情に照らして、自身を傷つけ又は他人に害を及ぼすおそれがある者
・病人、高齢者、年少者その他の者であって、自救能力がないことにより、その生命又は身体に危険が生じるおそれがある者

「特異行方不明者の条件は、ここに示されているとおりです。該当する場合には……ええと、『行方不明者発見活動に関する規則』に基づき、行方不明者届を受理した警察署が判断し、『速やかに捜査しなければならない』とあります。特に人命にかかわるような場合

です」

「だ、か、ら」

かおりと合唱するように反論しかけた純子は、ここでハッとした表情になった。

「あ、そういえば瑞穂、『リュー』に自分のことをつい、いろいろ話してしまったって言ってました。学校とか、墨井区に住んでることとか……」

「そうだった！　リューに言えば当然、リューの奥さんにも伝わるよね？」

と、かおり。

「それは判ったけど、君たち」

溝口は困惑している。

「こういう事は言いたくないんだけど、捜索にはカネがかかる。警察の予算も限られているし、毎日多くの行方不明届が出てるんだ。どれもみんな切実な内容だけど、すべてを捜索は出来ない。たとえば認知症のお婆《ばあ》さんが徘徊《はいかい》して行方不明、命の危険がある場合でさえ、『一般行方不明者』という分類になってしまうんだ。悪いんだけど。新たに何か判ったら、また知らせてほしい」

溝口はそう言って立ち上がると、錦戸の肩をポンと叩いて出て行ってしまった。

「さあ、どうする？　警部殿」

鋼太郎は錦戸を見た。

「警部殿は、この件をどう考える？　杓子定規《しゃくしじょうぎ》に……ええと、『特異』ナントカじゃない『一般ナンタラ』に分類するのか？」

上級下級があるのは「国民」だけではない、あらゆる局面でおれたちは分類されてしまうのか、と鋼太郎は内心腹が立ってならない。

「いや……瑞穂さんは『一般行方不明者』ではないと思います。状況は良いとは言えず、瑞穂さんの身に危険が迫っている可能性も高いと思います。しかし……」

錦戸は立ち上がって会議室をウロウロした。

「手掛かりがまったく無いわけではありません。たとえば瑞穂さんが自分のことをあれこれ相手に言ってしまった？　じゃあ、相手の側は？　瑞穂さんになんにも言ってない？　そんな筈《はず》はありません。オンラインゲームの参加者全員が、お互いに連絡先を交換したと瑞穂さんは言ってましたよね？　まずはその、相手の連絡先をゲットしましょう！」

全員が立ち上がった。

今から、立花家に、瑞穂の部屋に行くのだ！

瑞穂の家は、墨井署からそう遠くない商業地区にあった。といっても、この界隈《かいわい》は、商店街から一本裏に入ると住宅街だし、商店街自体が寂《さび》れてしまって多くが閉店し、改築の際に普通の民家になってしまった「元商店」も多い。

瑞穂の家は、以前は八百屋を営んでいたが、やがて日用品も扱うようになり、コンビニに模様替えしたが二十四時間勤務を支えるバイトが集まらず、瑞穂の両親が店に立ち続けたが、無理が祟《たた》って病気になって店を閉じてしまった。その後は両親が勤めに出ている。家の正面はコンビニの跡がそのままでシャッターが降りている。裏口が事実上の玄関だ。

「ごめんください……」

裏口は台所に直結している。

キッチンテーブルには青い顔をした瑞穂の母親が、憔悴《しょうすい》した面持《おもも》ちで座り込んでいた。

「瑞穂のお母さん」

純子が声をかけると、母親は「ああ」と裏口にやってきた一同に目を向けた。

「警察の人を連れてきたから」

錦戸が進み出て、簡単に自己紹介をして、早速用件を切り出した。

「こちらの純子さんほか、皆さんから話を聞きました。この件は、もう少し事実を調べないと警察は動けないんです。瑞穂さんの部屋を見せて貰ってもいいでしょうか？」

あ、どうぞ、と母親は立ち上がって二階に案内した。

「主人にはまだ話していませんが……私、凄く心配になってきて」

狭くて急な階段をギシギシと音を立てて昇ると、六畳間があった。そこが瑞穂の部屋だった。

「あんまり女の子らしくないなあ」

つい、鋼太郎が言ってしまうと、純子とかおりに睨まれた。

「センセが思う女の子の部屋って、どーゆーの？　カーテンがピンクで壁にはジャニーズとかのポスターが貼ってあって、ベッドにはぬいぐるみがどっさり、クローゼットには可愛いお洋服がぎっしり、とかそんな感じでしょう！」

純子が言う。

「え？　違うの？」

鋼太郎は驚いている。

「まあまあ、まずは彼女のパソコンを見ましょう」

錦戸は、机の上にあるパソコンを見た。

二十八インチのディスプレイ、そして箱形の巨大なデスクトップ・パソコンが鎮座《ちんざ》している。キーボードの脇にはオニギリのようなマウスがあり、弓形のゲームコントローラーとヘッドフォンもある。

「お母さん、パソコンの中を見てもいいですか?」

そう訊いた錦戸に母親は「分解するんですか?」と聞き返したが、警部殿はイエイエ、そういう意味ではなく、と言いながらパソコンを起動させた。

「ロックがかかってますね。パスワードがないと開かない……」

「誕生日とか?」

かおりがそう言うので、瑞穂の誕生日を入れてみたが弾かれた。あれこれ思いつく限りの文字列を入れてみたが、まったく歯が立たない。

「さすが瑞穂さんですね。凄く高度なパスワード生成ソフトで作った、解析不能《かいせきふのう》なパスワードを使っているのに違いありません」

その時、「ごめんください」という小牧ちゃんの声が聞こえた。母親が応対に出て一緒に部屋に入ってきたが、パスワードが判らず困っている状況をひと目見て理解したようだ。

「あの、瑞穂ちゃんのケータイ番号を入れてみました?」

「そんな単純なものを瑞穂さんがパスワードにするはずが……あ、通った!」

疑わしそうに言いつつ錦戸が入力した数字がパスワードだった。

「ま、そんなもんでしょ。気にしないで次、行きましょう」

ここからは小牧ちゃんが主導した。

「整骨院は『臨時休業』にしてきました。特に今日の予約もなかったし」

小牧ちゃんはサラッと言い、「瑞穂ちゃんの方が大事でしょ?」と付け加えた。

錦戸は各種メッセージ機能やＬＩＮＥをチェックしている。

「なるほど……判ってきましたよ。テキも証拠を残さないように、瑞穂さんのスマホの電源を落とさせたようですね。昨夜二十一時過ぎからまったくやり取りがないです」

錦戸はメモ帳やＬＩＮＥの過去ログそのほかを素速くチェックして、「テキ」の個人情報をピックアップした。

「リューは、埼玉県本庄市に住んでいるようです。電話番号から詳しい住所は、本庄市南一丁目……と割り出せました。アカウントから、さらに詳しい情報を引き出せるでしょう。リューの特定は時間の問題です」

「だったら、リューが持っている車も特定出来て、ナンバーを指名手配、じゃなくって、緊急手配すれば、すぐ捕まりますよね?」

小牧ちゃんはそう言って、「これでもう大丈夫」と安堵《あんど》の表情を見せた。

「いえいえ、そう楽観は出来ません。さっきの溝口一係長の口ぶりでは、そうそう簡単に瑞穂さんを『特異行方不明者』に指定はしないでしょう。お母さんが『行方不明者届』を出して警察が受理しても、です」

溝口は明らかに女子高生に偏見《へんけん》を持っている、と錦戸は言った。

「じゃあどうするんですか！」

小牧ちゃんが詰め寄った。

「私が、なんとかします」

錦戸はスマホを取り上げると、どこかに電話を入れた。

「錦戸です。誘拐ではないかと思われる事案が発生したんですが、手配するに充分な要件には……いささか欠けている現状です……ええ、しかし、行方不明者が危害を加えられる可能性はあると考えます。え？　やっぱりダメ？　はい……判りました」

錦戸の口調が尻すぼみになる。明らかに意気消沈《いきしょうちん》した様子だ。さながらテレビのロケ番組でいきなり取材交渉を命じられ、あっさり撃沈するタレントそのままだ。だがそこは無駄にポジティブな錦戸、すぐに立ち直った。

「なんとかなります」

「ええ？　なんとかなるようには全然聞こえなかったんですけど？」

「そうだよ警部殿、もっとしっかりしてくれよ！」

鋼太郎や小牧ちゃんたち全員に錦戸は責められた。

「はい。警察としては、誘拐であるという確《かく》たる証拠が揃わないと動けない、とは言われました。しかし、それで手をこまねいていて、手遅れになってしまうことも恐れています。なので……我々がNシステムを利用することは許可されました」

「Nシステムって何それ？」

　純子が訊いた。

「道路を走っている自動車のナンバープレートを自動的に読み取って、手配車両のナンバーと照合するシステムです。道路上にある防犯カメラみたいなものです。場所と時間を指定して調べると、探している車両がそのポイントを通過したかどうかも確認出来ます。それを繋げていくことで、車を追跡できるのです」

「そいつは凄い！」

　鋼太郎は目を輝かせた。

「警察なら、リューの車のナンバーはすぐ判るはずだし、もう事件解決も同然じゃないか！」

「そう簡単ではないと思います。瑞穂さんのお母さん、一緒に警察に行って、行方不明届を出しましょう。私はリューの身元などを、警察の特権を駆使して徹底的に洗いますので」

一行はまた墨井署に戻った。

鋼太郎たちは瑞穂の母が行方不明届を出すのを手伝い、錦戸は刑事課に消えた。

届を出し終えて、一同がロビーのベンチでしばらく待っていると……錦戸が意気揚々《いきようよう》と戻ってきた。

「いろいろ特定出来ました」

そう言って一同をロビーの隅にある「相談コーナー」に案内した。衝立《ついたて》で仕切られて密談が出来る場所だ。

「リューは本名・大原《おおはら》竜平、二十七歳。妻は大原美桜、二十八歳。現住所、埼玉県本庄市南一丁目……竜平は現在無職で、妻・美桜がスーパーのパートで夫を養っている状態。所持する車両は、トヨタカローラアクシオの二〇一九年ハイブリッド車の『HYBRID EX』。形状は4ドアセダン。色はアバンギャルドブロンズメタリック。ナンバーは熊谷《くまがや》……」

「アバンギャルドブロンズメタリックって、どんな色？」

かおりに訊かれても、一同は首を傾げるしかない。

「渋い、大人っぽい雰囲気。シルバーメタリックにブロンズ色がプラスされたような色味、とのことです」

錦戸はスマホで検索した結果を口にした。

「それのどこがアバンギャルドなんだ？」

鋼太郎の疑問は全員にスルーされた。

錦戸は、同タイプの、トヨタカローラアクシオの写真を小さなテーブルに置いた。

「警視庁と埼玉県警に、このナンバーの照会をかけています。動きがあったらリアルタイムで伝わるようにお願いしました」

「おおお」

刑事ドラマの登場人物になったかのような、緊張と興奮と高揚感に一同は包まれた。

「で、今、ヤツはどこにいるんです？」

意気込んで前のめりになった鋼太郎が訊いた。

「調べています。膨大《ぼうだい》なデータなのですぐには……」

弁解するように答えた錦戸に、小牧ちゃんが訊いた。

「犯人夫婦のスマホを調べれば、現在の位置が判るはずでは？」

そうでしたねと応じた錦戸は即、照会をかけたが、悪い返事が返ってきた。

「どうも連中はスマホの位置情報を割り出されたくないようで、両者とも電源を切っているらしく、位置情報が摑めません」

「瑞穂のスマホはどうなんですか？」

かおりが訊いた。

錦戸はキビキビと言って、受付の電話からどこかに指示を出して、戻ってきた。

「手配します！」

「立花瑞穂さんのスマホの番号から、発信地の特定をしています。結果は私のスマホに」

と言っていると、早速錦戸のスマホが鳴った。

錦戸は通話内容を手近なメモ用紙に走り書きして、通話を終えた。

「瑞穂さんのスマホからの電波は墨井区業平の、自宅近くで途切れています。現在、位置情報の電波は発信されていないようです」

そういうと、錦戸は立ち上がった。他のみんなも立ち上がった。

一同は墨井署からそう遠くない、瑞穂の自宅に向かった。

「この辺で途切れているということは、自宅付近で瑞穂さんは拉致《らち》されたって事でしょう」

錦戸はそう言いつつ、鋼太郎の目からはテレビドラマの刑事が現場検証で見せるような態度で、周囲を観察している。

「おそらく、この辺に瑞穂さんのスマートフォンが落ちているのではないかと思われます。電源を切っている可能性もありますが……今、やれることはやります。みんなで探してみましょう」

「こういうの、鑑識を呼んだ方がよくないのでしょうか？」

小牧ちゃんが当然の疑問を発した。

「いい質問です。本来ならその通りです。でも今は、先を急ぐべきです！」

錦戸は非常手段だと言いながら、探した。

住宅街を貫く生活道路。探す場所は限られている。雨などを下水に流す側溝《そっこう》、家の塀《へい》と道路の間に生《お》い茂る雑草の中、家と家との間の、猫しか通れないくらいの狭い路地……。

側溝のコンクリート蓋《ふた》を取って中をドブさらいするしかないのか、と鋼太郎が思った時、

「あった！」と純子が叫んだ。

「これこれ！　瑞穂のスマホ！」

猫がやっと通れるくらいの家と家の隙間《すきま》に、蹴り込んだか投げ込んだような形でスマホがあった。それを近くにあった木の棒で掻《か》き出して取り出すと、メガネがついてきた。

「このメガネ……瑞穂のだよ！」

かおりが叫んだ。

「電源、入ってないです！」

純子がサイドのボタンを押して電源を入れようとしたのを錦戸が止めた。

「電源を入れるとショートして中の回路を壊してしまうかもしれません。そのままにして」

そう言って、純子から受け取った瑞穂のスマホを裏表、じっくりと観察した。

「車で轢《ひ》かれてますね。どこかに叩きつけられてもいる。液晶が割れて、周囲も凹《へこ》んでいますが……」

錦戸は、割れて凹んで傷だらけのスマホをハンカチに包み、メガネも検分した。

こちらはなにかの拍子《ひょうし》で瑞穂の顔から外れて飛んだのだろう。特に傷んではいない。

彼はメガネを小牧ちゃんから借りたハンカチで包み、重要な証拠二つを、自分のポケットに入れた。

「これを鑑識に渡して指紋やタイヤ痕《こん》など、証拠になるものを調べて貰いましょう」

そう言った錦戸は墨井署に電話を入れた。二言三言《ふたこと みこと》話すと「ほう！」と声を上げて、送話部分を押さえてみんなに言った。

「例の夫婦の車を捕捉しました！　現在、本庄市付近です。我々も向かいましょう！」

墨井署で瑞穂のスマホを鑑識に渡してから、自宅で待つという母親を残し、純子とかおり、小牧ちゃんと鋼太郎、そして錦戸の全員が墨井署の捜査車両に乗り込み、一路、本庄に向かった。

「狭い！」

鋼太郎が文句を言った。錦戸がハンドルを握り、助手席には純子、後部シートには小牧ちゃんとかおりに挟まれて鋼太郎。五人乗りのセダンだが、真ん中に座ると窮屈《きゅうくつ》だ。

「これはまるで護送される犯人のポジションじゃないか。両側を婦人警官に挟まされて」

「今は婦人警官とは言いませんよ。一九九九年から女性警察官という名称に換わりました」

どうでもいいことをいちいち訂正《ていせい》する錦戸。

「相変わらず細かいね、警部殿は。しかし犯人はどうして本庄付近に居るんだろう？　瑞穂ちゃんを拉致したのは昨夜だよな？　それから十二時間は経っているというのに……」

「ズバリ私の推測を言います。犯人は、瑞穂さんを殺す決心がつかず……躊躇《ちゅうちょ》し続けているままに、行くあてもなく移動しているのでは？」

錦戸のそのひと言で、賑《にぎ》やかなドライブ気分は完全に消えて、車内は恐怖に支配された。

「え？　じゃあ、リューの夫婦は、瑞穂を殺そうとしてる？」

かおりが、震える声で訊いた。

「その可能性を排除《はいじょ》できません。夜中に問答無用《もんどうむよう》に攫《さら》っていく、しかもスマホを奪って破壊までして。これは尋常じゃないでしょう？　話し合いたいというなら、しかるべき時間にしかるべき会い方というものがあるはずです。おかしなことにならないように第三者を立会人に置くとか、そういう慎重さも必要でしょう。なのに……」

すべてを言わない錦戸の話し方が、余計に恐怖を誘う。

「もしくは、殺そうと決意はしているが、そのための場所を探しあぐねて、迷走しているのでは……」

「人目につかない、理想的な場所を探してるって？……殺すための」

助手席の純子が錦戸を睨みつけた。

「誤解しないでください。私がそう思っているのではなく、彼らならどうするのかという、あくまで推測ですからね！」

「そうか……瑞穂ちゃんを殺すつもりで拉致監禁《かんきん》、一晩中、最適な場所を求めて走っていた、というのは判らないことではないわよね」

小牧ちゃんが割って入った。

「どうせならそのあと、隠すのも同じ場所にしたい、と思っているかも。そうなると……人里離れた山の方で……」

死体を埋めようとするのではないか、と小牧ちゃんが言いたいことを全員が理解した。

「そうですね。そのような場合、人間は過去の経験に引き摺《ず》られます。以前に行ったことがあって、ある程度の土地勘がある場所。見ず知らずのところに行くより安心でしょう。今、彼らは、過去に行った事がある場所から、最適な場所を思い出そうとしてるんだと思いますよ」

「それはどこだ！　能書きはいいからズバリ言え！」

後部シートで鋼太郎が吠えた。

「イヤそれは……判りませんよ、そんなことまで」

「Nシステムだ！　Nシステムに、リューの車の過去の走行記録が残ってる筈《はず》だ。そこから割り出せないにしても、参考にはなるんじゃないか？」

「それはいい考えです。ところで、誰か、運転を代わって貰えませんか？　私は墨井署や本庁に連絡したいことがあるのですが、ながら運転をしてはいけないので」

「私が代わろう」

鋼太郎が名乗り出た。

「免許は取り立てだけどね」

車はすでに首都高向島線《しゅとこうむこうじません》に乗っていたが、急遽《きゅうきょ》、非常駐車帯に止めて運転を交代した。助手席には錦戸が座り、純子は後部シートにコンバートされて、全面的な席替えになった。

野球の守備位置が玉突きで全取り替えみたいだな、と鋼太郎は思ったが、口にはしない。その代わりに指をポキポキ鳴らしてハンドルを握り、やる気をアピールした。

「さあ。頑張ってぶっ飛ばすぞ！」

「くれぐれも交通法規に従って、お願いしますよ」

本来なら若葉マークのドライバーにクギを刺す錦戸に、鋼太郎は不満を述べた。

「こういう場合、パトランプを回転させてサイレン鳴らしてもいいんじゃないか？　緊急事態だろ？」

「このまま順調に行けば、一時間ちょいで本庄に着きます。緊急走行でも、まさか三十分で着いたりはしないでしょう。それに特別に、例外的に、超法規的《ちょうほうきてき》に榊さんに運転して貰うのですから、余計にサイレンなんか鳴らせません」

「まあいいや。捕まらない範囲で頑張りますよ」

鋼太郎は後方をきちんと確認してから、アクセルを思い切り踏んだ。

＊

美桜はとにかく、気持ちが収まらない。

夫が「東京の女子高生」の通っている学校、名前や住所まで知っているのは、夫に気がある女子高生が、自分でベラベラ喋《しゃべ》ったからに違いない。

夫は、自分には妻がいると彼女に伝えたと言った。にもかかわらず、夫に接近してきた女子高生はどうかしている。図々しいにもほどがある。どうせ東京の女子高生なんだから、とんでもないビッチに決まっている、と美桜はイライラがとまらない。

とにかく知らん顔は出来ない。とても黙ってなんかいられない。東京の女子高生に一言言ってやらなきゃ、気が収まらない！

「これから東京に行くよ！　いいよね？」

夫の竜平に宣言すると、夫は青くなった。

「困るよ。彼女とはコミケで会っただけで、あとはネットでゲームしてるだけなんだよ。誤解だよ。電話でガンガン言うのだってやりすぎなのに、会ってどうするの……」

「どうするのって……怒鳴りつけてやるんだよ！　こっちはそのミズホとかいう女子高生に言ってやりたいことが山ほどあるんだからね！　電話しても全然出やがらないし、メッセージを送っても既読《きどく》スルー。会って話をつけるしかないでしょうが！」

美桜は、「ちょっとアンタ。このクソビッチ！　これが最後だからね。これを無視したら女子高生の分際《ぶんざい》で不倫してるって、お前の親と学校とネットにバラしてやる！　会って話をしないと承知しないよ！」と留守電とメッセージを送った。

さすがにこれには反応があった。

「不倫とか、ナニ言ってるんですか？　勝手に噴き上がって変な想像するの、止《や》めて貰っていいですか？」

「は？　お前怖いの？　やましいからだろ？　今からそっちに行くから。やましくないんだったら出てこれるよね？」

それでもブツブツナニか言っていたので、美桜はもう一度怒鳴った。

「出て来なかったらマジで、あんたの不倫とパパ活、学校と親にバラすよ？　顔写真と名前と住所をネットにばら撒《ま》くよ！　こっちはあんたの個人情報握ってるんだからね！」

相手の女子高生はやっと「会う」と言った。

本庄から爆走すること一時間四〇分。夫を叱咤《しった》して猛スピードで走らせた。

東京と言ってもシケた町の片隅で、その女子高生・立花瑞穂は待っていた。

なんだ、と拍子抜けした。東京の女子高生というから、テレビに出て来るアイドルみたいな可愛い娘をイメージしていのに、意外にも地味でメガネの、痩《や》せて貧相《ひんそう》な女の子だ。

ただ若いだけ。こんな娘の、どこがいいのだ？

美桜は思わず夫を見たが、夫は黙って無表情。何を考えているのか全く判らない。

「乗んなさい！」

美桜は彼女を車に押し込むように乗せた。隣に座ると、瑞穂の顔にメガネがなかった。

「さっき無理に私を乗せようとした時、飛んじゃったんです！」

メガネがない瑞穂は、案外可愛い。

それが美桜の嫉妬心を新たに刺激したので、美桜はネチネチと夫との関係を問い質《ただ》した。

だが東京の女子高生は強情《ごうじょう》だった。美桜がどれだけ大声を出しても全然白状しないし、謝りもしない。

「おい、美桜。手は出すなよ！　訴えられたらこっちが悪くなるんだから」

ハンドルを握った夫がそう言ったら、女子高生は「私を無理やり車に乗せた時点で、もうそっちが悪いでしょ！」と言いやがった。

「どこかでゆっくり話しませんか？」

とも言いやがった。なんでこいつは、こんなに余裕《よゆう》をぶっこいていられるのだ？

「お前に提案する権利はない！」

美桜はつい、そう怒鳴ってしまった。

「だけど美桜タン。どこかファミレスにでも入って、ゆっくり落ち着いて話す方がよくね？」

夫が運転しながら言った。車は東京の下町界隈をゆるゆる回っているだけだ。

「この辺だと、ドニーズとかロイヤルフェスタとかありますよ」

「うるせえ!」

この界隈のことを教えようとする瑞穂に、美桜はまたも怒鳴ってしまった。

この辺に居る限り、あたしはアウェーだ、と思った。本庄とかあの方面の、私が知っている地元まで戻らないと。こういう事はホームでやらないと不利だ。女子高生が訊く。

「どこまで行くんですか? 話をするんですよね?」

「そうだよ。話し合うんだよ」

そう言ったものの、美桜は気持ち的に押されていた。こんな、肩を突いただけで倒れてしまいそうな、痩せっぽちで頭でっかちのガキに負けるなんて。だけど、テキは夫にパソコンの手ほどきまでする、油断がならないガキだ。

口では勝てそうもない。しかし、このまま放免《ほうめん》してやるのも悔しい……。

この地味で貧相な女のどこかに、夫を狂わせる魔性が潜《ひそ》んでいるのだ。

それを思うと、全身がかあっと熱くなるような怒りに駆られた。

コロシテヤル。

そんなどす黒い気持ちが心に湧《わ》いた。

が……。

そんな美桜の心を見透《みす》かしたように、やたらにパトカーが増えてきた気がする。もしかして、「女子高生誘拐犯」として通報されてしまったんじゃないのか？

気になり出すと、関東中のパトカーがこの車を追跡しているように思えてきた。

「どこかで止めて！　この娘をシートに座らせておくと、うちら捕まるから！」

車はまだ足立区の、日光街道《にっこうかいどう》を北に向かって走っているところだ。

「ファミレスとかコンビニだと目立つから……竜平、裏通りに回って！」

一つ裏に入った通りには、深夜で人通りがないビルの前が、駐車スペースになっていた。

美桜は、首から下げていた可愛いポーチから大型のカッターナイフを取り出した。カチカチと言わせて刃を出す。

「大人しくしな。ちょっとでも逆らったら、顔を切るからね」

「そんなことしたら車の中が血だらけになるけど？」

瑞穂は気丈《きじょう》にも言い返した。

「いいんだよそんなことは！　お前が心配する事じゃないだろ！」

車は止まり、瑞穂は脅されて車を降りたが、逃げないように竜平がその腕を摑んだ。

美桜はトランクを開け、「入れ！」と瑞穂に命じた。

「ここに？」

「そうだよ！　言うことを聞け！」

ノミの夫婦、いや鬼夫婦は、瑞穂をトランクに押し込めると、ばん！　と蓋を閉めた。

＊

排気ガスやガソリンの臭《にお》いで死んでしまうか、と瑞穂は思ったが……そうでもない。

ただ、真っ暗でシートがない分、車の振動がダイレクトに伝わってくる。

最悪、自暴自棄《じぼうじき》になったあの二人が、車ごとトラックに特攻するか、さもなくば高速を逆走、対向車と正面衝突して火だるまになるか……。トランクに人を閉じ込めた車、追突されがち、という文章をなにかで読んだ記憶までが蘇《よみがえ》り、瑞穂は戦慄《せんりつ》した。

そのどれをやられても、死んでしまう。

冷静になれ、と瑞穂は自分に言い聞かせた。

リューは気が小さいから一人では何も出来ない。だが、あのデブの鬼女は違う。しかも私が夫の不倫の相手だと完全に誤解している。リューはあの女が怖くて嘘をついたのか？

完全に、私の方から彼に言い寄って不倫していると思い込んでいる。

だけど……どうして私が、あんなチンケな男を好きにならなきゃいけないの？　オンラインゲームを通して知り合って、話は合った。やり取りしていて、それなりに楽しかったのは事実。しかし、それだけだ。

あの女は、自分の夫が、この世の女全員から狙われていると思い込んでいる。完全にイッちゃってる。あたおかだ、と瑞穂は思った。

ネットで、ただの知り合いと夫がやり取りをしていただけで激怒する妻は、よほど自分に自信がないのだろう。リューはどこからどう見てもブラピじゃないし菅田将暉《すだまさき》でもない。ただの田舎のお兄さん、いやおっさんに過ぎないのに。

瑞穂は、コミケという「現実世界」で、こんな男と一緒にゲームをしたことを心底、後悔していた。そして携帯番号と、ＬＩＮＥのアカウントを教えてしまった事も後悔した。

あの時リューは、「名前は？　どこに住んでるの？」とナンパみたいに迫ってきたのだ。まあたぶん、あれがナンパだったのだろうけど。

さすがに住所は教えなかったが、きっと後を尾《つ》けられたのに違いない。

あの鬼女が電話で怒鳴り込んできたときに、いっそスマホの番号を変えてしまえばよかった。ゲームもやめるか、今のアカウントは消してしまえばよかった。ＬＩＮＥも別アカウントにすればよかったのだ。そうすれば、こんな、正気とは思えない脅迫を受け、トランクに押し込められることもなかったのに……。

けれども顔と名前をネットでばら撒かれたら、もう明日から外に出られない。不倫なんてウソですデマですといくら瑞穂が言い張っても、いったん広まった嘘は定着してしまう。

だから、一度会って、ハッキリさせようと思ったのに……。

昨夜、純子やかおりたちと別れたあと、鬼女からまたしても煽《あお》りと罵倒《ばとう》の電話が入った。うっかりそれに出てしまったのもいけなかった。

「は？　お前怖いの？　やましいからだろ？　今からそっちに行くから。やましくないんだったら出てこれるよね？」

ダミ声を聞いた瞬間、どちらかといえば冷静な瑞穂だが、カッと頭に血が上った。あまりにムカつくので、どうしても会って、直接ガツンと言ってやらなければ気が済まなくなってしまった。だが、会うと言えば絶対に止められる、いや現に全員に止められた。なので、みんなには黙ってちょっと行ってこよう、とつい思ってしまったのだ。

瑞穂がクスノキと自宅の間にある小さな公園の前で待っていると、灰色がかった色の、熊谷《くまがや》ナンバーの車がやって来た。

運転席から降りてきたのがリューだったので、これが「迎えの車」だと判った。

そして助手席からは、声がデカくて下品で、いかにも頭の悪そうな最悪デブ女が現れた。

リューはどうしてこんな女と結婚したんだろう？　と瑞穂は一瞬呆れたが……いやいや、やっぱりこの二人はお似合いだと思い直した。デブと痩せのノミの夫婦というヤツ。リューの優しい、と一時は思えた性格も、今はこの鬼女の尻に敷かれている情けなさとしか見えない。妻の凶暴《きょうぼう》さを野放《のばな》しにしているのは、この男の卑怯《ひきょう》な保身のゆえだ。ある意味、妻以上にたちが悪い。

「おい、このくそビッチ！　ケータイかスマホを出しな！」

鬼女がまるでカツアゲみたいな口調で言うので、瑞穂は仕方なくスマホを差し出した。夫の連絡先を消すのだろうと思ったら、なんということか、クソ女はスマホを道路に叩きつけ、「これを轢いちゃいな！」とリューに命じるではないか。

「ちょっと……やめてください！」

だが懇願《こんがん》も空しく、車のタイヤで瑞穂の大事なスマホがバキバキと音を立てて轢かれて、液晶が砕け散った。

滅茶苦茶になったスマホをクソ鬼女は拾い上げ、近くの知らない家に投げ入れた。

これで、助けを呼べなくなってしまった。

あまりのことに瑞穂はショックを受け、固まった。気がついたら車のリアシートに押し込まれ、横にはデブのブサイクな女がドンと座った。

「出して！」

と夫に命じてからは、鬼女のイヤミと罵倒が延々と続いた。ひたすら大音量で、瑞穂を罵《ののし》り続ける。リューは、と言えば、一言も口を挟まない。妻が怖いのだ。申し訳なさそうな顔をしたまま、黙って運転している。

車は墨井区内をぐるぐる回っていたが、やがて鬼女が「本庄に帰ろう」と言ったので、北に向かうことになった。

鬼夫婦は、ハッキリした目的地を設定していないようだった。

何を考えているのか判らないが、自分を誘拐するにしても、あまりに行き当たりばったりで、ズサン過ぎる犯行ではないのか？　と瑞穂は思った。

ナニも考えずに、とにかく東京まで来てしまったのか？

事故があったのか、それとも何か事件が起きたのか、真夜中だというのにパトカーがやたらに多い。サイレンを鳴らして飛ぶように走っていく。

もしかして、パトカーは自分を捜している？　それならこの車にさっさと停車を命じればよさそうなものだ。しかしパトカーは通過していくだけなので、瑞穂は失望した。

だが鬼女は危険を察知したようだ。

「どこかで止めて！　この娘をシートに座らせておくと、バレちゃう！」

車は幹線道路から裏道に回った。瑞穂はカッターナイフで脅されるまま車を降り、トランクに入るよう命じられ、トランクリッドを閉められてしまった。

それが何時だったかよく判らないが、それからかなり時間が経った今も、まだ夜は明けていないようだ。

あれから何時間走り続けているのだろう？　ずっと走っているのだから、今はもう青森《あおもり》ぐらいまで来てたりするんじゃないのだろうか、と瑞穂は不安になった。

母親に心配させないように、「ちょっと行ってくる」的に軽く言ってしまったことを、彼女はとても後悔していた。まさか、こんなことに巻き込まれているとは露知《つゆし》らぬ母親は全然心配などしていないかもしれない。純子やかおりはどうだろう？　小牧さんや整骨院のセンセ、それに錦戸警部は？

あれこれ考えているうちに、瑞穂は、恐ろしい可能性に思い当たってしまった。

鬼夫婦が走り続けているのは、私を殺すのに適当な場所を探しているからではないか？　殺すだけならどこでもいいかもしれない。しかし死体を運んで隠すのは大変だ。

誰にも知られずに殺人が出来て、死体を処理出来るところ……。

瑞穂は読書好きで内外のミステリーを結構読んでいるが、実際にそういう事態が自分の身に降りかかってくるとなると、冷静ではいられなくなってきた。

しかも、トランクは狭い。

閉所恐怖症《へいしょきょうふしょう》になってしまいそうだ。ああいう「恐怖症」は突然出るらしい。今、こんな状態で閉所恐怖症になったら、発狂してしまいそうだ。

瑞穂は以前、頭部MRIを撮ったことがあった。顔全部を覆うカバーをつけられて、四十分我慢しろと言われた。その四十分という時間が途方もないものに思えて、思わず非常ボタンを押して、顔カバーを外して貰ったのだ。

もしかして自分は、閉所恐怖症なのか……？

いやいや、そんなことは考えないようにしなければ……考えないようにしなければ！

しかし彼女の呼吸はだんだん乱れてきた。心臓もドクドク言い始めた。

このままだと暴れ出しそうだが、トランクの中では暴れるのもままならない。

トランクは開かないのか？

瑞穂は足で頭上のフタを蹴ってみたが、ビクともしない。そりゃそうだ。足で蹴ったくらいで開いてしまったら危なくて仕方がない。

冷静になれ……冷静になれ……。

何かで、トランクの中からトランクを開ける方法、という記事を読んだ記憶があった。

アメ車の場合、中から開ける専用のハンドルがついているらしいが、この車は日本車だ。

トヨタのエンブレムがついていた気がする。

開けるやり方は……どうするんだっけ。

たしか、運転席のハンドルのそばにトランクを開けるレバーがあったはずだ。そのレバーからワイヤーが伸びていて、トランクのロックを解除するのでは……と思い出した。瑞穂は手探りでワイヤーを探したが、焦っているし暗いし、身動きも取りにくいので、手の感触だけでは見つけられない。

もしくは、トランクをロックしているラッチをこじ開ける？　それにはドライバーのような、硬《かた》くて細い金属の棒が必要だ。トランクの中には工具セットがあるはずだと思ったが、それも見つからない。

その時。金属の柱のようなものが足に触れた。これは……たぶん、タイヤ交換をするときに車体を持ち上げるジャッキだ。

これなら……。ぐんぐんジャッキを伸ばして、その力でトランクを押し上げればいい。トランクが開かなくても、トランクのフタを押し破って穴を開けられる。そこから顔を出して助けを求められるじゃないか！

無理でもダメ元でやってみるしかない。

しかし、ジャッキらしきものは足に触れるのだが、どう押しても引いても動かない。ビクとも動かない。

まず、ジャッキを床から外さなければならない。

しばらく動かそうと努力して、やっと判った。ジャッキはただ置いてあるのではない。運転中に転がらないように、トランクの床に固定されているのだ。ジャッキはある程度伸ばしてあって、上はトランクのフタに、下は床にぴったりと接触させてある。

瑞穂は自動車教習を受けたことがないから、そんなことは知らなかった。

仕組みが判ったので、ジャッキを緩《ゆる》めて動かすことにする。

狭くて揺れるトランク内で悪戦苦闘するうち、ようやくジャッキの両端が床とフタから外れて動く感触があった。

と、その時。

車が急に減速して、停止した。

もしかして、ジャッキを動かしたことがバレたか……。

瑞穂が身構えていると、突然、トランクが開いて美桜が顔を覗《のぞ》かせた。

「ハーイ元気、くそビッチ？」

「元気なわけないでしょうが！」

「あんたを閉じ込めて、もしかして酸欠《さんけつ》になっていたらイヤだなあと思って……」

まだ夜のようだが、辺《あた》りは照明のせいか、妙に明るい。どうやらここは、高速道路のサービスエリアのようだ。

「トイレ休憩。逃げると殺すよ。逃げないと約束するなら殺さない」

トランクから出るとき、ジャッキの位置が動いてるのがバレるかと瑞穂はヒヤリとしたが、美桜はそんなことはまったく頭になかったようで、完全にスルーした。

美桜はトイレについてきて、瑞穂が用を済ますのを待つつもりのようだ。

メガネがないので、辺りの様子がよく見えない。

が……瑞穂は考えた。

このトイレ休憩が逃げる最大、そして最後のチャンスかもしれない。それは判っている。どうする？　個室に入ったところで大声を出して助けを呼ぶか？

だが当然、鬼女も同じ事を考えていたようで、自分のスマホの画面を見せて脅してきた。

そこには、撮影された覚えのない瑞穂自身の画像が映っていた。

「ほら、うちのバカ亭主が盗撮したお前の顔画像。逃げたらすぐこれを公開するからね。お前の個人情報込みで。名前も住所も、この動画も、全部」

そう言って鬼女はスマホの画面を切り換え、問い詰められた瑞穂が引き攣《つ》った顔で「知りません！」と答えている動画を再生した。

「これだけじゃない。他にもいろいろあるんだからね」

鬼嫁は、竜平が隠し撮りをしたと思《おぼ》しい、いくつもの画像を表示させた。瑞穂がゲームに熱中している動画、楽しそうに喋っている動画……。

「お前が援助交際のあばずれ女子高生だって話も、とっくにまとめサイトをつくって、画像つきで拡散《かくさん》する準備はできているんだからね！『既婚者に平気で手を出す女子高生ビッチ』ってキャプションもつけてある。ボタンひとつで一気に広まって、あんたは不倫援交のバカ女子高生としてみんなに記憶されるんだよ！」

それは困る。それだけはイヤだ。

命がけで逃げるのは、もう少し後にすることにした。命は一つしかない、とは言え、一生もののデジタルタトゥーを彫《ほ》られてしまうのもイヤだ。

それに今、従順なところを見せておけば、いずれ鬼夫婦の警戒が緩むチャンスが来るかもしれない。そのときに逃げて、警察に知らせることができれば……。

ここは慎重にやるべきだ。

瑞穂は従順《じゅうじゅん》に用を済ませ、美桜に伴われて車に戻った。おとなしくトランクの中に入ると、トランクはまたしっかりと締まった。

その途端、トランク越しに鬼女の声が聞こえた。

「バカだねあんた。逃げる最後のチャンスを逃がしたね。あんたの個人情報を大拡散する準備ができている、なんてマジで信じた？　うっそぴょ～ん！」

瑞穂が怒って怒鳴り返す間もなく、エンジンがかかり、車は再び走り出した。

瑞穂も仕方なく、ジャッキ工作を再開した。

こうなったら何としても逃げなければ……さもないと、殺される！

ジャッキをトランク最後尾の、ロックがあるであろう場所の近くに置き、手でジャッキの回転する部分を回し始めた。

最初は軽く回ったが、ジャッキの上部がトランクのフタに接してからは急に重くなった。ちょっと回すのにも時間がかかるし、力も要る。休み休み続けているうち、次第に手に力が入らなくなってきた。

理科の実験で使った万力《まんりき》と原理は同じだろうが、万力にはレバーがあって、手で回しやすい仕組みになっていた。だったら、ジャッキだって……。

暗闇の中、手探りで探すと、金属の、長い棒のようなものが指先に触れた。

これか？

瑞穂はそれを手に取り、ジャッキに取り付けようと、これまた奮闘《ふんとう》努力《どりょく》して、なんとか嵌《は》め込んだが、狭いトランクの中で回すには、金属の棒が長すぎてつかえてしまう。

それでも必死になって回していると……やがてミシミシと音がして、トランクのフタの回りに隙間が出来てきた。

外からは光が差し込んできた。いつの間にか朝になっていたのだ。昼かもしれないが。

これで、なんとかなる……。

そう思うと希望が湧いてきた。

死なないで済むかも……。

そう思った途端、ずっと張り詰めていたものが緩んで……トイレに行きたくなった。

マズい。なんとか我慢できる間に脱出しなければ……。

瑞穂は懸命《けんめい》にジャッキを回し続けた。

*

大原夫婦が乗る熊谷ナンバーのカローラは、クネクネと迷走運転を続けている。不規則なコースを夜を徹して走った。追尾《ついび》を撒こうとしているようにしか見えない。

錦戸たちの警察車両が追跡を開始した午前十時頃には、関越道《かんえつどう》を北上していた。

慎重な運転で、走行車線のみを制限速度で走っている。警察に捕まらない用心か。

「あの車に間違いありません！」

助手席の錦戸がナンバーを確認し、運転している鋼太郎に告げた。

「榊さん、追尾しているのを気づかれないようにしてください。車間を取って、間に一台くらい入れて……」

「トラックが間に入ったら見えなくなってしまう」

「その時はNシステムがあります」

「だいたい、あの夫婦はどこに向かってるんだ？　本庄に帰るなら、とっくに着いていたはずなのに……」

スピードを調整しながら鋼太郎が疑問を呈《てい》した。

「仮定ですが……決めかねてるんじゃないですかね」

曖昧《あいまい》な錦戸の言葉に、みんなが「何を？」と突っ込んだ。

「予想される犯行の場所、と言いますか。都内だと目撃の可能性が高くなります。土地勘がないのも不安でしょう。一番安心なのは、やっぱり地元。しかし、地元に近過ぎても、逆に足が付く」

「ねえ、あの車に、瑞穂が乗ってるのは見える？」

後部座席の純子が訊き、かおりと小牧ちゃんも身を乗り出した。

「榊さん。もっと近づいて貰えますかね？」

「合点《がってん》だ」

鋼太郎は車間距離を詰めて大原夫婦のカローラに接近した。

「……見えませんね。後部シートに横たわっているか、頭を低くして座っているのかもしれませんが」

「追い抜いてみたら？　追い抜きざまに中を見れるでしょ？」

「了解」

鋼太郎は追い越し車線に入ろうとしたが、途端にクラクションを盛大に鳴らされてしまった。追い越し車線が空いているかどうか、きちんと確認しなかった鋼太郎のミスだ。

「なにやってるんですかセンセ！　追っかけてるのがバレるでしょ！」

小牧ちゃんに怒られ、しかも異変を感じたのか、アバンギャルドブロンズメタリック色のカローラは加速した。明らかに、この警察車両を振り切りにかかっている。

「なんだ？　振り切ろうたってそうはいかない。こっちにはNシステムがあるんだぜ！」

鋼太郎は強がりつつ、アクセルを踏み込んだ。

この区間の制限速度は八〇キロ。既にそれを超えた一〇〇キロは出ている。

「センセ、無理しないで！　テキを追い込まないで！」

小牧ちゃんが悲鳴のように叫ぶ。事故でも起こされたら大変だ。

「追い込んでない。向こうが速度を上げたからついて行ってるだけだ！」

そこで車列全体が減速した。見ると「この先工事中　渋滞注意」と電光表示が出ており、ほどなく前がつかえ始めた。だが。

大原のカローラは、僅かな隙間を見つけて、強引な割り込みを始めた。追い越し車線に割り込んだと思ったら走行車線に戻る。無理めのジグザグ運転を繰り返して、鋼太郎たちの車両から、なんとか離れようとしている。

「榊さん、頑張って、追尾してください！」

錦戸にもハッパをかけられつつ、鋼太郎も必死に割り込みを繰り返して、周囲の車両から盛大なクラクションを浴びせられた。

「参ったな。こんなこと続けていると気が短いドライバーが激怒して嫌がらせしてくるぞ」

鋼太郎は気が気ではない。

「Nシステムがあるんだから無理してついて行かなくても」

「いいえ、Nシステムを過信してはいけません。幹線道路には検知機がついてますが、田舎の農道にはなかったりするし、畑や田んぼの真ん中には防犯カメラもないので、足取りが摑めなくなります」

高速を下りられたらお終いだ、と錦戸は言った。

「だから、出来るだけ追尾してください。責任は私が取ります！」

「責任を取るって、どう取るの？」

「気短なドライバーが怒ったら窓を開けて私が謝ります。あんまり無理筋な事を言われたら、警察証を見せて黙らせます」

話しているうちに工事箇所を通過した。流れはよくなってスピードも出るようになり、渋滞は解消された。カローラの車内を確認するチャンスだ。

「では……追い越しますか？」

鋼太郎がアクセルを踏むと、追い越されまいとしてか、前を走る大原竜平のカローラもスピードを上げ、追い越し車線に移った。

鋼太郎も加速し、カローラに続いて追い越し車線に移った。

一三〇キロは出ている。だが大原のカローラも追い越し車線にいるので、追い抜けない。走行車線から追い越すという手もあるが、それをやると完全にこちらの存在をアピールすることになってしまう……。

どうしようかと鋼太郎が判断しかねていると……カローラのトランクに、妙な形の歪《ゆが》みが入りはじめた。

「あれ？　カローラのうしろ、見えますか？　なんか妙ですよ」

錦戸が叫び、一同がカローラのトランクを注視していると……。

パッカーン！　という感じで突如、トランクが開いた。中から現れたのは……。

まるで桃から生まれた桃太郎、という感じで、瑞穂がすっくと立っているではないか！

しかし、猛スピードで走っている車のトランクだと言うことをすぐ思い出したのだろう、瑞穂は慌ててしゃがみ、トランクの縁《ふち》にしがみついた。

「瑞穂だ！　生きてる！」

しかしカローラは一三〇キロの猛スピードで爆走している。それを追尾するこちらの車も同じだ。

「瑞穂、しっかり掴まれ！　飛ばされる！」

風圧で後ろに飛ばされれば、この車が轢いてしまうし、他の車も急には止まれないだろう。落ちたら確実に助からない。

だがアクション映画の見すぎか、瑞穂は高速をぶっ飛ばしている車から飛び降りようとしている。トランクの縁に足を掛けているが……さすがにスピードが速すぎるので躊躇している。

その時、カローラが右に急ハンドルを切った。カローラの左側から風圧に煽られ、段ボールがすっ飛んできた。道路上に落ちていた障害物をカローラが避《よ》けたのだ。

「危ない!」

トランクの中で半ば立ち上がっていた瑞穂の姿勢が崩れた。急減速で前のめりになった瑞穂は転落寸前だ。だが必死にトランクの縁に摑まり、かろうじて持ちこたえた。

車を猛スピードで蛇行《だこう》させれば瑞穂を振り落とせる。振り落としてその隙に逃げようと鬼夫婦が短絡的《たんらくてき》に考えたのかどうかは判らないが、カローラはスピードを落とすことなく蛇行運転を始めた。

瑞穂はもはや飛び降りるどころではなく、振り落とされないよう、必死でトランクの縁にしがみついている。

「早く止めさせないと!」

鋼太郎は焦った。錦戸も、後部シートの女性三人も同じ気持ちだ。

しかし、その間にも、二台の車は制限速度をはるかに超える暴走を続けている。

「こうなったら奥の手を使うべきでは?」

鋼太郎が錦戸に提案した。

「いや、警部殿、誤解しないでください。パトランプとサイレンを使うって意味です。間違っても拳銃でカローラのタイヤを撃ち抜く、なんて真似《まね》はしちゃダメですよ」

「出来ません。拳銃は持ってきてないし、そこまで射撃の腕はよくないし」

錦戸はそう言いながらグラブコンパートメントにしまってあったパトランプを窓を通して屋根に置き、スイッチを入れた。

ウ〜ウ〜ウ〜という、昔ながらのサイレンが鳴り響く。いやがうえにも緊迫感が盛り上がり、ダメ押しでパトランプが回転を開始した。

「前の車、止まりなさい！　こちらは警視庁！」

錦戸は助手席からハンドマイクで怒鳴った。その勇姿《ゆうし》は往年《おうねん》のアクション刑事ドラマの渡哲也のようだ。

だがカローラは、いっそう加速した。急加速で、瑞穂は後ろに転《ころ》げ落ちそうになった。

だが今回も持ちこたえた。

パトランプとサイレンのおかげで他の車はあっという間にいなくなり、カローラと警察車両だけが走っている状態になった。

「ディック・トレーシーだ！」

鋼太郎が謎の固有名詞を叫んだが、全員に無視された。

「誘拐された被害者が確認されたんだから、応援のパトカーを呼ぶべきでは？」

「呼びます」

助手席の錦戸は警察無線を使って応援を要請した。

ここでようやく観念したのか、カローラの速度が落ちてきた。

「前に回り込みましょう……いや、走行車線を使うのはルール違反ですね」

錦戸はハンドマイクで「走行車線に移って、次のパーキングエリアに入りなさい！」と命令し、カローラはそれに従って減速した。

パーキングに入ったところで、鋼太郎はカローラの前に回り込んで停車させた。

車から降りた錦戸は、カローラの窓をノックして開けさせ、鋼太郎と小牧ちゃんは助手席側に回った。

「大原竜平と大原美桜だね？　住所は埼玉県本庄市南一丁目……刑法二百二十四条、未成年者略取及び誘拐罪の現行犯、並びに道路交通法違反で逮捕する」

窓越しに大原竜平の手に手錠《てじょう》をかけ、美桜の分は鋼太郎にかけさせた。

車の後部では、純子とかおりが、瑞穂の無事を確認して、泣きじゃくっていた。

さんざん泣いてから、純子が「あんた、どうしてあんな危ない真似したのよ！」と怒った。

「だって、どこ走ってるか判らなかったから……」

「高速走ってるって、すぐ判るでしょ！」

「まあまあまあ」

小牧ちゃんが割って入ってなだめる。

そうこうするうちに群馬《ぐんま》県警高速隊のパトカーが何台も、押し寄せるように集まってきた。

救急車もやってきて、瑞穂を収容した。

「これにて、一件落着だな」

鋼太郎がそう言い、「裁判が終わるまでは落着ではありません」と錦戸に訂正された。

大原夫婦は車の中で真っ青になって固まっていた。

＊

「やはり、犯行は大原美桜が主導して、夫の大原竜平は従属的《じゅうぞくてき》立場だったようですが……結果的には、主従関係はあんまり関係ないでしょうね」

大事を取って入院している瑞穂を見舞いに来た錦戸は、取り調べの経過報告をした。病室には鋼太郎と小牧ちゃん、純子にかおり、そして瑞穂の母親もいる。狭い個室が満員状態だ。

「大原竜平は、自分を過度《かど》に束縛して支配する妻に息苦しさを感じていて、オンラインゲームで知り合った立花瑞穂さんに一方的な好意を抱くに至った。ほぼネット上のやり取りに留《とど》まっていたのだが、それを妻に知られ、咄嗟に、瑞穂さんから言い寄ってきたと嘘をついてしまった。嫉妬に駆られ逆上した美桜が、会って話をつけよう、出てこないのなら、お前の個人情報をネットでバラすと瑞穂さんを脅迫。事件当夜に墨井区に遠征した上で、瑞穂さんの自宅近くを急襲して瑞穂さんの身柄《みがら》を拘束《こうそく》。以後二十二時からずっと都内や埼玉・栃木・群馬方面を連れ回し、最終的には警察に見つかることを警戒して、瑞穂さんをトランク内に監禁した、と」

「なんでまた十二時間以上も連れ回していたんだ？」

鋼太郎の問いに、錦戸は「はい」と頷き、さらに解説を加えた。

「主犯の美桜としては、瑞穂さんに対する嫉妬と一方的な憎悪が消えず、さらに長時間連れ回して監禁・脅迫までしてしまった以上、もはや殺すしかないと決意するに至りました。つまり動機は怨恨《えんこん》と口封じです。しかし決意はしたものの実際どうするか？　まではまったく考えていなかったので、殺害方法と死体の処理、その手段と場所について逡巡《しゅんじゅん》し、決めかねているところで、トランクに閉じ込められていた瑞穂さんが自力で脱出しようとした、と」

「恐ろしい話よね……」

小牧ちゃんが呟《つぶや》いた。瑞穂の母親も言った。

「ごめんね瑞穂。そんなことになってるなんて、お母さん、全然判らなかったから」

瑞穂の母親は娘を固く抱きしめた。

「とにかく、無事でよかった！」

喜ぶ一同に、瑞穂もスッキリした表情で宣言した。

「私も、自分の潔白《けっぱく》が証明されて、とても嬉しいです。つまり、天地神明に誓って、あの情けない男とは、やましいことなど一切していません。だからデブバカ鬼女の主張は、完全な言いがかりだってことです」

瑞穂は、みんなに「そこ？」と突っ込まれた。

「あんた、殺されかけたんだよ？」

「うん……でもね、あの美桜とかいう女、本気で殺すには根性すわってないように見えたし……そういえば、あの夜、パトカーがなんだか凄く走ってたんだけど、なんかあったの？　私を捜していたんだったら、もっと早く助けてくれてもよかったのでは？」

ああ、あれはですね、と錦戸が説明した。

「埼玉県さいたま市の宝石店に強盗が入り、一億三千万円相当の宝石貴金属を盗んで車で逃走したのを追っていたのです。同じ関越道を大幅なスピード違反で逃げたのを追っていたのでしょう」

謎はあっさりと解けた。

「それと……警察官としてひとつ言っておきますが」

錦戸は瑞穂に言った。

「一見、殺意など無いように見える人間でも、ちょっとした状況の変化で、簡単に人を殺してしまうんです。世の中の殺人の半分以上は、気がついたら殺していた、というパターンだと思っています」

錦戸がそういうと、病室はしんとしてしまった。

「瑞穂ちゃんに、あんたは殺されかけたんだ、という必要ありました？」

病院からの帰り道、小牧ちゃんが錦戸を責めるように言った。

「瑞穂ちゃん、元気そうに見えても傷ついてると思います。傷口に塩を擦《す》り込まなくても」

「しかし、言い方を変えても、結局は同じ事ですよ。彼女は殺されかけたんです」

「それじゃ警部殿、私も傷口に塩を塗らせてもらうが」

鋼太郎も錦戸に言った。

「聞きましたよ。今度こそ事件解決の功績により、警察庁に呼び戻されるかと思いきや、やっぱり警部殿だけはダメ、錦戸は戻すな、ということになったんですよね？」

「それこそ、ここでいうべき事ではありません」

そう言ったあと、不自然に明るい口調で錦戸は宣言した。

「前にも言いませんでしたっけ？　私はこの墨井署の生活安全課で、市民のみなさんのお役に立つ仕事を続ける方がいいのです。実は性《しょう》に合っていたというか、やりがいを感じるようになったというか……」

「え？　この前聞いた話とは全然、ニュアンスが違うなあ」

そうは思わないか、と訊きながら鋼太郎が振り向くと、小牧ちゃんと女子高生ふたり、かおりと純子は、既におじさんふたりから離れて歩き出していた。「お祝いにラーメンでも食べていこうか」などと話している。

「こういう時はスイーツじゃないのか？」

と鋼太郎が声をかけると、小牧ちゃんがチッチッチッと人指し指を振った。

「女はスイーツっていうそれ、ステレオタイプです。そういう偏見がセクハラに繋がるんですよ！」

国連女性機関もそう言ってますと反論された鋼太郎に、錦戸はニヤリとした。

「榊さん。今度一緒に、アンステレオタイプ・アライアンスの講習会に行きましょうか？」

「なんですかそれは？　え？　反差別の勉強会？」

望むところだ、と鋼太郎は二つ返事で承諾《しょうだく》した。

「満点取って優等生になって、次は講師として呼ばれる自信があるね！」

それを聞いた小牧ちゃんは吹き出し、女子高生二人も肩を震《ふる》わせて笑い始めた。

参考資料

［第三話］

・弁護士法人アズバーズ「悪質な地方議員を退職させる2つの方法」
https://as-birds.com/media/recall/
・まいどなニュース「お詫び行脚と請求書の山、忘れたころに税金　衆院選落ちた人の『その後』」
https://maidonanews.jp/article/14475099
・選挙ドットコム「何ができて、何ができない？選挙運動と政治活動②実践編―選挙プランナーによる必勝講座【選挙ノウハウ】」
https://go2senkyo.com/articles/2020/01/10/47807.html
・選挙立候補.com「選挙に必要な費用」
https://senkyo-rikkouho.com/rikkouho-hiyou.html
・総務省「現行の選挙運動の規制」
https://www.soumu.go.jp/senkyo/senkyo_s/naruhodo/naruhodo10_1.html
・弁護士法人リーガルプラス「民事裁判・刑事手続きについて」
https://legalplus.jp/kotsujiko/soudanflow/saiban-tetsuduki/
・示談弁護士ガイド「示談成立で釈放や不起訴になるか」
https://示談弁護士.com/chapter8/jiko3.html

［第四話］

・伝統と信頼の帝国興信所グループ／家出人相談センター
https://www.iede.jp/about.html

・ポリスＮＡＶＩチャンネル
https://www.police-ch.jp/sousakunegai.html

・セダンちゃんブログ
https://bi-blue92.com/corollacross-14

・｛wukihow｝車のトランクから脱出する方法
https://ja.wukihow.com/wiki/Escape-From-the-Trunk-of-a-Car

この作品は徳間文庫のために書下されました。
なお本作品はフィクションであり実在の個人・団体などとは一切関係がありません。

徳間文庫

降《こう》格《かく》警《けい》視《し》2

2022年6月15日 初刷

著者 安《あ》達《だち》瑶《よう》

発行者 小宮英行

発行所 株式会社徳間書店

東京都品川区上大崎三-一-一 〒141-8202
目黒セントラルスクエア

電話 編集〇三(五四〇三)四三四九
販売〇四九(二九三)五五二一

振替 〇〇一四〇-〇-四四三九二

印刷
製本 大日本印刷株式会社

ISBN978-4-19-894746-0 (乱丁、落丁本はお取りかえいたします)